屈復

《唐詩成法》

點校本

陳美朱　點校

成大出版社
National Cheng Kung University Press

目錄

卷五

卷六

卷七

卷八

卷九

卷十一

卷十二

為初學入門者作老馬──
《唐詩成法》的特點與點校說明

　　屈復（1668-1745），字見心，號悔翁，晚號金粟老人，陝西蒲城人。十九歲應童子試得第一名，此後不再應科舉考試，乾隆元年（1736）亦不應博學鴻詞科之徵，其〈留別王介山使君〉詩自言：「七十有七齡，半百在行旅。」（《弱水集》卷三）平生足跡半天下，先後遊歷齊、魯、燕、趙、吳、越、閩、粵等地，晚年以詩教授於京師。

　　屈復存世著作不多，目前可見的是其詩集《弱水集》，詩歌評選則有《楚辭新注》8卷、《杜工部詩評》18卷、《玉溪生詩意》8卷，以及乾隆八年（1743）付梓的《唐詩成法》12卷。據本書卷前〈凡例〉後附識本書出版始末，屈復早於雍正元年（1723）應友人岳禮（號蕉園，-1666-）之邀，開始著手自《全唐詩》中選錄唐詩，歷時兩年完成。但選詩完成後，屈復「貧不能梓」，因缺乏經費以致無法即時出版。乾隆八年四月，屈復偶遇江都人吳家龍（？-？），兩人談詩甚洽，待吳家龍「請其著作」時，屈復原本只以「所注《離騷經》、所著《弱水集》見贈」，吳家龍隨後表明：「初學之士作詩，多不知法，蓋迷津不渡，終難登彼岸，先生將何以教後人耶？」屈復這才出示《唐詩成法》稿本。吳家龍閱後自覺受益匪淺，遂於當年八月將書稿付梓。推算《唐詩成法》由雍正元年開始選錄點評，至乾隆八年正式刻板印刷，前後歷經二十年。筆者點校參閱的版本，是目前館藏於上海圖書館善本古籍庫、江都吳家龍刻本、弱水草堂板的《唐詩成法》。書中因有部分缺頁，遂又補以北京圖書館古籍庫的館藏本。

　　屈復在卷前〈凡例〉自言本書是「為初學入門者作老馬」，旨在指點初學詩者習詩入門之用。今人孫琴安《唐詩選本提要》中，也稱揚本書：「雖不是一本著名的唐詩選本，但在評詩方法上卻能獨樹一幟，與眾不同，自有其不可忽視的

地位和特點。」本書所以能獨樹一幟、裨益初學，得力於書中以下幾項特點：

其一，僅選唐人五、七言律詩

　　初學詩者應由何種詩體入門？一直是歷來爭論的話題。就詩歌格律而言，律詩四聯八句，不僅須符合平仄黏對的條件，並有偶數句平聲一韻到底的押韻限制，中間兩聯更有嚴格的詞性對仗要求。相形之下，同為近體詩的絕句，並不講求對仗，加以絕句僅有四句，章法起結變化也不如律詩繁複多樣。至於偏重鋪排敘事的古體詩，在句式、字數與押韻各方面，都不像律詩般讓初學者有「律」可循，學詩若由古體入手，終究要另外學習近體詩的格律。因此，以律詩作為初學詩者的入門詩體，在嫻熟近體詩的各種格律後，不僅可以將單首律詩以連章方式（如杜甫〈秋興〉八首）擴大題材或內容，使之具有古體的長篇鋪排效果；也能在精省篇幅後變化為絕句。屈復《唐詩成法》選擇以句數長短得宜、格律嚴謹、變化繁複的律詩，作為學詩者的初階、基礎，實有其獨到的見地。

　　詩體因素之外，清廷加考試律的時代背景，也與本書的刊刻、出版密切相關。康熙五十四年（1715），清廷曾研議於科舉二場，加試五言六韻排律一首。雖然這項試詩政策，直到乾隆廿二年（1757）才正式施行，但已在康熙年間逐漸發酵，促使人們開始重視律詩並研習試律。印證寫於康熙五十四年的黃六鴻（1630-1717，號思齋）〈唐詩荃蹄集序〉所言：「一時學者，聞風鼓舞，朝夕吟詠，罔間遐邇。」[1] 而屈復在《唐詩成法》卷前〈凡例〉中，也有「每見舉業家之詩，多有場屋文字氣」之言，據此推論本書所以單選律詩，或有因應清代科舉試律的考量。筆者在檢校古籍時偶然發現，乾隆廿一年（1756）蘇州人顧安（字小謝，？-？）評選、乾隆廿七年（1762）書商何文煥（1732-1808）增評重刻的《唐律消夏錄》，也是一部因應試律政策，僅選唐人五律的詩歌選本，書中評語更多有襲自屈復《唐詩成法》[2]者。不僅印證了屈復評詩，確有其獨到精要

1　清・黃六鴻：《唐詩荃蹄集》卷前，哈佛燕京圖書館數位館藏。
2　以初唐楊炯〈從軍行〉為例。顧安《唐律消夏錄》卷一詩評內容為：「西京烽火，忽爾不平，殊沒理會，及讀下首（文），不過艷羨其寵赫熱鬧而已，雖曰寓言，何其卑也。若作建功立業想，則中四句便不應如此措辭，而法脈卻井然。」又如初唐王勃〈銅雀妓〉之詩評：「妙在金鳳、銅雀、漳河、

處，故而吸引時人抄襲、化用，亦可見清廷試律政策，對詩歌選評與出版所造成的深遠影響。

其二，詩句旁加圈點

詩句是否旁加圈點，可謂見仁見智。有主張讓讀者自行領悟，故不著圈點以免影響閱讀；亦有主張以圈點畫龍點睛，提示讀者留意詩人用心或詩作佳妙處。就初學詩者而言，詩句旁加圈點，確實要比不著圈點，更具有引導、啟迪作用。《唐詩成法》中，屈復以密集單圈（。）標示詩中佳句，以雙圈（。。）標示詩中關鍵字詞。讀者參照詩評內容，不難尋得詩眼或佳句所在。惟筆者點校時發現，雙圈符號與密集單圈易混淆不清，遂改以實心「·」取代。以下取杜審言〈和康五望月有懷〉為例，以概見書中圈點情形：

明月高秋迥，愁人獨夜看。暫將弓並曲，翻與扇俱團。
　·　　·　·　·　·　　　·　·　　　　·　·

霧濯清輝苦，風飄素影寒。羅衣一此鑒，頓使別離難。
○○○○·　○○○○○　　　　　　　　　

詩中的迥、愁、獨、看、暫將、翻與、苦、寒等字詞，屈復以之說解杜審言如何煉字、煉詞；詩作下半聯密圈標示的佳句，屈復則以之說解詩人如何煉句、煉格。初學詩者若能結合圈點與詩評來理解詩作，自有提綱挈領之效。

其三，詩作首首附有詩評

屈復自言《唐詩成法》一書，是由《全唐詩》中歷時兩年選錄而成，選詩之不易，可見一斑；評詩則需於選詩之外，耗費心神對詩作進行詮解。偶一為之或寥寥數語帶過，尚非難事，但若首首皆附詩評，非傾注大量時間心力不可。因而一般詩歌選本，或者有選無評，或者僅有「佳妙」、「好」之類的簡短批語。初

鄴城，寫得如君王仍在，忽接以『無處所』三字，便覺透骨悲涼。『西陵松櫃』添一『冷』字，正與『金鳳』二句對照，淒咽難堪。『誰見淒綺情』再問一句，孟德有知，亦應失笑也。」以上兩則詩評，讀者不妨參照本書卷一原評內容，自然可見顧安襲用之跡。

學者不僅難以理解詩作佳妙的關鍵，更難以推測詩作入選的考量因素。屈復《唐詩成法》則不然，不僅每首詩都附有詩評，詩評重點也不在於詩中名詞釋義或典故出處，而是其熟讀深思詩作後的體悟或批評。每首詩評長短不一，短篇詩評多僅說明詩中上下承接照應關係，或者結合詩句旁的圈點，指出詩作精鍊處或不足處。至於長篇詩評，或者陳說詩作結構應如何調整安排，更加得當；或者評詩而兼及詩人的創作成就，或者論及「初盛中晚」四唐詩之高下，對於研究唐詩相關議題，或是理解屈復選詩理念，都有莫大的助益。

　　由於屈復終身不仕，以布衣終老，詩評中遂常流露其客遊淪落之歎，對孤寒不遇之詩，更是深有所感，例如：

　　窮途惟賴友生，忽而遠去，如嬰兒之失慈母。後四真情實語，氣味悲涼，聲淚俱下。**吾客遊五十年，從無張卿其人者**，竊為顧君慶也。（卷九，評顧況〈送大理張卿〉）

　　一碧潯，二宴上。三收上，四起下。五六自比孤弱，知己難得。七八世無知己，故欲遠隱，寫「懷」字微妙。**笙歌鼎沸中，每吟此詩，淒然欲絕。**（卷十二，評曹鄴〈碧潯宴上有懷知己〉）

　　通篇言生長孤寒，遭時搖落。扶持者少，凌轢者多。忽念**天下梁棟之才，老死於深山窮谷者，不可勝道**，聊以自慰耳。（卷十二，評吳融〈紅樹〉）

　　天下高人，多在草野，名利多忙，如何知得？所以**興歎於寒地之才，貧家之女也。**不競仕路，細心憐才，舉世惟我一人。結得身分高甚。（卷十，白居易〈晚桃花〉）

以上數則詩評，既體現了屈復對所選詩作的見解，也是屈復流落不偶的內在情志折射，為研究屈復的生平或詩學觀時，不可或缺的參考資料。

其四，以「詩法」作為評詩、改詩的準則

　　坊間所見的詩歌選本，多就詩作佳妙處而發，罕有如屈復《唐詩成法》般，以「詩法」作為評論詩作佳妙或疵謬的準則，有時甚至還提出「如何修改」的具體建議。

　　先就合乎詩法的正面詩例來看，如收錄於卷五晚唐于武陵〈贈賣松人〉：

原詩：入市雖求利，憐君意獨真。劚將寒澗樹，賣與翠樓人。瘦葉幾經雪，淡花
　　　應少春。長安重桃李，徒染六街塵。

詩評：一二虛寫賣松人，三四實承一二，五六寫松之清高，逼出結句俗人不買，
　　　法好！賣松人有何可贈？寄托之旨，言外自見，雖淺近，取其**有意**。

　　詩作表面上寫「賣松人」入長安城販售寒澗孤松，卻因俗人賞重桃李而不受青睞。屈復說解本詩，聚焦於詩作各句的旨趣與彼此承接照應的關係，本詩因八句上下連貫，屈復故而予以「法好」、「有意」的肯定。

　　至於「不講法」的負面詩例，如卷五之周朴〈董嶺水〉：

原詩：湖州安吉縣，門與白雲齊。禹力不到處，河聲流向西。
　　　去衙**山色**遠，近水**月光**低。中有高人在，沙中曳杖藜。

詩評：三四誠佳，但山色、月光全無關合，乃湊字耳，所以不為合作。中晚**不講
　　　法**，多如此。

　　第三聯的「山色」、「月光」，屈復認為不過是為了合乎對仗而勉強湊字，兩句上下並無關合，屈復是以有「不講法」的負評。

　　在批評詩作「不講法」之餘，屈復還進一步對這類詩作提出了「改字」或「改句」的具體建議。

　　改字者如卷一收錄的唐玄宗〈經魯祭孔子而歎之〉，詩中頷聯以「**歎鳳嗟身**

否，傷麟怨道窮」概括孔子生不逢時的遭遇。但在屈復看來，孔子既貴為聖人，自不應如凡夫俗子般嗟怨命運，且由唐玄宗對孔子祭祀之尊隆，可見孔子所傳之道，在後世確實是未「窮」的。遂主張將二句改為「歎鳳身雖否，傷麟道未窮」，以「雖」、「未」兩虛字，扭轉原詩的負面語意，也更能符合孔子的聖人高大形象。同為卷一的初唐陳子昂〈春夜別友人〉詩，五六句「明月隱高樹，長河沒曉天」，屈復以「明月」、「長河」為秋夜景色，認為改用「柳月」、「華星」，更能切合詩題的春夜時令。

　　改句者如卷二之綦毋潛〈送章彝下第〉，詩中三、四兩句「獻賦溫泉畢，無媒魏闕深」，皆明寫下第。屈復認為，「三明說下第，四當含蓄；四明說則三當含蓄」，亦即上下兩句宜有區隔，故而建議第三句改為「有渡春波淺」，使兩句的句意更有層次對比。又如卷五選錄晚唐溫庭筠〈商山早行〉詩，屈復認為頷聯「雞聲茅店月，人跡板橋霜」，與頸聯「槲葉落山路，枳花明驛牆」，既重複書寫詩題「早」字景色，也與末聯的思鄉之情全無關照，是以主張「五六若寫故鄉景，結句再明白，則合作矣。」亦即五、六句宜由眼前所見山路、驛牆，改成記憶中的故鄉場景，方能與第二句的「悲故鄉」與第七句的「杜陵夢」前後呼應。

　　據清人袁枚（1716-1798）《隨園詩話》卷四所載：「屈翁傲岸，出必高杖，四童扶持。在京見客南面坐，公侯學詩者，入拜牀下。專改削少陵，訾陵太白，以自誇身分。」袁枚將屈復對李、杜詩的「改削」、「訾陵」，與屈復的「傲岸」個性及「自誇身分」的行徑相聯繫，難免讓人對屈復產生負面觀感。但對照《唐詩成法》的詩評內容，屈復除了直指前人詩作缺失並提出修改建議外，也往往不憚詞費，多方提點唐人詩作佳妙處。此舉猶如教學現場重現，教師除了在課堂分享佳作，也針對表現不佳者予以修正、提點，讓學生得以透過正、反詩例，趨長避短，從而嫻熟遣詞用字與章法布局的技巧。

其五，說詩僅指點要旨，不拘文取義

　　屈復評論詩作時，常提醒讀者「不熟讀深思，不能領會」（卷六，陶峴〈西塞山下迴舟作〉）、「細玩方知曲折深隱，用筆用意，皆不令淺人易窺也」（卷

四，杜甫〈和裴迪登新津寺寄王侍郎〉、「一字一淚，而味在字句之外」（卷四，杜甫〈天末懷李白〉），主張詩歌要細心熟讀，才能體會言外之意，味外之旨。然而，說詩者對詩句的獨得之見，有時難免拘文取義、引申過度。如清初金聖歎（1608-1661）《杜詩解》卷二說解杜甫〈江村〉之「老妻畫紙為棋局，稚子敲針作釣鉤」二句云：「正極寫世法嶮巇，不可一朝居也。言莫親於老妻，而此疆彼界，抗不相下；莫幼於稚子，而拗直作曲，詭詐萬端。」將原詩的「長夏江村事事幽」的清幽閒適，曲解成世法嶮巇、人心詭詐。而歷來詩家在「杜甫每飯不忘君」的說詩前提下，也往往將杜詩詮釋成首首皆詩史、字字皆忠愛。可見說詩者在「發明詩中奧義」與「說詩穿鑿比附」之間，難免顧此失彼，不易取得平衡。

難能可貴的是，屈復在詩評中，不僅展現其「以法論詩」的獨到之處，也能以客觀的態度說解詩中寓意，而不過度引申。如卷四選錄杜甫詠物五律〈天河〉、〈初月〉、〈促織〉、〈除架〉、〈銅瓶〉等詩，屈復僅概略指點詩作要旨，讓讀者自行領會詩句的言外之意。以〈初月〉詩為例，首聯「光細弦欲上，影斜輪未安」，歷來說詩者，或者以之比附杜甫方任職拾遺、旋即罷去的處境；或者謂杜甫諷刺肅宗新皇即位未穩。屈復則以謹慎通達的態度說解道：「此等詩若無寄托，則不作；若必求事以實之，則鑿矣。」認為這類詠物詩作，杜甫必然寓有深意，但寓意為何？則未必要以具體的人事時地，一一比附穿鑿。卷十一說解李商隱的〈錦瑟〉、〈無題〉詩，也主張：「皆是寄托，不必認真」、「其意或在君臣朋友間，不可知」，並未刻意指實詩句的內涵，為讀者保留更多的閱讀與解釋空間，體現了屈復說詩的通達性與客觀性。

透過以上歸納屈復《唐詩成法》在選詩、圈點與評詩上的特點，可見本書確實無愧於「為初學入門者作老馬」的自我定位，對於引導初學詩者掌握近體詩的字法、句法、章法結構，也的確大有裨益。無怪乎對學詩深感興趣，卻苦於不工詩律的江都人吳家龍，閱讀本書後如獲至寶，立即安排出版事宜，以公諸天下。

據吳家龍序文所言，屈復於乾隆八年四月與吳家龍會晤，出示《唐詩成法》

底稿，爾後吳家龍命其兩孫細為參校，於當年九月旋即出版。或許正因出版時間匆促，校對難免疏漏。筆者點校《唐詩成法》時，除了將原書另加標點，也將原本易與單圈「。」混淆的雙圈「。。」符號，改以實心「·」標示，方便讀者閱讀。另針對本書進行以下校對或補充工作：

其一，**訂正錯別字與標明疑義處**。書中錯字於字旁以括號補以正字，並略做縮小。如卷前〈凡例〉第一則之「關石和鈞」，原書「鈞」字誤植為「釣」，內文修正為「關石和釣（鈞）」。又如開元名相「張說」，錯植為「張悅」，內文修正為「張悅（說）」；卷五姚合〈武功縣中作〉詩評之「自愧素粲」，修訂為「自愧素粲（餐）」。而詩題有誤者如杜甫〈孟倉曹步趾領酒醬二物滿器見遺老人（夫）〉，崔顥〈行經華陽（陰）〉，蘇頲〈奉和聖製登麗（驪）山高鼎寓目應制〉，丁仙芝〈渡楊（揚）子江〉，祖詠〈泊楊（揚）子津〉等。此外，詩作有疑義者，如卷二邱為〈留別王維〉詩，《全唐詩》中另有王維〈留別丘為〉，兩詩內容是一樣的；卷五周朴〈春宮怨〉，《全唐詩》標示的作者為杜荀鶴；卷八杜甫〈送韓十四江東省覲〉，清人仇兆鰲（1638-1717）《杜詩詳注》亦作「省覲」，但《全唐詩》則改作「覲省」。以上錯別字之訂正或疑義處，均在「校注」欄中予以補充、注明。

其二，**統一正、異體字**。本書乃屈復於乾隆八年四月偶遇江都吳家龍，同年九月即刊刻印行。在校閱匆促的情況下，書中遂屢見異體字並行的情形。如卷一杜審言〈夏日過鄭七山齋〉的詩評，先後出現「於飲一夜後」及「于飲一日後」的異體字；卷三岑參〈巴南舟中夜書事〉，也有詩為「雁」字而詩評改作「鴈」字者；又如卷七張謂〈西亭子言懷〉，詩作與詩評也出現「閑／閒」的用字差異。其他如「遶／繞」、「隣／鄰」、「谿／溪」、「挂／掛」、「檐／簷」、「床／牀」、「翫／玩」等異體字，也屢見於書中。為求體例統一，筆者在校注時，遂將書中的異體字（如「筭」字），一律改為較常見的正體字（如「算」字）。

其三，**補充詩人之字號、籍貫**。由於屈復說詩時，慣以古人字號、籍貫或是

官職代稱詩人,如卷一評張九齡〈秋夕望月〉所謂:「射洪〈月夜有懷〉,必簡〈和康五望月有懷〉,與曲江〈望月懷遠〉,俱從彼處說起。」句中「射洪」指陳子昂,「必簡」乃杜審言,「曲江」為張九齡。詩評中所涉及的古人字號、籍貫代稱,均於「校注」中補充說明。

其四,補充詩評典故出處或概念說解。屈復說詩,對於某些典故或詩句,往往信手拈來,不著出處。如卷二評王維〈山居秋暝〉詩,引「月到天心處,風來水面時」說解三四句,又引「花落林愈靜,鳥鳴山更幽」說解五六句。前一則詩句,出自北宋邵雍(1012-1077)〈清夜吟〉;後一則詩句,出自南朝梁詩人王籍(-540-)〈入若耶溪〉,惟原句為「蟬噪林愈靜,鳥鳴山更幽」,疑是屈復引用有誤所致。再者,屈復說詩時所涉及的批評用語,諸如「點金成鐵」、「合掌」、「草蛇灰線」之類,或是偶有語意難明者,如卷八評杜甫〈九日藍田崔氏莊〉云:「冠帽犯」,乍看或以為文句有缺漏,實乃屈復謂詩中冠、帽二字,犯有語意重複之病。又如卷十二評秦韜玉〈貧女〉詩,屈復謂詩中「六句皆平頭,是一病。」惟檢視本詩各句前兩字,都未出現聲母或聲調相同的詩病,細讀後發現,本詩除首句「蓬門」與末句之「為他人」,其餘第二句至第七句的前兩字,如「擬託」、「誰愛」、「共憐」、「敢將」、「不把」、「苦恨」,第二字皆為動詞,句型也都是「2-2-3」句式,有節奏重複、句式呆板之失,此應是其所謂的「平頭」。以上涉及古人代稱、引用出處及語意難明處,為方便當代讀者理解閱讀,故於詩評之後,另加「校注」處理。

筆者曾先後赴上海與北京圖書館進行移地研究,於善本古籍庫中得見本書。研閱後,既深感屈復「以法論詩」之見識獨到;也敬服其「為初學入門者作老馬」的良苦用心。但移地研究時間畢竟有限,只能概略整理選詩目錄與詩評要點,無法梳理全貌。今年因緣巧合取得本書完整內容,檢索後發現,學界目前尚未有本書之點校本問世,也未有針對本書所作的專題研究,與屈復詩學的相關研究更是屈指可數,殊為可惜。遂利用今年上半年休假研究之暇,對本書進行點校工作,以供學界日後進行教學、研究之用。值此點校完結之際,迴念清人吳家龍

閱讀《唐詩成法》初稿後，「亟付棗梨，公諸天下」之情切，竟有異代相通之感。期盼能有機會，將本書介紹給有志學習或研究古典詩學的同好。

本書之點校完成，除感謝兩位審查委員的細心提點、建議，也得力於成大中文所黃嘉欣、鄭宜娟、黃絹文、郭欣同學的協助，並有賴成大中文所武玥同學於北京圖書館補全缺頁內容，謹此一併敬申謝忱。

成功大學中文系　陳美朱　謹識

2021年12月

劉藻〈唐詩成法序〉

　　關中屈徵君悔翁，以詩名海內垂四十年。一時習為聲律者，多從之遊。余向在詞垣，數見其詩，顧未一識徵君。乾隆八年邂逅維揚，出所著詩及《楚辭註》相示，最後復舉《唐詩成法》若干卷，屬余商訂。深歎徵君之用力勤，而嘉惠來者之意篤也。世之為詩者多，而言法者蓋鮮。非不知有法，謂執法言詩，不可與言詩耳。夫一名一藝，莫不有法，彼變化於法者，非冥心舍法而能然。乃一其耳目，束其手足於法之中，久而熟之，遂不復尺寸比合，然究亦何嘗蕩軼耶？若欲価規矩、背繩墨，惟興會之適，即臻神明絕詣，此自有詩人以來，所未之曾聞。徵君於此頗具苦心，謂「我不論法，我自論詩。詩本有法，以詩還詩，『成法』云者，古人已定之式，特為指出，非斤斤持一格以繩古人也。」徵君老矣，操益高，在京師，諸王公羅而致之，率弗顧。今南來僦屋而居，一編外，泊然無所營，錄所著《唐詩成法》行於世。學者讀其書，本法以為詩，而與法相從；漸即詩以見法，而與法相忘，則徵君之沾丏衣被多矣。徵君名故在四方，余茲不煩云。同學弟荷澤劉藻書。

吳家龍〈唐詩成法序〉

　　詩之為教宏矣！夫子刪《詩》，即及門亦不能贊辭，況余鹿鹿（碌碌）塵中，何敢以言弁首。然幼讀《三百篇》〈蓼莪〉、〈陟岵〉，余雖不敏，輒為三復。余自兩月失怙，賴北堂庭訓，惜學業未精，以家事紛紜而輟，偶學詩自娛，雖聲律不工，而心實拳拳焉。迨後出游四方，東抵吳會，南及荊襄。或登山而躡天都，或棹舟而溯瀟湘。每逢名跡，輒為題詠，因多不愜於衷，故存稿甚鮮。今夏四月，晤蒲城屈徵君悔翁，談詩甚洽。徵君為海內耆舊，四方名公巨卿多游於門下，其為盛世文獻，不待余言。請其著作，乃以所注《離騷經》、所著《弱水集》見贈，余謂徵君曰：「先生之詩，膾炙人口者久矣，第初學之士作詩，多不知法，蓋迷津不渡，終難登彼岸。先生將何以教後人耶？」續出所選注《唐詩成法》八卷，皆取法律兼備五七言近體，注其作意，以及字句相承之脈絡，使學者了然，知有矩度，亦水心先生所云：「孔子誨人，詩無庸自作，皆取中於古之意耳。」余不敢湮沒，亟付棗梨，公諸天下，千百年後，其受益匪淺。故不憚煩勞，為之校閱。但年逾知非，精力不及，爰命兩孫，細為參校，庶讀是詩者，固無魚豕之訛，而感發人心，有補風教，則先生之功，豈小補也哉！噫！曩余學詩時，得遇先生，則〈南陔〉、〈白華〉，何至不能躋其美也，是則余梓是集之微忱云。

　　朝隆八年歲次癸亥秋九月之下浣，江都吳家龍步李氏撰於片石山樓。

〈凡例〉

　　五七言律，體制於唐，法源於古，穩順平仄，四韻成篇，起結虛實，反正抑揚，未嘗立法以繩後人，而理極義當，如關石和鈞（鈞），雖有賢者，千變萬化，終莫能出其範圍。

　　初唐風氣始開，其法尚踈，至摩詰、少陵，神龍變化，不可端倪。中晚以來，間有奇格，然奇即是法，奇亦不能離法也。

　　初盛中晚，皆有佳什。或專選初盛，或專選中晚，此一人之偏好，非古今之通論。茲集有法者，雖中晚必登；無法者，雖初盛不錄。然詩佳而無法者，未之有也。

　　摩詰、李、杜三大家，佳者至不可勝選，餘不過數首、一二首而已，然不及三家者，間亦採之，以見有唐一代，無一人一首無法者。

　　唐一代，無論初盛中晚，五言獨多，法最備；七言最少，老杜亦止百餘首。茲集於七言遺漏者少，五言所收雖多，而遺漏亦復不少。集難盡載，故不得不割愛也。

　　詩之有法，猶耳目口鼻之有位次也。然其佳否，殊不在此。嫫姆之於西施，位次何嘗倒置，而美惡懸絕。詩不能佳，惟法是委，法不受過。

　　昔有扃鐍一大書簏者，凡不通詩文，皆自孔中投之，名曰苦海。茲集於篇中疵謬處，亦為評出，即大家不能盡無。可見大書簏中，人人有分。生前抵死護前，究何益哉！

　　舉世幼學，皆從名師事場屋之文，數十年尚不能工；詩則一學，便自謂凌顏軼謝，方駕曹、劉。然每見舉業家之詩，多有場屋文字氣，無師法故也。夫詩文各有法存，二古文者，遠而班、馬，近而歸、唐，兩者尚不能兼工，況專為場屋之文者哉？茲書論法，雖非親炙唐賢，然亦殊非臆說。

　　詩有法而無法，無法而有法。不知則動而窒礙，知則左右皆宜，讀者但覺為固，然於法何有？然其草蛇灰線之妙，未易窺測。故知有法難，有法而至於無法可尋，更難也。世不少神明於法者，茲集聊為初學入門者作老馬耳。

　　雍正癸卯，友人岳蕉園不遠千里，自郊城招予至燕，閱《全唐詩》凡二載而畢，古今體備焉，貧不能梓。今已刻五七言近體，而蕉園方觀察漢興道，山川阻修，久絕音問，姑書之，記此書所始也。

金粟老人識

卷
一

唐明皇帝（玄宗）〈經魯祭孔子而歎之〉

夫子何為者，栖栖一代中。地猶鄹氏邑，宅即魯王宮。

歎鳳嗟身否，傷麟怨道窮。今看兩楹奠，當與夢時同。

【詩評】

　　題極大，甚難下筆。起即用「而歎之」意，但就《魯論》成語作問答，止添「一代中」三字，已盡孔子生平。三四寫經魯，止用「地猶」、「宅即」字，省卻「鸞輿」、「鳳輦」等字，空靈邁俗。五六再寫歎之，止將夫子典故①，用虛字轉折而出，神情逼真。結寫「祭」字，又用孔子典故，止加「今看」、「當與」四字，結上六句，言外有「祭神如神在」②意。先寫孔子，次寫經魯，再寫歎之，後寫祭，皆用倒敘法。

　　「怨」字似非大聖人身分，若云「歎鳳身雖否，傷麟道未窮」，方與下今日相應，識者詳之。

【校注】

①夫子典故：《禮記‧檀弓》記載孔子臨終前謂子貢：「予疇昔之夜，夢坐奠於兩楹之間。夫明王不興，而天下其孰能宗予？予殆將死也。」指孔子夜夢坐於堂前兩根直柱之間，受人祭奠。

②祭神如神在：出自《論語‧八佾》：「祭如在，祭神如神在。」指祭祀時，要有祖先、神明就在眼前般的虔誠恭敬。

唐明皇帝（玄宗）〈送賀知章歸四明〉

遺榮期入道，辭老竟抽簪。豈不惜賢達，其如高尚心。

寰中得秘要，方外散幽襟。獨有青門餞，群僚悵別深。

【詩評】

　　一二賀歸。三四承二。五六承一。結送。

　　先寫「入道」，補題所無。三橫插一句，法活。「獨有」字轉下，撇開上文，結。

　　三四留戀之意，隱然言外。結自己悵別之意，又隱然言外。明良之風，千載可想。明皇始治終亂，不足道，姑就此首論詩之佳耳。

王績〈野望〉

東臯薄暮望，徙倚欲何依。樹樹皆秋色，山山惟落暉。
牧人驅犢返，獵馬帶禽歸。相顧無相識，長歌懷采薇。

【詩評】

　　一點時，二情。下「山」、「樹」、「秋色」，落暉景也；「皆」、「惟」字俱含「欲何依」意，見無處不然。然「秋色」補時，「落暉」還「薄暮」，「返」、「歸」字仍帶「薄暮」。中含兩「自」字在，故下用「無相識」，緊接中四，說出「欲何依」之情，結全首。

　　「懷采薇」三字要活看，不是自己要學夷齊餓死首陽，是說煬帝終須到商紂大白旗懸首之日①，後無功②仕唐，所謂知人論世也。

【校注】

①煬帝終須到商紂大白旗懸首之日：據傳商紂王戰敗死後，頭顱被周武王斬下，懸在白旗。此指同為暴君的煬帝，也將如商紂王般，有被推翻斬首之日。

②無功：王績（585-644），字無功，隋末唐初絳州龍門（今山西河津）人。

盧照鄰〈酬揚（楊）比部員外暮宿琴堂朝躋書閣率爾見贈之作〉

閒拂簷塵看，鳴琴候月彈。桃源迷漢姓，松徑有秦官。

空谷歸人少，青山背日寒。羨君棲隱處，遙望在雲端。

【詩評】

　　一飄然而起，二暗點「宿」字，法活。三四寫琴堂景物，用典入化。五收上無痕，六寫「朝」字，又入化。七八寫「躋書閣」，亦不板。氣味深厚，法律森嚴，初唐不易得者。

盧照鄰〈春晚山莊率題〉題下注：第二首

田家無四鄰，獨坐一園春。鶯啼非選樹，魚戲不驚綸。

山水彈琴盡，風花酌酒頻。年華已可樂，高興復留人。

【詩評】

　　一山莊，二春晚。三四言是樹皆可，鶯啼何用選為；無人此地，漁釣何所驚為？既寫物之自適，又承一也。山水佳妙，惟以彈琴盡之，言不能盡也。風花已晚，春不可留，惟頻酌賞之。寫己之自適，又承二也。七結三四，八結五六。

李百藥〈火鳳詞〉

歌聲扇後出，妝影鏡中輕。未能令掩笑，何處欲障聲。

知音自不惑，得念是分明。莫見雙鬟斂，疑人含笑情。

【詩評】

一二初出景象。三四承「扇後」。五六承「歌聲」。惟知音方解得念，惟不惑方能分明。猶言解得歌中之意，深有眷念之情。故幽怨顰眉者，莫認作含笑也，暗用西子顰眉事。首句得神，次句如在鏡中之輕，妙！正解「扇後出」也。

艷詩深厚如此，初唐所以高，晚唐則傷淫褻。

張九齡〈剪綵〉

姹女矜容色，為花不讓春。既爭芳意早，誰待物華真。
葉作參差發，枝從點綴新。自然無限態，長在艷陽晨。

【詩評】

一二虛寫剪綵。三四欲剪之神，俱題前一層。五六實寫剪綵。結言巧奪天工也。矜容色，是美人意中事。己之容色，天下無雙，剪綵不肯讓春，故曰「矜」。詩八句，題前先寫一半，力大思深。

張九齡〈將至岳陽有懷趙二〉

湘岸多深林，青冥晝結陰。獨無謝客賞，況復賈生心。
草色雖云發，天光或未臨。江潭非所遇，為爾白頭吟。

【詩評】

一二若直接五六，便淺露無味，橫插「獨無」、「況復」二句，則五六皆成比興矣。「謝客」即趙二，「賈生」即自己，若不著「獨無賞」三字，又轉不下去。然深林晝陰，卻從「賈生心」看出，又為趙二白頭吟慨歎也。

張九齡〈初發曲江溪中〉

溪流清且深，松石復陰臨。正爾可嘉處，胡為無賞心。

我猶不忍別，物亦有緣侵。自匪常行邁，誰能知此音。

【詩評】

　　一二曲江溪中。三四初發時心意，猶言如此佳境，何不賞心，而竟遠去耶？五六且留須臾，徘徊傷感。結不得不去，以歎息出之。前半首自問，下半首自解，情致纏綿，得初發之神。氣象和平廣大，格局活潑從容，若不經意，卻是千鎚百鍊，方能至此。

張九齡〈湖口望廬山瀑布泉〉

萬丈洪泉落，迢迢半紫氛。奔飛下雜樹，灑落出重雲。

日照虹霓似，天清風雨聞。靈山多秀色，空水共氤氳。

【詩評】

　　一瀑布，二遠望。三四承一二，言其高。五六比擬，從湖口遠望。七出廬山，八總結，「共」字好。句句是遠望，不是近看。

　　太白「秋風吹不斷，江月照還明」①，自是仙筆，全無痕跡。曲江②「天清」句雄渾。又，「共氤氳」三字傳神。若「一條界破青山色」③，雖未能免俗，東坡云「不為徐凝洗惡詩」，不亦過乎？

【校注】

①秋風吹不斷，江明照還明：詩句出自李白（701-762，字太白）〈望廬山瀑布〉
　二首之五古（另一首為七絕）。「秋風」又作「海風」。
②曲江：張九齡（678-740），韶州曲江人（今廣東韶關），唐朝開元名相。

③一條界破青山色：中唐詩人徐凝（-820-）〈廬山瀑布〉詩：「虛空落泉千仞直，
雷奔入江不暫息。今古長如白練飛，一條界破青山色。」

張九齡〈在洪州答綦毋學士〉

旬雨不愆期，由來自若時。爾毋言郡政，我豈欲天欺。

常念涓塵益，惟歡草樹滋。課成非所擬，人望在東菑。

【詩評】

　　學士以雨為仁政所致。前答時，雨非我之政；後答天，從三農之望，而課成非
我所擬也。通篇是實心實政，口頭謙遜者，無處著筆。

張九齡〈通化門外送別〉

屢別容華改，長愁意緒微。義將私愛隔，情與故人歸。

薄宦無時賞，勞生有事機。離魂今夕夢，先繞舊林飛。

【詩評】

　　一二總說自己愁況，已兼「情」、「義」二字。三義，四情，義是不得歸家之
故，情是急欲歸家之心。五六仍說「義」字。七八方結「情」字。若非屢別，何至
便與同歸？若有賞無事，何至長愁？全不是送別套語。有五六，則題中「通化門
外」四字，方不落空。

張九齡〈蘇侍郎紫微庭各賦一物得紅藥〉

仙禁生紅藥，微芳不自持。幸因清切地，還遇艷陽時。

名見桐君錄，香聞鄭國詩。孤根如可用，非直愛華滋。

【詩評】

　　一破題，二謙一句。三四順點時地，方有情致。五六轉出本原，見不是一味儌倖。結更進一步，言確有實用，不是一味虛華，自負不淺。

張九齡〈秋夕望月〉

清迥江城月，流光萬里同。所思如夢裡，相望在庭中。

皎潔青苔露，蕭條黃葉風。含情不得語，徒使桂華空。

【詩評】

　　一二望月，兼點地。三四懷人。五六景。結情。

　　射洪①〈月夜有懷〉，必簡②〈和康五望月有懷〉，與曲江〈望月懷遠〉，俱從彼處說起。此詩止就此間摹寫，又有如許景象。可見詩無定局，亦無常法，縱之橫之，左之右之，只要有意。然起承分合，抑揚情景，則終不易也。

【校注】

①射洪：陳子昂（661-702），字伯玉，梓州射洪（今四川射洪）人。
②必簡：杜審言（?-708），字必簡，襄州襄陽（今湖北襄陽）人，為杜甫祖父。

張九齡〈初入湘中有喜〉

征鞍窮郢路，歸棹入湘流。望鳥惟貪疾，聞猿亦罷愁。

兩邊楓作岸，數處橘為洲。卻說從來意，翻疑夢裡遊。

【詩評】

　　一二初入湘中。三四有喜。五六湘中景物如故。總結。

　　前半寫行人將次到家，一段快活情景。後半翻說「楓岸」、「橘洲」，昔日曾從此過，何得竟如夢裡。蓋追想前日別家之愁，以形容今日歸家之喜也。不但寫「喜」字得神，連前日「愁」字神理，亦夾寫出矣。

張九齡〈園中時蔬盡皆鋤理惟秋蘭數本委而不顧彼雖一物有足悲者遂賦〉題下注：第二首

幸得不鋤去，孤苗守舊根。無心羨旨蓄，豈欲近名園。

遇賞寧充佩，為生莫礙門。幽林芳意在，非是為人論。

【詩評】

　　一盡皆鋤理，二秋蘭。三時蔬，承一，四承二。五六囑之。結言委而不顧，何足道哉？

　　從首句字面看，竟似說秋蘭，若看其神氣，始知說時蔬盡皆鋤理，旨蓄①即鋤理。八言旨蓄與否，不足論也。

【校注】

①旨蓄：儲存美食。《詩經・邶風・谷風》：「我有旨蓄，亦以御冬。」

張九齡〈望月懷遠〉

海上生明月，天涯共此時。情人怨遙夜，竟夕起相思。

滅燭憐光滿，披衣覺露滋。不堪盈手贈，還寢夢佳期。

【詩評】

「共」字逗起情人，「怨」字逗起相思。五六亦是人、月合寫，而「憐」、「覺」、「滋」、「滿」，大有痕跡。七八仍是說月、說相思，不能超脫，不過挋次說出而已，較射洪、必簡，去天淵矣。

楊炯〈從軍行〉

烽火照西京，心中自不平。牙璋辭鳳闕，鐵騎繞龍城。
雪暗凋旗畫，風多雜鼓聲。寧為百夫長，勝作一書生。

【詩評】

一二總起。三四從大處寫其寵赫。五六從小處寫其熱鬧，方逼出「寧為」、「勝作」來。

中四承首句，七八方承二句。

起陡健，結亦宜爾，但結句淺直耳。

「西京」、「烽火」，忽爾不平，殊沒理會，及讀下文，不過艷羨其寵赫熱鬧而已，雖曰寓言，何其卑也。結若作建功立業想，則志量大矣，然法脈卻井然。

宋之問〈途中逢寒食〉

馬上逢寒食，愁中屬暮春。可憐江浦望，不見洛橋人。
北極懷明主，南溟作逐臣。故園腸斷處，日夜柳條新。

【詩評】

一事，二情。三四是今日之愁中。五六是多時之愁中。總結「馬上」二字，得途中之神。「愁中」即「馬上」，「暮春」即「寒食」，伸說首句也。「江浦」即

「馬上」，「洛橋」即「寒食」，二句暗寫愁中，五六明寫愁中。「故園」即「洛橋」，即「北極」、「江浦」、「南溟」；「馬上」即「寒食」，即「暮春」。以上俱是愁中，以「斷腸處」三字代出。

逐臣去國，憔悴支離，不知有春，豈知復有寒食？朝來馬上，忽爾相逢，始知連日愁中，已是暮春。「日夜」妙，柳條益新，從此以往，愁無已時也。

宋之問〈緱山廟〉

王子賓仙去，飄飄笙鶴飛。徒聞滄海變，不見白雲歸。

天路何其遠，人間此會稀。空歌日云暮，霜月漸微微。

【詩評】

　　一二緱山仙去事。三四但耳聞而不能目見。五六唱歎其稀遠。結惟見日落月出耳。題中「廟」字不寫者，蓋過其廟、感其事而作，非謁廟也。

　　詩之氣味甚閒雅。

　　王子晉①一段事蹟，千古求仙者艷羨。此詩首二句亦若實有其事者，以下漸漸說得恍惚渺茫，唱歎之間，使人自悟。

【校注】

①王子晉：姓姬名晉，字子喬，又稱王子喬。據《列仙傳》記載：王子喬者，周靈王太子晉也。好吹笙，作鳳凰鳴。遊伊、洛之間，道人浮丘公接以上嵩高山三十餘年。後求之於山上，見桓良曰：「告我家，七月七日待我於緱氏山巔。」至時，果乘白鶴駐山頭，望之不得到，舉手謝時人，數日而去。

宋之問〈陸渾山莊〉

歸來物外情，負杖閱巖耕。源水看花入，幽林採藥行。

野人相問姓，山鳥自呼名。去去獨吾樂，無能愧此生。

【詩評】

一句起，五句承，變格，結情。二三四，自己在物外；五六，人物皆在物外。七總結物外之樂，八應首句。一「愧」字，露出不欲久居物外之隱情。

宋之問〈寄天台司馬道士〉

臥來生白髮，覽鏡忽成絲。遠愧餐霞子，童顏只自持。

舊遊惜踈曠，微尚日磷緇。不寄西山藥，何由東海期。

【詩評】

一二自悲衰老，是寄詩道士之故。三四是羨道士獨不衰老，又含怨意。五六自恨與道士別久，塵俗益深。結望寄仙藥，遂得長生也。

自古神仙皆從苦行修來，秦皇、漢武只想一服藥，便長生不死，是要做現成神仙，延清①亦然。日月蹉跎，睡夢中早生白髮，尤人不得，自悔已遲，無可如何，便想要做現成神仙。富貴癡人，實有此等苦境。

【校注】

①延清：宋之問（656-712），字延清，初唐宮廷詩人，與沈佺期（656-715）並稱「沈、宋」。

宋之問〈夏日仙萼亭應制〉

高嶺逼星河，乘輿此日過。野含時雨潤，山雜夏雲多。

睿藻光巖穴，宸襟洽薜蘿。悠然小天下，歸路滿笙歌。

【詩評】

　　一仙蕚亭，二遊幸。三四仙蕚亭景，兼寫時。五六睿藻、宸襟，仙蕚亭合寫。七應一，八結應制。

　　亭在山頂，故言「嶺逼星河」。乘輿之來，正是雨潤雲陰，於時飛藻則巖穴生光，披襟則薜蘿相洽。「悠然」二字，緊承中四。賞心如此，則忘乎萬乘之尊而小天下矣。已歸而笙歌猶滿，悠然不盡也。

崔湜〈酬杜麟臺春思〉

春還上林苑，花滿洛陽城。鴛衾夜凝思，龍鏡曉含情。

憶夢殘燈落，離魂暗馬驚。可憐朝與暮，樓上獨盈盈。

【詩評】

　　《（唐詩）紀事》云，湜執政時，年三十六，嘗暮出端門，下天津，馬上賦此詩，張悅（說）見之，歎曰：「名與位固可致，其年不可及也。」

　　詩全首妥當。五絕妙，幽微淡遠，非寂寞苦思者不能。當少壯之時，居富貴之極，不知何以有此，真不可解。

劉允濟〈怨情〉

玉關芳信斷，蘭閨錦字新。愁來不自抑，念切已含嚬。

虛牖風驚竹，空牀月厭人。歸期倘可促，勿度柳條春。

【詩評】

　　起二句合來，中有「怨」字。三四直接，方不突然。五六景中有情。結說轉去，寫怨情更深。

張昌宗皆宋之問、閻朝隱代作，見〈張行成傳〉〈**太平公主山亭侍晏**（宴）〉

淮南有小山，嬴女隱其間。折桂芙蓉浦，吹簫明月灣。

庭衍將雛曲，釵承墮馬鬟。歡情本無限，莫掩洛城關。

【詩評】

　　應制詩高亮渾成，如不經意，而千錐百練（鍊）者，卻做不出。蓋代人捉刀，興會所至，自然之妙，得於無心也。

王勃〈春日還郊〉

閑情兼嘿語，攜杖赴巖泉。草綠縈新帶，榆青綴古錢。

魚牀侵岸水，鳥路入山煙。還題平子賦，花樹滿春田。

【詩評】

　　起沈著，寫閑情，新而遠，中二聯分動靜。

　　「鳥路」句靈活。題是「還郊」，詩寫得春日郊景，「還」字只次句寫。若盛唐，必更有妙意。

王勃〈銅雀妓〉

金鳳鄰銅雀，漳河望鄴城。君王無處所，臺榭若平生。

舞席紛何就，歌梁儼未傾。西陵松檟冷，誰見綺羅情？

【詩評】

　　前四句是「銅雀臺」，後四句是「妓」。首二句是眼中事，下五六是意中事，

又承四。不如此解，則成複句。結句諷刺含蓄。

　　上，「金鳳銅雀」、「漳河鄴城」，寫得如君王仍在，忽接以「無處所」二句，如夢方醒。「西陵松檟」添一「冷」字，正與「金鳳」二句對照。「誰見綺羅情」，再問一句，孟德有知，亦應失笑也。

王勃〈詠風〉

蕭蕭涼風生，加我林壑清。驅煙尋澗戶，卷霧出山楹。

去來固無跡，動息如有情。日落山水靜，為君起松聲。

【詩評】

　　此首本五言古，然氣味純乎是律，姑錄於此，識者味之。

　　「加」字有斟酌，「尋」字妙，「君」字遙應「我」字，有情。

杜審言〈送高郎中北使〉

北狄願和親，東京發使臣。馬銜邊地雪，衣染異方塵。

歲月催行旅，恩榮變苦辛。歌鐘期重錫，拜手落花春。

【詩評】

　　一二北使之故。三四北中景。五六情。結望其歸。

　　結用鄭重字與輕麗字，合而成句，又沈著，又生新。

　　受恩榮則不覺苦辛，故曰「變」，若作「恩榮乃變為苦辛」解，則淺劣矣。

杜審言〈秋夜宴臨津鄭明府宅〉

行止皆無地，招尋獨有君。酒中堪累月，身外即浮雲。

露白宵鐘徹，風清曉漏聞。坐攜餘興往，還似未離群。

【詩評】

　　從自己起，次明府。三宴四開，得作法。五六寫秋夜。七八言即飲畢而別，亦猶未別，以見今夜之飲，情深最極。若作歸後解，便非。起突兀之甚，目空一世，方有此氣象。

杜審言〈夏日過鄭七山齋〉

共有尊中好，言尋谷口來。薜蘿山徑入，荷芰水亭開。

日氣含殘雨，雲陰送晚雷。洛陽鐘鼓至，車馬繫遲迴。

【詩評】

　　首言尋之故，人、己、酒，三意在內。二鄭。三四飲之地。五六飲之景，皆正寫夏日。結飲至夜。

　　前首寫酒在三句，此首在第一句，前詩是招去飲一夜，此詩是尋來飲一日，玩結句可知。前詩結句，於飲一夜後尚有餘意，此詩於飲一日後，只以「鐘鼓」字寫至晚而已，不及前結。

杜審言〈送崔融〉

君王行出將，書記遠從征。祖帳連河闕，軍麾動洛城。

旌旗朝朔氣，笳吹夜邊聲。坐覺煙塵掃，秋風古北平。

【詩評】

一從征，二點出書記。三四從征。五六七書記。八結「遠」字。

題中無書記，次句即補出，通篇皆注意做書記，雖不及射洪之超邁絕倫，卻是正法。學必簡，所謂刻鵠不成尚類鶩者也；學射洪，所謂畫虎不成反類狗者也。「祖帳」、「軍麾」，熱鬧中有一書記在焉。至於朝看朔氣，夜聽邊聲，不知不覺而煙塵掃矣，非書記而何？

必簡題中無書記，而詩中全說書記；射洪題中有著作，而詩中全不說著作。古人題詳者，詩略之；題略者，詩詳之，此定法也。

杜審言〈和康五望月有懷〉

明月高秋迥，愁人獨夜看。暫將弓並曲，翻與扇俱團。

霧濯清輝苦，風飄素影寒。羅衣一此鑒，頓使別離難。

【詩評】

因明月之迥，想其照到愁人，以下便句句從愁人口中說出、眼中看出。才睹新月如彎弓之曲，旋看月滿如紈扇之團，確是愁人口吻。「清輝苦」、「素影寒」，確是獨夜景況。若羅衣之人以此為鑒，則將來斷不教人容易別離也。

此詩與射洪作大同小異。射洪直從美人說到明月，此則從明月說到愁人，中間俱是一樣摹擬口氣。但射洪以「夢感」二字雙結兩地，此以「別離難」三字單結愁人，然「別離」二字中，亦含雙結意。

詩法之妙，在鍊格、鍊句、鍊字。鍊格、句易知，鍊字難知。如此詩，首句鍊一「迥」字，言明月無處不照。次句鍊「愁」、「獨」二字，又著「看」字，言無時不想，其精神意思，俱在言外。三四，人止知其以弓扇比擬明月而已，不知「暫將」、「翻與」言外有歲月如流之意。五六鍊「苦」、「寒」二字，人、月並見，全無痕跡。七八只言將來離別之難，則愁人看月，一片深情，言外無窮。

杜審言〈和晉陵陸丞早春遊望〉

獨有宦遊人，偏驚物候新。雲霞出海曙，梅柳渡江春。

淑氣催黃鳥，晴光轉綠蘋。忽聞歌古調，歸思欲沾巾。

【詩評】

　　一陸丞與己俱在內，二早春。中四俱承二。結承首句，兼出和意。

　　中四句合寫「物候」二字，顛倒變化，可學其法。

　　「物候新」，居家者不覺，獨宦遊人偏要驚心。三四寫物候到處皆新，五六寫物候新得迅速，具文見意，不言驚而驚在語中。結和陸丞，以「歸思」應「宦遊」，以「欲沾巾」應「偏驚」。首句意在筆先，中四句說物候，偏是四句合寫，具見本領。

　　出海渡江，便想到故鄉，岑嘉州詩「春風觸處到，憶得故園時」①，即是此意，但此二句深厚不覺耳。

【校注】

①岑嘉州詩：岑參（約715-770），曾任嘉州刺史，盛唐詩人。屈復引用詩句，出
　自岑參〈江上春歎〉：「臘月江上暖，南橋新柳枝。春風觸到處，憶得故園時。
　終日不如意，出門何所之？從人覓顏色，自笑弱男兒。」

杜審言〈蓬萊三殿侍宴奉勅詠終南山〉

北斗掛城邊，南山倚殿前。雲標金闕迥，樹杪玉堂懸。

半嶺通佳氣，中峰繞瑞煙。小臣持獻壽，長此戴堯天。

【詩評】

　　首句不惟以北斗陪南山，且見城高，故殿亦高，而南山乃倚殿前耳。「雲」是

終南之雲，「金闕」乃三殿之金闕。「樹」是蓬萊之樹，「玉堂」乃終南之玉堂。終南半領（嶺），來通三殿之佳氣；三殿瑞煙，去繞終南之中峰，交互寫「倚」字。若將樹作終南之樹解，則殿反高於山，豈有此理？若作中峰來繞三殿瑞煙，則山為動物，而煙反成靜物矣。

分合有法。

蘇味道〈正月十五夜〉

火樹銀花合，星橋鐵鎖開。暗塵隨馬去，明月逐人來。

遊伎皆穠李，行歌盡落梅。金吾不禁夜，玉漏莫相催。

【詩評】

一二元夜。三四遊人。五六歌伎。結仍到元夜。

此詩人傳誦已久，他作莫及者。元夜情景，包括已盡，筆致流動。天下遊人，今古同情，結句遂成絕調。

駱賓王〈在獄詠蟬〉

西陸蟬聲唱，南冠客思侵。那堪玄鬢影，來對白頭吟。

露重飛難進，風多響易沈。無人信高潔，誰為表予心。

【詩評】

起，「蟬」、「人」分，次聯合，三聯蟬，結人。

結句得以直說自己者，前半有「南冠」、「白頭吟」句也，五六有進退惟谷之意。唐法皆然，不獨此也。

劉希夷〈晚春〉

佳人眠洞房，回首見垂楊。寒盡鴛鴦被，春生玳瑁牀。

庭陰暮青靄，簾影散紅芳。寄語同心伴，迎春且薄妝。

【詩評】

一借「佳人」起，二春。三四承一。五六承二。七八晚春之神。

孤眠回首，已懷深情；「寒盡」、「春生」，孤眠始覺；「青靄」、「紅芳」，回首所見。此時愁思，雖綠肥紅瘦，尚可消遣，故邀我同心，聊作出遊且薄妝者，若言春色已晚，何暇濃妝也。

晚春題甚寬泛，從「佳人眠洞房」說起，便有情致。

譚友夏①云：「下七句都從『眠洞房』生來，自『見垂楊』至『散紅芳』，俱牀上望外景事，所以有薄妝之語，蓋急欲迎春，眠起不暇濃妝耳。」此解是矣。但「寒盡」二句，如何亦是望外景事？口氣有「怪得夜來暄暖，原來春色已如許了也」。中有一段獨居無偶，青春不可虛度之意在言外。

【校注】

①譚友夏：譚元春（1586-1637），字友夏，晚明湖廣竟陵（今湖北天門）人，與鍾惺（1574-1625）合稱「鍾、譚」。引文內容，出自鍾、譚合編《唐詩歸》卷二。

陳子昂〈晚次樂鄉縣〉

故鄉杳無際，日暮且孤征。川原迷舊國，道路入邊城。

野戍荒煙斷，深山古木平。如何此時恨，噭噭夜猿鳴。

【詩評】

　　「故鄉」映「樂鄉」起，次句「晚次」。三承首句，四承次句。五六寫晚景，帶「孤征」意。七收上六，八悠然有餘味。

　　將行役之苦說得一層深一層，至第七句一齊頓住，跌起結句，究竟此苦仍說不了。故鄉杳然矣，日暮矣，且孤征矣，迷舊國矣，入邊城矣，野戌荒煙亦斷矣，深山古木且平矣。此時之恨，無可如何矣，而夜猿又嗷嗷鳴矣。

陳子昂〈送崔著作融東征〉

金天方蕭殺，白露始專征。王師非樂戰，之子慎佳兵。
海氣侵南部，邊風掃北平。莫賣盧龍塞，歸邀麟閣名。

【詩評】

　　首句時，次句東征。三承首句，四承次句，言王者順時而征，之子宜體此意，立言得體。五六言是應敵，非窮兵者比。以諷結。通首俱好。

　　正字①立意極高。題是送著作，詩是諷主將，大家手筆如此，勿謂與書記無涉也。

【校注】

①正字：陳子昂（661-702），武則天時官拜麟臺正字。《唐詩成法》中，屈復或者以陳子昂的籍貫「射洪」（梓州射洪）代稱之，或者以其官職代稱之。

陳子昂〈月夜有懷〉

美人挾趙瑟，微月在西軒。寂寞夜何久，殷勤玉指繁。
清光委衾枕，遙思屬湘沅。空簾隔星漢，猶夢感精魂。

【詩評】

一有懷，二月夜。三承二，四承一。五月夜，六美人懷此間也。結承六句。

詩甚明白，但結句費解。猶言「簾隔星漢」，亦猶夢中相見，迷迷離離，不能分明耳。承第六句來，並不著自家一字，而通首俱寫「懷」字，妙絕。前五句寫美人在家無聊光景，正為六句思湘沅地。

此射洪在湘沅時，望月思家之作，妙在竟從美人說起。第六句倒說美人，想到此間，然後結出本意。

陳子昂〈送客〉

故人洞庭去，楊柳春風生。相送河洲晚，蒼茫別思盈。

白蘋已堪把，綠芷復含榮。江南多桂樹，歸客贈平生。

【詩評】

前半春日送別，後半言秋日歸時，當以桂枝相贈，是望其歸意。先寫「已」字、「復」字，後寫「歸」字，是倒法。

《詩》「昔我往矣，楊柳依依；今我來思，雨雪霏霏。」此用其章法。

陳子昂〈春夜別友人〉

銀燭吐清（青）煙，金樽對綺筵。離堂思琴瑟，別路繞山川。

明月隱高樹，長河沒曉天。悠悠洛陽去（道），此會在何年？

【詩評】

一二初宴離筵。三四話別。五六夜景。七點地，八總結。

五六是秋夜，非春夜，斷不可學。

若易「明月」、「長河」作「柳月」、「華星」，庶可耳。

六句句法皆同①，此亦初唐陳隨（隋）餘習，盛唐不然。

清晨送別，乃於隔夜飲至天明。此等詩，在射洪最為不經意之作，而後人獨推之，何也？此詩不用主句，看他層次照應之法。

【校注】

①六句句法皆同：指本詩前六句，句式結構都是「2-1-2」，前後兩字皆為名詞，第三字同為動詞，句式節奏有重複、呆板之病。本書卷十二評秦韜玉〈貧女〉詩，則謂之為「平頭」，讀者可參閱。

張說〈深渡驛〉

旅宿（泊）青山夜，荒庭白露秋。洞房懸月影，高枕聽江流。

猿響寒巖樹，螢飛古驛樓。他鄉對搖落，併覺起離憂。

【詩評】

一宿，二時。三四江月大景。五六小物小景。總結。

「懸」、「聽」二字，猶有痕跡，而杜之「捲簾殘月影，高枕遠江聲」①，遠矣。

【校注】

①捲簾殘月影，高枕遠江聲：二句出自杜甫五律〈客夜〉，詩見本書卷四。

張說〈幽州夜飲〉

涼風吹夜雨，蕭瑟動寒林。正有高堂宴，能忘遲暮心。

軍中宜劍舞，塞上重笳音。不作邊城將，誰知恩遇深。

【詩評】

一二夜。三飲，四情。五六幽州夜飲即事。情結。

一二景中有情，故四得插入。五六寫其雄壯，正見悲涼，與一二對看。結與四對看，自知用意所在。

唐時重內輕外，故貴至出鎮，意尚如此。

正有「能忘」、「宜」字、「重」字、「不作」、「誰知」，只在虛字上用力，要說恩遇，而「邊塞」、「遲暮」、「風雨」六字，輕外之意可見，正所謂可以怨也。溫厚之旨，即在箇中。

張說〈還至端州驛前與高六別處〉

舊館分江口（日），淒然望落暉。相逢傳旅食，臨別換征衣。

昔記山川是，今傷人代非。往來皆此路，生死不同歸。

【詩評】

一還至端州驛，二虛寫前與高六別處。三四承二，是前時情景。五六承一，是此時情景。七合結上六句，八結淒然。

別離情事，說亦難進，只「換征衣」三字，便足消（銷）魂。

結最慘。唐一代惟少陵往往有之，他人不多見也。

張說〈奉和聖製登驪山矚眺應制〉

寒山上半空，臨眺盡寰中。是日巡遊處，晴光遠近同。

川明分渭水，樹暗辨新豐。巖壑清音暮，天歌起大風。

【詩評】

　　一二驪山矚眺。三四「是日」二字轉下應制。五六景，承四。七結驪山，八結應制。

　　燕公①整練不及必簡，剪裁不及沈、宋，而筆力開闊，過此三人。

【校注】

①燕公：張說（667-731），唐玄宗時曾任宰相，受封燕國公。與許國公蘇頲（670-727）並稱「燕許大手筆」。

蘇頲〈奉和聖製登麗（驪）山高鼎寓目應制〉

仙蹕御層氛，高高積翠分。巖聲中谷應，天語半空聞。

豐樹連黃葉，函關入紫雲。聖圖恢宇縣，歌舞小橫汾。

【詩評】

　　一二破題。三四順承近景。五六遠景。七總收，八結聖製。三四只寫聲響，五六只寫關中，七方寫天下，五兼點時，六「入」字好，若作「滿」，便熟腐可笑。

張均〈岳陽晚景〉

晚景寒鴉集，秋風旅雁歸。水光浮日出，霞彩映江飛。

洲白蘆花吐，園紅柿葉稀。長沙卑濕地，九月未成衣。

【詩評】

　　一晚景，二點時。三四承一。五六承二。七結岳陽，八應秋風，有慨。

　　「水光」，從地說到天；「霞彩」，從天說到地。少陵〈秋興〉「江間波浪」

二句，亦是此法。

沈佺期〈巫山高〉

巫山高不極，合沓狀奇新。暗谷疑風雨，陰崖若鬼神。

月明三峽曙，潮滿九江春。為問陽臺客，應知入夢人。

【詩評】

　　一破題，二狀其高。三四近景。五六遠景。結巫山。

　　「合沓」起「暗谷」、「陰崖」；「狀奇新」喚下「疑風雨」、「若鬼神」。峽暮嘗昏，故見月如曉；江寒則淺，故因潮知春。巫山之景如此，而神女之事如何？則當一問陽臺客耳。上「風雨」、「鬼神」、「曙」字、「春」字，皆含「入夢人」之意，七八方有來歷。

沈佺期〈古意〉

聞道黃龍戍，頻年不解兵。可憐閨裡月，長在漢家營。

少婦今春意，良人昨夜情。誰能將旗鼓，一為取龍城。

【詩評】

　　一閨中，二戍所。三承一，四承二。五承三，六承四。七八進一步結。以「聞道」呼「可憐」，以「頻年」呼「長在」，以「少婦」承「閨裡」，以「良人」承「漢家營」，以「今春」、「昨夜」承「頻年」、「長在」，又止用「情」、「意」二字收住，並不說怨恨，而怨恨已極，方逼出七八不可必之想法，細絕。

　　五六就本句看極是平常，就通首看，則無限不可說之話，盡縮在此兩句內。初唐人微妙至此，其「盧家少婦」①七律，亦是此法，而用意尤覺深婉。

「長在」妙，若作「常照」，便是常語。

【校注】

①盧家少婦：指沈佺期七律〈古意呈補闕喬知之〉，此處以詩作首句「盧家少婦鬱
　金堂」前四字代稱之。詩見本書卷六。

沈佺期〈紫騮馬〉

青玉紫騮鞍，驕多影屢盤。荷君能剪拂，蹀躞噴桑乾。

踠足追奔易，長鳴遇賞難。縱經一萬里，霜露不辭寒。

【詩評】

　　一馬飾，二馬性。三承一，四承二。五承四，六承三，「遇賞難」而今竟遇賞
矣，所以「長鳴」也。結報知己，多少蘊藉和雅。若少陵之「萬里可橫行」①，必
（畢）竟失之粗。

　　「金鞍」、「玉勒」，已蒙剪拂矣；「驕多」、「屢盤」，才大者性驕，所以
難賞。今既荷君剪拂，自當展布其才而噴沫桑乾矣。然才之展布，追奔甚易；性之
驕多，遇賞甚難，方逼出驅馳萬里，不辭霜露寒也。「霜露寒」遙應「桑乾」。

【校注】

①萬里可橫行：出自杜甫五律〈房兵曹胡馬〉，詩見本書卷四。

沈佺期〈關山月〉

漢月生遼海，瞳朧出半暉。合昏玄菟郡，中夜白登圍。

暈落關山迥，光寒霜露微。將軍聽曉角，戰馬欲南歸。

【詩評】

　　前半寫月至中夜,皆一句。五六寫月之將曉,則用兩句,法變。結言外見將軍看月,不眠至曉,故聽角而欲南歸也。以「聽」字映「看」字,以「角」字換「月」字,靈妙!

　　「聽曉角」,是言月將落。

沈佺期〈折楊柳〉

玉窗朝日映,羅帳春風吹。拭淚攀楊柳,長條宛地垂。

白花飛歷亂,黃鳥思參差。妾自肝腸斷,傍人那得知。

【詩評】

　　一二景中有情。三四出題。五六景中有情。七八情。

　　「朝日」、「春風」、「玉窗」、「羅帳」,中已自淚流,乃拭淚出閨,強為消遣。見長條宛地,一攀折而花鳥感觸,又至腸斷,更甚於朝日春風,此情此恨,誰能知者?

　　此首前半與王昌齡「閨中少婦不知愁」前二句相反,後半與王後二句一意,而此較深厚。

　　一起,將春光明媚閒寫,兩句緊以「拭淚」二字接下,異常悲楚。白花歷亂、黃鳥參差,又觸起傷心,頓然結住,便覺題之前後左右,尚有無限情景在。

　　唐人此題不下百餘首,讀者參看,始知此作之妙。

沈佺期〈早發平昌島〉

解纜春風後,鳴榔曉漲前。陽烏出海樹,雲雁下江煙。

積氣衝長島,浮光溢大川。不能懷魏闕,心賞獨泠然。

【詩評】

一發，二早，兼出平昌。三四承一。五六承二。結情。

題雖是「早發」，意卻只在「曉漲」景色上寫，乃結出遇此心賞，亦不知身在遷謫矣。

沈佺期〈出塞〉

十年通大漠，萬里出長平。寒日生戈劍，陰雲拂旆旌。

飢烏啼舊壘，疲馬戀空城。辛苦皋蘭北，胡塵損漢兵。

【詩評】

一塞，二出。中四皆景。結事。

「十年始通」，見用兵之久；「萬里又出」，見用兵之頻。日生戈劍而寒甚，雲拂旆旌而陰森，則出塞之苦自見。「烏啼舊壘」、「馬戀空城」，已含「損漢兵」矣。「辛苦」二字總結上文，「皋蘭北」結一二，又用「胡塵」太實，用虛字方妙。「損漢兵」亦太實。

丁仙芝〈渡楊（揚）子江〉

桂楫中流望，空波兩岸明。林開楊（揚）子驛，山出潤州城。

海盡邊陰靜，江寒朔吹生。更聞風葉下，淅瀝度秋聲。

【詩評】

一二破題。三四承「兩岸」。五六水中景，俱承「望」字。以時結。

兩句遠景，兩句水景，中四暗含東西南北，讀者不覺。結用「更聞」二字，覺前六句皆有客愁在內，深厚之極。

殷遙〈送友人下第歸省〉

君此卜行日，高堂應夢歸。莫將和氏淚，滴著老萊衣。

岳雨連河細，田禽出麥飛。到家調膳後，吟好送斜暉。

【詩評】

　　一送行，二歸省。三「下第」承一，四「歸省」承二。五所經之路，六卜行之時。七應首句結「歸省」，八結「下第」。

　　父母愛子之心如此，君豈可以下第之故傷親心乎？仁人孝子之言。結叮嚀其莫以下第懈心。

　　起句精神感通，實有此理，如曾母齧指是也。

殷遙〈春晚山行〉

寂歷青山晚，山行趣不稀。野花成子落，江燕引雛飛。

暗草薰苔徑，晴楊掃石磯。俗人猶語此，余亦轉忘歸。

【詩評】

　　一二破題。三四春晚。五六山中幽清。七結中四，八結一二。

　　寫晚春最細。

徐延壽〈人日剪綵〉

閨婦持刀坐，自憐裁剪新。葉催情綴色，花寄手成春。

帖燕留妝戶，黏雞待餉人。擎來問夫婿，何處不如真。

【詩評】

　　持刀坐，便是慘澹經營。三四有即理通識意，可見無情人，並綵亦不能剪。結畫出得意。

李邕〈詠雲〉

綵雲驚歲晚，繚繞孤山頭。散作五般色，凝為一段愁。

影雖沈澗底，形在天際遊。風動必飛去，不應長此留。

【詩評】

　　一詠雲之情，二望雲之地。三雲之文彩，承首二字；四承「驚歲晚」三字。五六承二。七八用反筆總結。

　　雲無心出岫，何嘗驚歲晚，起便有意。

　　近人詠物，無一意思，此可為法。

　　此北海①不欲仕而托雲以見志，逐句有意，然果能早去，安得杖死？亦空言耳。

【校注】

①北海：李邕（674-746），初唐書法名家，曾任北海太守。《新唐書·李邕傳》載：「天寶中，左驍衛兵曹參軍柳勣有罪下獄。邕嘗遺勣馬，故吉溫使引邕嘗以休咎相語，陰賂遺。宰相李林甫素忌邕，因傅以罪。詔刑部員外郎祁順之、監察御史羅希奭就郡杖殺之，時年七十。」屈復認為，李邕若能如本詩所歌詠的彩雲般，形遊天際，風動飛去，不眷戀仕途，也就不會落得被宰相李林甫杖死的下場。

王灣〈次北固山下〉

客路青山外，行舟綠水前。潮平兩岸闊，風正一帆懸。

海日生殘夜，江春入舊年。鄉書何處達，歸雁洛陽邊。

【詩評】

　　一北固，二山下。三四承二。五六時。結應首句。

　　「海日殘夜」，不眠可知；「江春舊年」，客感可知，故逼出結句。

張子容〈送孟八浩然歸襄陽二首〉題下注：第二首

杜門不欲出，久與世情踈。以此為長策，勸君歸舊廬。

醉歌田舍酒，笑讀古人書。好是一生事，無勞獻子虛。

【詩評】

　　一二是今日歸意。三承一二，四送歸。五六實寫長策事也。結出無知音。

　　胸中感憤之極，吐詞最易激烈，此詩語氣和平，令人不覺激烈，而意中激烈，在文字之外。

賀知章〈送人之軍中〉

常經絕脈塞，復見斷腸流。送子成今別，令人起昔愁。

隴雲暗含雨，邊草夏先秋。萬里長城寄，無貽漢國憂。

【詩評】

　　一二軍中。三四送。五六昔愁。結勉之。

　　「常經」、「復見」，當時無限苦辛；「絕脈」、「斷腸」，說來尤覺慘沮。下將送別橫插一句，然後繳足上意，則送別時黯然景況，不言可知，五六將「隴雲」、「邊草」異樣景物，停筆寫出，規勉意作結。

卷二

王維〈同崔員外秋宵寓直〉

建禮高秋夜，承明候曉過。九門寒漏徹，萬井曙鐘多。

月迥藏珠斗，雲消出絳河。更慚衰朽質，南陌共鳴珂。

【詩評】

一秋宵，二寓直。三四承二。五六承一。結同崔員外。

「建禮」、「秋夜」承以「漏徹」、「曙鐘」，似不寫夜景矣，直到五六，方轉筆寫夜景，此倒敘法，唐人多有。「更慚」接上，簡妙，言同直已慚矣。「更」字、「共」字相呼應。

王維〈從岐王過楊氏別業應教〉

楊子談經所，淮王載酒過。興闌啼鳥換，坐久落花多。

徑轉迴銀燭，林開散玉珂。嚴城時未啟，前路擁笙歌。

【詩評】

一楊氏別業，二岐王過。三四景。五六遊覽。七八歸去。

啼鳥又換，則興不闌矣；落花漸多，則坐更久矣，見別業之佳勝。五六見別業之廣大，不然，日遊已盡，何至夜遊哉？

「所」字點明別業，「過」字點明來遊，三四遊已竟日，五六遊又半夜，七八明朝乃去也。

王維〈酬張少府〉

晚年惟好靜，萬事不關心。自顧無長策，空知返舊林。

松風吹解帶，山月照彈琴。君問窮通理，漁歌入浦深。

【詩評】

　　一好靜，二真靜。三四好靜根源。五六靜中風景。七八酬少府。

　　晚年好靜，萬事無心。昔在少時亦思用世，而顧無致君澤民之長策，故空知返舊林耳。五六靜景，承君之問，漁歌入浦，即窮通之理也。

　　上六句便是「窮通理」，末靜心悟後語。「空知」字，言外見不是真無才略，乃世不用故耳，與「晚年」字對看。

　　一二後即當接「松風」、「山月」，卻橫插「自顧」二句，意遂深厚。下〈祖三留宿〉「不枉故人駕」，亦是此法。

王維〈喜祖三至留宿〉

門前洛陽客，下馬拂征衣。不枉故人駕，平生多掩扉。
行人返深巷，積雪帶餘暉。早歲同袍者，高車何處歸？

【詩評】

　　一二暗言祖三，至三四久無客，至五六晚景，七八方出祖三，而留宿在中矣。

　　一二是閽人報客，三四便應接出祖三，卻橫插「平生」二句，暗寫「喜」字，五六又寫晚景，為留宿地，直至七八，方出祖三，又加「何處歸」一問，反結「洛陽客」，而「留宿」二字，不言而喻矣。

王維〈酬虞部蘇員外過藍田別業不見留之作〉

貧居依谷口，喬木帶荒村。石路枉迴駕，山家誰候門。
漁舟膠凍浦，獵火燒寒原。唯有白雲外，疎鐘聞夜猿。

【詩評】

　　一二藍田別業。三四過不見留。五六景。七八不見留之情。

　　前三句題已寫完，四添一筆，言山家無人可使也。後半皆酬意，五六畫景，七八夜景，言村荒如此，不足見留也。

王維〈輞川閒居贈裴秀才迪〉

寒山轉蒼翠，秋水日潺湲。倚杖柴門外，臨風聽暮蟬。

渡頭餘落日，墟里上孤煙。復值接輿醉，狂歌五柳前。

【詩評】

　　起言山水間（閒），三四人物俱閒，五六時景閒，結言同志閒。「轉」字、「日」字起三四；「餘」字、「上」字、「復值」字相呼應。

　　「寒山」、「秋水」、「暮蟬」，是歲暮；「落日」、「孤煙」，是日暮。時當歲暮，閒居倚杖，低頭聽蟬，舉頭見落日孤煙，閒亦至矣。復值醉友狂歌，其閒更何如也。

王維〈寄荊州張丞相〉

所思竟何在，悵望深荊門。舉世無相識，終身思舊恩。

方將與農圃，藝植老丘園。目盡南無雁，何由寄一言。

【詩評】

　　一丞相，二荊州。三承二，四承一。五六方欲歸田。結寄荊州。

　　本為浮沉宦海，今將決計歸田，回思舊恩，舉世無二，文義極順，然不成作法矣。今先寫丞相，接寫感恩，決計歸田反寫在五六，文勢意味，方陡健深厚。

宦途不達，正因張公罷相，外出荊州，無人薦拔，故決計歸田，回思舊恩，不勝悲感。世人贈當路詩，滿紙感恩報德，只是要求薦拔。時張已出外，己又將歸，則是真誠感恩可知。深曲之至。

王維〈冬晚對雪憶胡居士家〉

寒更傳曉箭，清鏡覽衰顏。隔牖風驚竹，開門雪滿山。

灑空深巷靜，積素廣庭閒。借問袁安舍，翛然尚閉關。

【詩評】

一冬曉，二早起。三四風雪。五六對雪。七八憶居士家。

早起對鏡，衰顏可慨。寒風大雪，時復晚冬，忽憶居士，時猶高臥，形己早起也。

詩全首皆是冬曉，而題云「冬晚」者，蓋冬暮曉起對雪也。

五六寫雪不著跡象，妙句。此首逐次寫去，直到結句。

王維〈山居秋暝〉

空山新雨後，天氣晚來秋。明月松間照，清泉石上流。

竹喧歸浣女，蓮動下漁舟。隨意春芳歇，王孫自可留。

【詩評】

一二破題。三四新雨後景。五六晚來秋景。七八雖春草已歇，而景物清妙如此，王孫自可留，居山中也。隨意猶一任也。

三四，月到天心處，風來水面時①，即此意。

花落林愈靜，鳥鳴山更幽②，五六得其意。

　　右丞此等詩，所謂不著一字，盡得風流者，最為難學，後生不知其難，往往妄步，遂至淺俗。

【校注】

①月到天心處：詩句出自北宋理學家邵雍（1012-1077）〈清夜吟〉：「月到天心處，風來水面時。一般清意味，料得少人知。」

②花落林愈靜：南朝梁代詩人王籍（？-？）之〈入若耶溪〉，詩中名句為「蟬噪林愈靜，鳥鳴山更幽」，與屈復引用內容略有不同。

王維〈終南別業〉

中歲頗好道，晚家南山陲。興來每獨往，勝事空自知。

行到水窮處，坐看雲起時。偶然值林叟，談笑無還期。

【詩評】

　　一家別業之由，二別業。三四承一二。五六承三四。七八承五六，結無一語說別業，卻語語是別業，神妙乃爾。

　　因好道而家南山，因南山而興來獨往，因獨往而勝事自知。「水窮」、「雲起」，道斯在焉。「行到」、「坐看」，獨往自知也。偶於此時，忽值鄰叟，遂談笑無還期耳。

　　「偶然」是無心而遇，與雲、水同，皆道也。非南山無此勝事，非好道無此逸興，中歲如此，晚益可知。

　　以「中歲」生「晚家」，以「獨往」生「自知」，以「行到」應「獨往」，以「坐看」應「自知」，以「水窮」、「雲起」應「興來」、「勝事」，以「林叟」、「談笑」而用「偶然」字總應上。此律中帶古法。

王維〈山居即事〉

寂寞掩柴扉，蒼茫對落暉。鶴巢松樹遍，人訪蓽門稀。
綠竹含新粉，紅蓮落故衣。渡頭煙火起，處處採菱歸。

【詩評】

〈喜祖三留宿〉「不枉故人駕，平生多掩扉」，此一四正與此同。平日皆然，偶於此日發之耳。平生多寂寞掩扉，今日皆對此夕暉，惟見鶴巢松遍，因歎人訪門稀。竹含新粉，蓮落故衣，「新」、「故」二字，時物之變，歲月之久，言外有樂此幽居之意。「渡頭煙火」正與「落暉」相應；「採菱歸」正與「掩扉」相應，寫人之忙，形己寂寞之間。不然，何以見其言外有樂此幽居之意乎？

有言「掩柴扉」是虛句，欲掩時忽見落暉，遂不掩扉而徘徊半晌，下七句皆門外情景者。殊不知右丞輞川數十里，所包甚大，非若窮措大①半畝之宮，數間茅屋，一掩柴扉，遂無見聞可同日而語。況此句即「門雖設而常關」②之意，非日夕掩門夜臥也。

【校注】

①窮措大：五代王定保（870-940）《唐摭言·賢僕伕》：「你何不從之而孜孜事一個窮措大，有何長進！縱不然，堂頭官人，豐衣足食，所往無不克。」後世常用以嘲笑貧寒且酸腐氣的讀書人，故又稱「窮醋大」。

②門雖設而常關：出自東晉詩人陶潛（365-427）〈歸去來辭〉：「園日涉以成趣，門雖設而常關」。

王維〈歸嵩山作〉

清川帶長薄，車馬去閒閒。流水如有意，暮禽相與還。
荒城臨古渡，落日滿秋山。迢遞嵩山下，歸來且閉關。

【詩評】

　　清川長薄，山路雖遠，車馬此去，意卻閒閒。流水如有意隨人，暮禽與車馬俱還。五六，去城已遠，到山漸近。迢遞而至且閉關高臥，皆是「閒閒」之神。「迢遞」二字總結上六句。下八字方出題，此倒出題法也。

王維〈終南山〉

太乙近天都，連山到海隅。白雲迴望合，青靄入看無。

分野中峰變，陰晴眾壑殊。欲投人處宿，隔水問樵夫。

【詩評】

　　一終南所在，二其大無極。三四「合」、「無」，狀其遠。五峰之高，六壑之廣。七八遊罷情景，詩中有畫。通篇言其大，遊覽竟日，尚無宿處，故隔水問樵夫耳，其大如何。

　　中四景物，分前後上下。

王維〈輞川閒居〉

一從歸白社，不復到青門。時倚簷前樹，遠看原上村。

青菰臨水映，白鳥向山翻。寂寞於陵子，桔槔方灌園。

【詩評】

　　「時」字，頂一二。「看」字，起五六，正寫閒處。五六亦「閒」字之神。「桔槔」、「灌園」①，不閒之甚，卻是閒極處。

【校注】

①桔槔、灌園：桔槔，汲水的工具，以繩懸掛橫木，一端繫水桶，一端繫重物，交

替上下，即可由井中汲水。傳說孔子學生子貢，遊楚返晉，途經漢陰時，見有老人抱甕取水澆菜，子貢認為老人的做法事倍功半，建議老人改用桔槔取水，為老人所拒，理由是「有機械者必有機事，有機事者必有機心」。後以「抱甕灌園」比喻安於拙陋簡樸的生活，典故見《莊子・天地》。王維詩中「桔槔方灌園」，反用「抱甕灌園」的典故，寫王維隱居輞川時，以桔槔汲水灌園，屈復故言：「桔槔、灌園，不閒之甚，卻是閒極處。」

王維〈晚春嚴少尹與諸公見過〉

松菊荒三徑，圖書共五車。烹葵邀上客，看竹到貧家。

鵲乳先春草，鶯啼過落花。自憐黃髮暮，一倍惜年華。

【詩評】

一二貧家。寫少尹與諸公見過，止三四兩句。五六又寫晚春。七正與少尹諸公對照，八結五六。

「徑荒」，久無客至也。「上客」，少尹也，乃邀請而來者。諸公為看竹而來，則不為主人來也。結言已老而見棄於時，故倍惜年華耳最閒，題意深如此。

王維〈過香積寺〉

不知香積寺，數里入雲峰。古木無人徑，深山何處鐘。

泉聲咽危石，日色冷青松。薄暮空潭曲，安禪制毒龍。

【詩評】

前半不知有寺，偶然出遊。後半過香積寺，「不知」、「何處」相呼應。「薄暮」總結上文。

數里雲峰，絕無人徑，安知有寺？「何處鐘」，正應首句。及松石流連，日暮安禪，皆是偶過，故不曰「遊」，不曰「宿」，而題曰「過」也。

此來本不知有寺，偶入雲峰，深山古木，絕無人徑，忽聞鐘聲，始知有寺，但不知在何處耳。乃隨鐘聲至寺，則泉咽危石，日冷青松，因薄暮而遂安禪也。

有言此詩，通篇俱言寺外之景，皆寫「不知」者，如此解，則右丞竟露宿一夜？豈有此理！

王維〈送崔九興宗遊蜀〉

送君從此去，轉覺故人稀。徒御猶回首，田園方掩扉。

出門當旅食，中路授寒衣。江漢風流地，遊人何歲歸。

【詩評】

前四皆自己送別情景，後四皆崔遊蜀情景。一二下即當接五六，卻插「徒御」二句，右丞多用此法。五開六，言路遠。七八雖點遊蜀，亦遙應一二。以風流之地，而遊人尚無歸處，行路之難如此。

王維〈送平淡（澹）然判官〉

不識陽關路，新從定遠侯。黃雲斷春色，畫角起邊愁。

瀚海經年到，交河出塞流。須令外國使，知飲月支頭。

【詩評】

一二出塞，兼點判官。三四景。五六地遠。七八勉其立功。此通篇對待法。瀚海去必經年，故侯從定遠出塞。舟泛交河，則陽關有路，交互承一二。

「不識」、「新從」，已含「愁」字，又加以「黃雲斷春色」，方逼起「邊

愁」，以出塞而經年始到，豈可空返，故用「經年」、「須令」字醒之，「不識」二字倒從下「新從」字著筆。中四言跋涉如此。七八，加一倍法。強如月支頭，尚為鄰國飲器①，況堂堂中原乎？則不負此行矣！「斷」字、「知」字，好！

【校注】

①月支頭為鄰國飲器：據《漢書·張騫傳》記載，漢武帝得知游牧祁連山一帶的月氏族，曾被匈奴攻擊，月氏王的頭顱更被匈奴砍下，充當喝酒器皿。月氏族因而怨仇匈奴，欲聯合其他族群共同對抗匈奴。漢武帝遂派遣張騫出使西域，企圖聯合月氏族共擊匈奴。本詩末聯，乃王維期勉平澹然判官，出塞後能如張騫一般，聯合外國使節，對抗共同敵人。

王維〈送劉司直赴安西〉

絕域陽關道，胡沙與塞塵。三春時有雁，萬里少行人。

首宿隨天馬，蒲萄逐漢臣。當令外國懼，不敢覓和親。

【詩評】

　　陽關道加「絕域」字，胡沙塞塵加「與」字，已寫盡安西荒遠矣。下又轉筆，寫「時有雁」、「少行人」，愈見荒遠之極。山窮水盡，方換筆寫壯懷。五六成蹟猶在，「當令」二字緊接上文，不可有愧古人也。

王維〈送梓州李使君〉

萬壑樹參天，千山響杜鵑。山中一夜雨，樹杪百重泉。

漢女輸橦布，巴人訟芋田。文翁翻教授，不敢倚先賢。

【詩評】

前四梓州山水之佳。五六梓州風俗。結以先賢勉之。

將梓州山水直寫四句，聲調高亮，令人陡然一驚，全不似送使君，只似閒適詩，妙極！下方寫風俗、使君。七八有餘意。

王維〈送張五諲歸宣城〉

五湖千萬里，況復五湖西。漁浦南陵郭，人家春穀（谷）溪。

欲歸江淼淼，未到草萋萋。憶想蘭陵鎮，可宜猿更啼。

【詩評】

一二已虛寫宣城。三四實接。五六復虛寫。七又實接，八又虛寫，虛實相間法也。以「千萬里」喝醒「況復」；以「欲歸」、「未到」擬途中情景；以「憶想」收上六句，起下「可宜」，法密！

起突然，結悠然，有無限深情在語言之外。

王維〈送邢桂州〉

鐃吹喧京口，風波下洞庭。赭圻將赤岸，擊汰復揚舲。

日落江湖白，潮來天地青。明珠歸合浦，應逐使臣星。

【詩評】

一二自京口往洞庭。三四一路揚帆而去。五六水行之景，雄俊闊大。七桂州，八人。不用虛字照應，以意貫串，此法最難學，恐有畫虎不成之誚。

王維〈漢江臨泛〉

楚塞三湘接，荊門九派通。江流天地外，山色有無中。
郡邑浮前浦，波瀾動遠空。襄陽好風日，留醉與山翁。

【詩評】

　　一二漢江。三四遠景。五六近景。結臨泛。

　　前六，雄俊闊大，甚難收拾，卻以「好風日」三字結之，筆力千鈞。題中「臨泛」，不過末句順帶而已。此法亦整。

王維〈觀獵〉

風勁角弓鳴，將軍獵渭城。草枯鷹眼疾，雪盡馬蹄輕。
忽過新豐市，還歸細柳營。迴看射鵰處，千里暮雲平。

【詩評】

　　惟風勁而角弓愈鳴，見獵者之眾，乃將軍獵渭城也。惟草枯而鷹眼方疾，惟雪盡而馬蹄更輕。「忽過」、「還歸」，見來去之速，及獵畢而迴看其處，但見暮雲千里而已。「勁」、「鳴」、「枯」、「疾」、「盡」、「輕」、「忽過」、「還歸」、「迴看」、「千里」，字法。

　　渭城、新豐、細柳，皆皇都近郊，似非可獵之地，而將軍眾兵遊獵，其速、其遠如此。玩「千里」字、「暮雲平」字，意殆有諷乎？

　　通篇不出「觀」字，全得「觀」字之神。

王維〈泛前陂〉

秋空自明迴，況復遠人間。暢以沙際鶴，兼之雲外山。

澄波淡將夕，清月皓方閒。此夜任孤棹，夷猶殊未還。

【詩評】

皓方閒，「閒」字妙，若作「圓」便索然。

一，其時可泛；二，地幽可泛。中四景物之佳，故任夷猶而不欲遽還也。

「自」、「況復」、「暢以」、「兼之」、「將」、「方」，諸字相呼應。七以「此夜」總結五六，陶詩妙境。

王維〈登裴迪秀才小臺作〉

端居不出戶，滿目望雲山。落日鳥邊下，秋原人外閒。

遙知遠林際，不見此簷間。好客多乘月，應門莫上關。

【詩評】

一二就內虛寫登臺。三四所望之景。五六就外虛寫小臺。七八期他夜看月於此。臺是裴迪小臺，言晝之雲山林鳥固佳，而夜之看月，當更佳也。

三四本是日邊鳥下、原外人閒，倒法深妙。五六是觸目有會，幽靜之極。結句從「落日」二字來。

王維〈被出濟州〉

微官易得罪，謫去濟川陰。執政方持法，明君無此心。

閭閻河潤上，井邑海雲深。縱有歸來日，各愁年鬢侵。

【詩評】

　　一被出，二濟州。三四出濟之故，承一。五六濟州風景，承二。結別故人。

　　易得罪，無罪而得罪也，官微故耳，若官不微則不至此。三回護，四頌聖，中有小人在高位，蒙蔽弄權，種種奸惡，不言可知。結有自信無罪，奸人終必敗露，但遲早難定，意猶諺云「間（閒）將冷眼觀螃蟹（蟹），看你橫行到幾時」也。語氣和平，令人不覺，妙極！

王維〈使至塞上〉

單車欲問邊，屬國過居延。征蓬出漢塞，歸雁入胡天。

大漠孤煙直，長河落日圓。蕭關逢候吏，都護在燕然。

【詩評】

　　一寫其孤行寡侶，二寫其經歷荒遠。三單車如征蓬之無定，四歸雁之外，更無他物。五六狀沙漠之景。七八言單車，庶可無虞矣。

　　前四寫其荒遠，故用「過」字、「出」、「入」字。五六寫其無人，故用「孤煙」、「落日」，「直」字、「圓」字，又加一倍驚恐，方轉出七八，乃為有力。

王維〈戲題示蕭氏外甥〉

憐爾解臨池，渠爺未學詩。老夫何足似，弊宅儻因之。

蘆笋穿荷葉，菱花罥雁兒。郜公不易勝，莫著外家欺。

【詩評】

　　一二才質，是邁種①之子。三四出外甥，渠父既不能詩，則當似老夫矣，此暗度之法。然老夫亦何足似？儻宅相當如此耳。又自謙，又自負。蘆笋（笋）猶穿荷

葉，菱花尚冒雁兒，才質雖好，兒戲如此，恐郗公②不易勝也，又是暗度之法。甥當努力，莫著外家欺汝無成，勉之哉！不用虛字照應，全以意暗度，此法最妙，最難學。

【校注】

①邁種：勉力樹德。出自《尚書・大禹謨》：「皋陶邁種德」。

②郗公：當作「郗公」，代指舅父。典故出自《世說新語・簡傲》：「王子敬兄弟見郗公，躡履問訊，甚修外甥禮。及嘉賓死，皆箸高屐，儀容輕慢。命坐，皆云：『有事，不暇坐。』既去，郗公慨然曰：『使嘉賓不死，鼠輩敢爾！』」郗愔（313-384）為東晉書法家王獻之、王徽之兩兄弟之舅父。

王維〈待儲光羲不至〉

重門朝已啓，起坐聽車聲。要欲聞清珮，方將出戶迎。
晚鐘鳴上苑，踈雨過春城。了自不相顧，臨堂空復情。

【詩評】

前半是待，後半不至。

重門朝啟，便聽車聲，「要欲」、「方將」，何等傾心側耳。待至極晚，鐘鳴雨過，方知了不相顧而空復情也。「空」字，無數相待之情，皆已成空；「復」字，無數相待之情，仍然未已。

崔顥〈送單于都護赴西河〉

征馬去翩翩，城秋月正圓。單于莫近塞，都護欲臨邊。
漢驛通煙火，胡沙乏井泉。功成須獻捷，未必去經年。

【詩評】

　　一明出都護，二暗點單于。三反承二，四正承一。五申寫臨邊，六申寫近塞。七令不敢近塞，八臨邊不久。

　　單于秋高入塞，月滿進兵；都護臨邊，而城頭月滿。今單于且莫近塞，而都護正在也。驛傳烽火，則胡寇未平；平沙井枯，則軍旅屢出，故望其功成早還也。

　　通篇分寫單于、都護。以「征」、「去」字、「臨」字，還題「赴」字，以「邊塞」、「沙泉」，還題「西河」字，而送別之意，處處皆見。五言單于實敢近塞，而都護不得不臨邊。六言都護實屢出臨邊，而單于依然近塞。總承三四也。蓋入寇不便明寫，故用暗寫，與「秋月」句同法。「莫近塞」者，已近而叱之，歸美都護，得「玁狁方叔，蠻荊來威」①之遺。王右丞送判官詩②，經年別者，以陽關遠故；此言未必經年者，以西河近故，且彼是出鎮，此是禦侮，緩急不同。王詩「須」字③，勉其楊（揚）威塞外；此「須」字，望其奏凱國中，字同意別。

【校注】

①玁狁方叔，蠻荊來威：語出《詩經‧小雅‧采芑》，指率軍出征邊塞外族。

②送判官詩：指王維〈送平澹然判官〉詩，有「瀚海經年到」句，詩見本書卷二。

③王詩「須」字：屈復認為本詩「功成須獻捷」的「須」字，有期望都護功成早還之意。而王維〈送平澹然判官〉「須令外國使，知飲月支頭」的「須」字，則是勉勵判官揚威邊塞。兩「須」字用意不同。

崔顥〈題潼關樓〉

客行逢雨霽，歇馬上津樓。山勢雄三輔，關門扼九州。

川從陝路去，河繞華陰流。向晚登臨處，風煙萬里愁。

【詩評】

　　一時，二關樓。三四遠景。五六近景，皆雨霽登樓所見。結情。「向晚」、

「萬里」字應首句，五六又呆寫近景，遂令通篇減色。或寫情如少陵〈岳陽樓〉，或寫長安興廢，則得之矣。

祖詠〈江南旅情〉

楚山不可極，歸路但蕭條。海色晴看雨，江聲夜聽潮。
劍留南斗近，書寄北風遙。為報空潭橘，無媒贈洛橋。

【詩評】

　　一江南，二旅情。三四承一，五六承二。七八合結。

　　詠洛人南遊吳楚，歸路蕭條，客懷如是。海色雖晴，看之如雨，風景異中州。江聲至夜，每聽如潮，通宵不寐。劍留江南，故南斗長近；書寄無人，故北風長遙，勿以「雨」、「潮」二字作實用，勿以「留」、「寄」二字連下讀。洛陽無橘，江南則有，故欲報而無媒。江南之物甚多，單言橘者，固即事而作，亦點客居之時也。

祖詠〈泊楊（揚）子津〉

才入維揚郡，鄉關此路遙。林藏初過雨，風退欲歸潮。
江火明沙岸，雲帆礙浦橋。客衣今日薄，寒氣近來饒。

【詩評】

　　「才入」者，甫離鄉關而來此也。三妙在「藏」字，四妙在「欲」字。雨惟初過，林乃能藏；潮非欲歸，風不能退。五江夜遠景，六津夜近景，「礙」字妙。若無浦橋，則雲帆遠去而不泊矣。七結一二，八結中四。

邱（丘）為〈留別王維〉①

歸鞍白雲外，繚繞出前山。今日又明日，自知心不閑。

簪組勞相送，欲趁鶯花還。一步一回首，遲遲向近關。

【詩評】

　　一二歸路。三四歸心已久，自覺無味。五出王維，六點時。結不忍別。

　　風流和靄，古意淋漓，耐人吟諷。

【校注】

①此詩《全唐詩》二收，一作丘為〈留別王維〉，一作王維〈留別丘為〉，二者內
　容一致。

李頎〈望秦川〉

秦川朝望迥，日出正東峰。遠近山河淨，逶迤城闕重。

秋聲萬戶竹，寒色五陵松。客有歸歟歎，淒其霜露濃。

【詩評】

　　起下五句，皆朝望所見。七情，八仍結朝望。景中有情，格法固奇，筆意俱高
甚。

　　帝都名利之場，乃清晨閒望，將「山河」、「城闕」、「萬戶」、「五陵」，
呆看半日，無所事事，將自己不得意，全不一字說出，只將光景淡淡寫去，直至
七八，忽興歸歟之歎，又虛托霜露一筆，覺滿紙皆成搖落，已說得盡情盡致。若襄
陽留別摩詰詩①，甚是小樣。

　　中四句全是眼前閒景，卻全是胸中妙意，中晚人專要寫景，能有此妙意否？

【校注】

①襄陽留別摩詰：「襄陽」為孟浩然（689-740），襄州襄陽人（今湖北襄陽）。
「摩詰」為王維（701-761），字摩詰。孟浩然〈留別王維〉詩，見本書卷三。

李頎〈寄鏡湖朱處士〉

澄霽晚流闊，微風吹綠蘋。鱗鱗遠峰見，淡淡平湖春。

芳草行堪把，白雲心所親。何時可為樂，夢裏東山人。

【詩評】

　　一筆直寫鏡湖景色，四句言已佳絕。五承「春」字，言從此日日更佳，六言況
是平生所好。七總收上七句，八方出寄處士，此結尾出題法。然「白雲」二字已是
處士影子。

李頎〈覺公院施鳥石臺〉

石臺置香飯，齋後施諸禽。童子亦知善，眾生無懼心。

苔痕蒼曉露，盤勢出香林。錫杖或圍繞，吾師一念深。

【詩評】

　　一石臺，二施鳥。三童子知善，四鳥無懼心來食也。五石六臺。七八覺公道行
之高。

儲光羲〈題山中流泉〉

山中有流水，借問不知名。映地為天色，飛空作雨聲。

轉來深澗滿，分出小池平。恬澹無人見，年年長自清。

【詩評】

　　一破題，二無名感慨起。三四神奇。五六功用。七八孤潔，感慨結。

　　中四承首句，結承次句。

　　有層次，有寄托，語亦清利。「不知名」三字感慨起，末二句感慨結，兩相照
應，最有法。

儲光羲〈張谷田舍〉

縣官清且儉，深谷有人家。一徑入寒竹，小橋穿野花。

碓喧春澗滿，梯倚綠桑斜。自說年來稔，前村酒可賒。

【詩評】

　　深山本無人家，因縣官清儉，今始有也。起遠望見者。三四入竹穿花而行。
五六到人家。結主人敬客皆令賢之故。

王昌齡〈胡笳曲〉

城南虜已合，一夜幾重圍。自有金笳引，能令出塞飛。

聽臨關月苦，清入海風微。三奏高樓曉，胡人掩淚歸。

【詩評】

　　此借劉崐（琨）事詠胡笳①，非詠劉事也。當胡人合圍，宜無可感動者，乃金
笳之引，出塞而飛。一聽則關月為苦，其清則海風為微，況三奏而天曉合圍者，能
不掩淚歸乎？

胡人且掩淚，則征戍可知，意在言外。六言胡笳之慘，海風亦為之微，非胡笳之聲入海風而微也。不如此解，則與結意不合。海風不高，笳聲最微，安能令胡人掩淚哉？

「掩淚」字正應「重圍」字，又結上「苦」、「微」、「自有」、「能令」字，倒捲而上，無一間（閒）字。

起高甚，令讀者茫然，不知所謂。

【校注】

①借劉琨事詠胡笳：劉琨（270-318），字越石，西晉末年曾任大將軍。據《晉書‧劉琨傳》記載，劉琨駐守晉陽（今山西太原）時，曾被胡騎團團包圍，「琨乃乘月登樓清嘯，賊聞之，皆淒然長歎。中夜奏胡笳，賊又流涕歔欷，有懷土之切。向曉復吹之，賊並棄圍而走。」以胡笳之樂引發敵人的思鄉之情，從而退兵解圍。屈復特別澄清，本詩歌詠對象為胡笳，而非劉琨以胡笳曲解圍的史事。但綜觀全詩，寫的雖然是胡笳曲調如何感動人心，然劉琨史事，實亦融入詩中，渾然一體。

王昌齡〈潞府客亭寄崔鳳童〉

蕭條郡城閉，旅館空寒煙。秋月對愁客，山鐘搖暮天。

新知偶相訪，斗酒情依然。一宿阻長會，清風徒滿川。

【詩評】

一潞府，二客亭。三四秋夜旅況。五六崔來而斗酒相接。結句方知以上皆是前夜事，即一日不見，如隔三秋意，但換「夜」字耳。

「蕭條」字、「閉」字、「秋月」字、「愁」字、「山鐘」字、「對」、「搖」字，寫到百分寂寥，方轉出「新知」、「斗酒」，意外歡樂，乃七八忽言一夕相阻，將歡樂皆變寂寥，又勝前百陪（倍）矣。格好！

王昌齡〈宿京口期劉眘虛不至〉

霜天起長望，殘月生海門。風靜夜潮滿，城高寒氣昏。

故人何寂寞，久已乖清言。明發不能寐，徒盈江上樽。

【詩評】

前半宿京口，後半劉不至。

「霜天」點時兼言夜長。殘月初生，夜已深矣，故潮滿氣寒。五言不至，「久已」二字，乃過一步法。「明發」結前四；「徒盈」結五六。

王昌齡〈送李擢遊江東〉

清洛日夜漲，微物引孤舟。離腸便千里，遠夢生江樓。

楚國橙橘暗，吳門煙雨愁。東南具今古，歸望山雲秋。

【詩評】

一別地，二暗破「遊江東」。三四遊者方去，而此刻便是千里。送者之遠夢，已生江樓，以友朋為性命，和盤托出。五六江東景物。七可以弔古，八望其秋歸。七緊頂五六，言可以憑弔古今，不用愁也。

詩中往往有本句不解，而解在上下句者，後人就句論句，竟以「不可解」三字了之，如此句，譚云「深理」①，請問深理在何處？

龍標②絕句，如「秦時明月」③、「作（昨）夜風開」④等作，俱有妙理，並無可解不可解處。

【校注】

①譚云深理：晚明竟陵詩派詩人譚元春（1586-1637），在其與鍾惺合選的《唐詩歸》卷十一，於本詩之「東南具今古」句下夾批：「深理」。然並未闡明「深

理」所指為何？屈復故而有「請問深理在何處」的質疑。

② 龍標：王昌齡（698-757），曾任龍標（今湖南黔陽）縣尉，盛唐詩人。

③ 秦時明月：見王昌齡〈出塞〉七絕：「秦時明月漢時關，萬里長征人未還。但使龍城飛將在，不教胡馬渡陰山。」

④ 昨夜風開：見王昌齡〈春宮曲〉七絕：「昨夜風開露井桃，未央前殿月輪高。平陽歌舞新承寵，簾外春寒賜錦袍。」

王昌齡〈客廣陵〉

樓頭廣陵近，九月在南徐。秋色明海縣，寒煙生里閭。

夜帆歸楚客，昨日渡江書。為問易名叟，垂綸不見魚。

【詩評】

　　一二時地，在南徐而望廣陵①。三四承二，南徐秋景。五六承一，廣陵寄書者。結承五六。

　　廣陵有知己，故登樓而望，不然，「渡江書」何自而來哉？草蛇灰線②，細絕！

　　上半寫得寂寥，獨往獨來，下半借歸客寄書，問出自己蹤跡，是傲然一老，諸事不屑，所謂意不在魚也。

【校注】

① 南徐望廣陵：南徐，今江蘇鎮江；廣陵，今江蘇揚州，兩地隔江相望。

② 草蛇灰線：古人評點詩文、小說時常用的術語。以草中之蛇游走痕跡，似斷實連；灰裡之線若有似無。遂用以代指詩文、小說的結構環環相扣，但伏筆隱約，須細探始見。

常建〈宿王昌齡隱居〉

清溪深不測，隱處惟孤雲。松際露微月，清光猶為君。

茅亭宿花影，藥院滋苔紋。余亦謝時去，西山鸞鶴群。

【詩評】

　　一二王隱居。三四懷王。五六隱居夜景。中四皆「宿」字。結己亦欲隱也。

　　王之清才，死後松月猶若繾戀。生時不見用，此所以感而欲隱也。讀此方知李頎「物在人亡」①一首，俗淺。

【校注】

①物在人亡：指李頎〈題盧五舊居〉七律，詩見本書卷七。

常建〈題破山寺後禪院〉

清晨入古寺，初日照高林。竹徑通幽處，禪房花木深。

山光悅鳥性，潭影空人心。萬籟此俱寂，但餘鐘磬音。

【詩評】

　　一入寺，二點時。三四承一。五六承二。總結。

　　但寫幽情，不著一贊羨語，而贊羨已到十分。

　　次寫景真，句法又活。

　　今日此寺荒蕪已極，遊人猶因此詩尋覽憑弔，久之乃去。

李嶷〈林園秋夜作〉

林臥避殘暑，白雲長在天。賞心既如此，對酒非徒然。

月色偏秋露，竹聲兼夜泉。涼風懷袖裡，茲意與誰傳。

【詩評】

　　一二破題。三四總承一二。五六夜景。七結秋，八應賞心。

　　空清平遠，結率甚。

王諲〈閨情〉

日暮裁縫歇，深嫌氣力微。才能收篋笥，懶起下簾帷。

怨坐空燃燭，愁眠不解衣。昨來頻夢見，夫婿莫應知。

【詩評】

　　一事，二情。三四承二。五六承一，又逼出結句。蓋裁縫者，欲寄征衣也。

　　要知非力微，亦非懶起，「嫌」字可想。五六「愁」、「怨」二字著跡，若作「久坐」、「孤眠」方妙。前四句全是愁怨，一結靈心妙想，不言愁怨，正是愁怨極處。

劉長卿〈穆陵關北逢人歸漁陽〉

逢君穆陵路，匹馬向桑乾。楚國蒼山古，幽州白日寒。

城池百戰後，耆舊幾家殘。處處蓬蒿遍，歸人掩淚看。

【詩評】

　　前四，穆陵、漁陽，雙起對承。後四歸漁陽。

　　題是「逢人」，本非交好，故通篇不言情，止寫兩地風景。至「戰後」、「家殘」，雖承接「幽州」，起下「蓬蒿」，實慨時亂也。「處處」字，結五六有力。

八亦結前四也。

　　此在初、盛為平實之作，在中唐為穩稱。近世作者，止學得此一派。

劉長卿〈經漂母墓〉

昔賢懷一飯，茲事已千秋。古墓樵人識，前朝楚水流。

渚蘋行客薦，山木杜鵑愁。春草茫茫綠，王孫舊此遊。

【詩評】

　　前四，漂母墓；後四，經也。

　　一飯甚微，千秋最久，昔賢所懷，後人何與？而進食者之古墓，宜共忘久矣。乃至無知樵人，猶然能識者，以其識英雄於塵埃間也。若漢天子之尊，漢天下之大，封三齊，爵淮陰，較之一飯，宜長留宇宙間。乃今日惟見楚水空流耳。子陵有釣臺，光武無寸土。生王之頭，不如死士之墓①，信哉！行人經此，仰其高義，渚蘋以薦，聞墓木之杜鵑而尚然生悲者。睹今日之芳草，綠如昔年，而當日之王孫，舊曾此遊也。

　　「昔」字、「一」字、「茲」字、「已」字，呼三四甚醒豁。五六寫「經」字又著「愁」字，喚起七八。言外見今日我來遊此，更無漂母其人能識我者也。

　　此首重在漂母能識賢，全為自己今日無識者而發，不在信之被殺。漢高之殺信，有以「嫉賢忌功」釋四句，以「杜鵑遺恨」釋六句者，又有謂六句寫信之怨者，又有三四可移七八，七八亦可移三四者，皆非作者意。

　　此首止用「一飯」、「王孫」四字，而切題不易，今人則故實滿紙矣。

【校注】

①生王之頭，不如死士之墓：典故見《戰國策·齊宣王見顏斶》，透過士人顏斶與戰國時齊宣王的對話，爭論士人與國君孰尊孰卑的問題。顏斶以昔日秦國攻打齊國時，秦王下令：破壞賢士柳下惠墓地者，處以死罪；砍下齊王頭顱者，封邑萬

戶，賜金萬兩。可見「生王之頭，不如死士之墓」，亦即活著的國王，未必比得上死後的賢士令人敬重。

劉長卿〈碧澗別墅喜皇甫侍御相訪〉

荒村帶晚照，落葉亂紛紛。古路無行客，寒山獨見君。

野橋經雨斷，澗水向田分。不為憐同病，何人到白雲。

【詩評】

一二別墅兼點時日。三四喜皇甫相訪。五六路惡。結重寫「喜」字。「古路無行客」，止言地鄙。「野橋斷」、「澗水分」，見難通車馬，為侍御鄭重，為「喜」字進步。三四言行客亦無，獨見君來，可喜。七八言得得①訪我，更為可喜。

「荒村」至「獨見君」，一氣說下，五六頓住兩句，第七句用折筆，亦有篇法。可惜結句仍是三四意，止添「白雲」二字而已，安得不薄？若將「何人」改作「何緣」，不但與三四不複，且與第七句鉤勒得緊湊，並五六之「斷」字、「分」字，亦有關合矣。蓋「斷」、「分」二字，是形容路徑荒僻，結句應深一層跌落方警豁，「緣」字較「人」字更深一層，不待言。只易一字，便是合作。可見一字不佳，足累全篇，古人「一字師」②，豈虛語哉！

【校注】

①得得：專程、特意。晚唐和尚貫休（832-912）〈陳情獻蜀皇帝〉詩云：「一瓶一缽垂垂老，千水千山得得來。」本詩末聯，乃欣喜於皇甫侍御特意來訪。

②一字師：代指善於訂正或修改詩文的人。晚唐僧人齊己（863-937）曾作〈早梅〉詩，中有「前村深雪裡，昨夜數枝開」之句，詩人鄭谷（849-911）讀後，將「數枝」改為「一枝」，更能切合詩題的「早」字。齊己也歎服下拜，稱鄭谷為「一字師」。

劉長卿〈新年作〉

鄉心新歲切，天畔獨潸（潛）然。老至居人下，春歸在客先。

嶺猿同旦暮，江柳共風煙。已似長沙傅，從今又幾年？

【詩評】

一新歲之感，二他鄉之情。三承二，其情難堪；四承一，其感甚深。五六經年天畔，傷心景物。七結五六；八結新歲，言不知更有幾年，而始得歸也。

句句從「切」字說出，便覺沉著。五六以「同」、「共」二字形容出「獨」字。

劉長卿〈尋南溪常道士〉

一路經行處，莓苔見履痕。白雲依靜渚，青（春）草閉閒門。

過雨看松色，隨山到水源。溪花與禪意，相對亦忘言。

【詩評】

一尋，二道士。中四皆承二。七八贊美結。

南溪經行之處，惟見履痕，而道士則閉閒門於白雲靜渚中，一路看松隨水，皆有得意忘言之妙也。

履痕者，道士之履痕。雲依靜渚、草閉閒門，故止見履痕而不見人也。看松隨水，起下得意忘言。溪花即從水源脫下，又結題中「南溪」。

晉僧皆稱道人，支公極談莊老，而後世兩家且如水火，何也？襄陽以談玄許僧，文房①以禪意稱道士，古人不拘如此。

題是尋常道士，詩只「見履痕」三字完題，餘但寫南溪，自己一路得意忘言之妙，其見道士否不論，與王子猷「何必見安道」②同意。

【校注】

①襄陽、文房：襄陽指盛唐詩人孟浩然（689-740）。文房指劉長卿（709-785），
　字文房，為盛、中唐之際詩人。

②王子猷：王徽之（338-386），字子猷，東晉書法家王羲之之子。「何必見安
　道」典故出自《世說新語・任誕》，乃王徽之雪夜乘興起意，拜訪隱士戴逵
　（331-396，字安道）。船行一夜，卻造門不前，自言乘興而來，興盡而返，
　「何必見戴」。

劉長卿〈岳陽館中望洞庭湖〉

萬古巴邱戍，平湖此望長。問人何淼淼，愁暮更蒼蒼。

疊浪浮元氣，中流沒太陽。孤舟有歸客，早晚達瀟湘。

【詩評】

　　一二望湖。三四虛寫湖之大。五六實寫湖之大。末總結大字，言不知早晚始得
過此湖而至瀟湘也。

　　三聯亦佳，因有襄陽、少陵二作①遂壓倒。

　　結正是歎湖之廣大。

　　六句皆寫「望」字，神妙。

【校注】

①襄陽、少陵二作：指孟浩然〈臨洞庭上張丞相〉與杜甫〈登岳陽樓〉，兩首並列
　為歌詠洞庭湖的絕唱。孟詩見本書卷三，杜詩見本書卷四。

劉長卿〈北歸次秋浦界清溪館〉

萬里猿啼斷，孤村客暫依。雁過彭蠡暮，人向宛陵稀。

舊路青山在，餘生白首歸。漸知行近北，不見鷓鴣飛。

【詩評】

　　一北歸，二次秋浦。三四秋浦景，承二。五六北歸情景。

　　萬里之外，日聽猿啼，今已斷矣，可喜；溪館暫依，明日即北行，可喜；南來之雁甚多，北歸之人甚少，我獨北歸，可喜。舊路惟青山尚在，則不在者多；餘生至白首方歸，則得歸亦幸。語語若傷感，意卻有喜。不見鷓鴣，是以漸知近北，蓋厭見已久，今始不見，喜可知矣。以「見」字應「聽猿」，以「鷓鴣」應「啼猿」，法密。通篇無一「喜」字，全以神行。

劉長卿〈秋杪江亭有作〉

日暮更愁遠，天涯殊未還。世情何處澹，湘水向人間。

寒渚一孤雁，夕陽千萬山。扁舟將落葉，俱在洞庭間（閒）。

【詩評】

　　一二旅懷。三四見行客不如湘江之間也，是江亭。五六景，是秋杪。結應一二，不願居此也。

　　一二，一作「寂寞江亭下，江楓秋氣班」。七八，一作「扁舟如落葉，此去未知還」。「更愁遠」三字，初、盛人必然發揮出無數意思，若下面止是此意，則此三字斷不肯輕下。

張巡〈聞笛〉

岧嶢試一臨，虜騎附城陰。不辨風塵色，安知天地心。

營開邊月近，戰苦陣雲深。旦夕更樓上，遙聞橫笛音。

【詩評】

題是「聞笛」，詩只一句聞笛，七句是當下情事，蓋因聞笛有感而作，非閒詠聞笛也。

前四言中原變亂，風塵如此，然天心難測，安知不有中興之日乎？「更樓」應起句。

詩之雄壯高超不必論，此何等時，尚有閒情吟詩耶？然此時無閒情吟詩，則是方寸已亂，安能以死報國乎？彼奸人者，方憂死不暇，安能吟詩？不然，已降矣，又安能吟詩？

崔曙〈途中曉發〉

曉霽長風裏，勞歌赴遠期。雲輕歸海疾，月滿下山遲。
旅望因高盡，鄉心遇物悲。故林遙不見，況在落花時。

【詩評】

一曉，二途中。三四景，雲歸疾而人不如雲疾，人歸遲而不如月滿也。五六情。七八承五六，又點時也。

崔曙〈奉試明堂火珠〉

正位開重屋，凌空出火珠。夜來雙月滿，曙後一星孤。
天淨光難滅，雲生望欲無。遙知聖明代，國寶在名都。

【詩評】

一明堂，二火珠。三夜，四畫形象。五六光焰。結頌。曙以此詩得名，死後惟一女，名星星，乃讖也。

綦毋潛〈送章彝下第〉

長安渭橋路，行客別時心。獻賦溫泉畢，無媒魏闕深。

黃鶯啼就馬，白日暗歸林。三十名未立，君還惜寸陰。
　　　　　○○○○

【詩評】

　　一下第之地，二下第之心。三四明寫下第。五六景，鶯方遷喬而人乃下第，人方下第而白日亦暗也。結勉之。三明說下第，四當含蓄，四明說則三當含蓄，二聯俱明說，有何意味？如云「有渡春波淺」，庶幾近之。文章有一日之短長，盛唐名家皆所不免，抵死護前者，可稍悟矣。

卷三

孟浩然〈與諸子登峴山〉

人事有代謝，往來成古今。江山留勝跡，我輩復登臨。

水落魚梁淺，天寒夢澤深。羊公碑尚在，讀罷淚沾襟。

【詩評】

　　一二歲月之速。三峴山，四與諸子同登。五六時景。七八懷古之情，正與一二相應。

　　起即用羊叔子①沈碑②語意，暗破登峴山，非泛言歲月如流也。三四江山長留，昔人不能將去，今日我輩登臨，我輩之後，他日復有我輩，曠達之甚。五六眼前景，卻與前四深有關會。結言昔人不見而羊公之碑尚在，讀罷沾襟，羊公之德亦尚在也。

【校注】

①羊叔子：羊祜（221-278），字叔子。《晉書·羊祜傳》：「祜樂山水，每風景必造，峴山置酒言詠，終日不倦。嘗慨然歎息，顧謂從事中郎鄒湛等曰：『自有宇宙，便有此山。由來賢達勝士，登此遠望，如我與卿者多矣！皆湮滅無聞，使人悲傷。如百歲後有知，魂魄猶應登此也。』……（羊祜歿）襄陽百姓於峴山羊祜平時遊憩之所建碑立廟，歲時饗祭焉。望其碑者莫不流涕，杜預因名為墮淚碑。」

②沈碑：據《晉書·杜預傳》記載：杜預（222-285）為能留名後世，有見於人世滄海桑田，高崖可能化為深谷，深谷又可能化為丘陵，故刻石為二碑記其勳績，一沈入萬山之下，一立於峴山之上，此為「沈碑傳名」由來。

孟浩然〈臨洞庭〉題下注：一作望洞庭湖贈張丞相

八月湖水平，涵虛混太清。氣蒸雲夢澤，波撼岳陽城。

欲濟無舟楫，端居恥聖明。坐觀垂釣者，徒有羨魚情。

【詩評】

　　前半望洞庭，後半贈張丞相。「氣蒸」、「波撼」，皆從「混太清」來。七八雖欲仕之情，亦是挽合前半。

　　前半何等氣勢，後半何其卑弱。張丞相，曲江也，語意若此，能不為所嗤乎？究竟何益之有？言不可不慎也。

孟浩然〈晚春〉

二月湖水清，家家春鳥鳴。林花掃更落，徑草踏還生。

酒伴來相命，開樽共解酲。當杯已入手，歌妓莫停聲。

【詩評】

　　一二春。三四晚。五六晏（宴）賞。七八承五六，補寫歌妓。

　　水清、鳥囀，緊接草長、花飛，寫「晚」字得神。後四宴賞之勝事，恰在箇中。歡樂難工，此詩有焉。

孟浩然〈歲暮歸南山〉

北闕休上書，南山歸敝廬。不才明主棄，多病故人疏。

白髮催年老，青陽逼歲除。永懷愁不寐，松月夜窗虛。

【詩評】

　　休上書，下第也，補題前事，歸山之由。三承一，四承二。五六歲暮。七八雖總結前六句，究竟「愁」字為首句居多。論詩則一為主句，論人則襄陽本非隱者，

觀〈臨洞庭〉、〈留別王維〉二首可知。

孟浩然〈閒園懷蘇子〉

林園雖少事，幽獨自多違。向夕開簾坐，庭陰落葉（景）微。
鳥從煙樹宿，螢傍水軒飛。感念同懷子，京華去不歸。

【詩評】

　　一明破閒園，二暗破懷友，中四皆閒園幽獨之情景。七收上起下，八蘇子。

　　題是「懷蘇子」，「幽獨」、「多違」之下，即當緊接「京華去」矣，卻將向夕獨坐、庭陰落葉時，鳥宿螢飛之景寫出，十分冷然。然後接出感幽獨而念同懷，收上起下，見不得不懷也。

孟浩然〈留別王維〉

寂寂竟何待，朝朝空自歸。欲尋芳草去，惜與故人違。
當路誰相假，知音世所稀。只應守寂寞，還掩故園扉。

【詩評】

　　一二別之由。三四別王。五六暢發別之故。七八所以還故園。

　　此首當是明皇放還時所作。「竟何待」，言天子已放還矣；「空自歸」，申說上句也。三四言早已欲歸，但以惜故人之別，是以在此耳。然猶望上有當路之援，下有知音之賞也。今已俱無，故園之返，夫復何言。若將三四作目前解，與後複矣。此詩怨甚。合〈歲暮歸南山〉、〈臨洞庭〉觀之，襄陽宦情甚濃，時人稱其高隱，如太白尚有「紅顏棄軒冕，迷花不事君」之贈，不可解。

孟浩然〈遊精思觀迴王白雲在後〉

出谷未停午，至家已夕曛（到家日已曛）。迴瞻山下路，但見牛羊群。

樵子暗相失，草蟲寒不聞。衡門猶未掩，佇立待夫君。

【詩評】

　　一遊，二迴。三四王白雲在後。五六景。七八待王歸也。

　　出谷未午，到家已夕，此下即當緊接王白雲在後矣。乃云迴瞻山路、但見牛羊，言外不見王白雲可知。五六寫山黑夜深，情景自然，以見在後可慮，為下開門立待地也。

孟浩然〈途中遇晴〉

已失巴陵雨，猶逢蜀坂泥。天開斜景徧，山出晚雲低。

餘濕猶沾草，殘流尚入溪。今宵有明月，鄉思遠悽悽。

【詩評】

　　一二虛破全題。三四實寫遇晴。五六初晴景。七總結上四，八應途中。一從上寫，二從下寫，三四從上寫，五六從下寫，七八從途中寫旅寓，法細如絲。

　　一有幸喜意，二有不足意。三四景佳極，有幸喜意。五六亦佳景，卻有不足意。七從途中想到定有明月，亦有幸喜意，八從明月又想到鄉思。抑揚曲折，無一直筆，但重「猶」字。

孟浩然〈宿武陵即事〉

川暗夕陽盡，孤舟泊岸初。嶺猿相叫嘯，潭影似空虛。

就枕滅明燭，扣舷聞夜漁。雞鳴問何處，人物是秦餘。

【詩評】

　　一時，二宿。三四承一。五六承二。結出武陵。

　　自夕陽初泊時寫到雞鳴，皆是景中見情，無一呆筆。蓋燭滅聞漁，則一夜不寐可知，方可緊接「雞鳴」字。

　　前半未臥時情景，後半已臥時情景，總言永夜不寐，及至雞鳴，尚宿武陵也。

孟浩然〈和張丞相春朝對雪〉

迎氣當春立，承恩喜雪來。潤從河漢下，花逼艷陽開。

不睹豐年瑞，安知燮理才。撒鹽如可擬，願糁和羹梅。

【詩評】

　　一春朝，二對雪。三承二，四承一。五收上，六起下，出丞相。七八和丞相春朝對雪。題無剩義。

　　前半春朝對雪，後半和丞相，法亦猶人。惟結句用典切甚，又化俗為雅。「鹽」、「梅」既切「丞相」，切「雪」、「梅」，又切「春朝」。切「雪」、切「丞相」易，並切「春」，難矣。

孟浩然〈過故人莊〉

故人具雞黍，邀我至田家。綠樹村邊合，青山郭外斜。

開筵面場圃，把酒話桑麻。待到重陽日，還來就菊花。

【詩評】

　　一二破題。三四遠景。五六應一二。七八總結。

　　一二後即當接「開筵」二句，卻用「綠樹」二句一間，方接「開筵」二句遙應。七八本欲結三四「綠樹」、「青山」，可以登高，而「就菊花」三字中，雞黍開筵，田家把酒，一時俱結矣。以古為律，得閒適之意，使靖節①為近體，想亦不過如此而已。

【校注】

①靖節：陶潛（365-427），東晉末詩人，曾棄官歸隱，友人顏延之（384-456）
　　〈陶徵士誄〉云：「若其寬樂令終之美，好廉克己之操……詢諸友好，宜謚曰靖
　　節徵士。」後世遂以「靖節」代稱陶潛。

李白〈送友人〉

青山橫北郭，白水繞東城。此地一為別，孤蓬萬里征。

浮雲遊子意，落日故人情。揮手自茲去，蕭蕭班馬鳴。

【詩評】

　　「青山」、「白水」，先寫送別之地，如此佳景，為「孤蓬」、「萬里」對照。「此地」緊接二句；「一別」，送者、去者合寫。五六又分寫。「自」、「茲」二字，人、地總結。八止寫「馬鳴」，黯然消（銷）魂，見於言外。

李白〈送友人入蜀〉

見說蠶叢路，崎嶇不易行。山從人面起，雲向馬頭生。

芳樹籠秦棧，春流繞蜀城。升沉應已定，不必問君平。

【詩評】

　　「見說」二字，直貫下五句，中四俱寫「不易行」。七八言前知無益，與蜀道之難，兩層合來，諷其勿往，意在言外。

李白〈送殷淑〉

白鷺洲前月，天明送客迴。青龍山後日，早出海雲來。

流水無情去，征帆逐次開。相看不忍別，更進手中杯。

【詩評】

　　一二，昨夜先送一客。三四，今日景，隔句對法。五六，今日又送別。七八，情。

　　昨夜送客，已是消（銷）魂；今日又送，何以為情？「不忍別」三字，全首俱動。

　　第六句方出題，格法奇。信手拈來，天花亂落，驟看全然古意，細味卻是律體，精神流動，格法離奇。青蓮屢學崔顥〈黃鶴樓〉詩，皆不能佳，惟此首無愧。

李白〈秋登宣城謝朓北樓〉

江城如畫裡，山曉望晴空。兩水夾明鏡，雙橋落彩虹。

人煙寒橘柚，秋色老梧桐。誰念北樓上，臨風懷謝公。

【詩評】

　　一宣城，二望，即登也。三四如畫。五六秋景。懷古結。

　　「明鏡」、「彩虹」、「寒」字、「老」字，皆在秋天晴空中看出。晴空水清，故云「夾明鏡」；晴空橋現，故云「落彩虹」。晴空中惟橘柚處陰森者，人煙

也，故云「寒」。晴空中惟梧桐處蕭瑟者，秋色也，故云「老」。然人煙者，秋氣也，氣是仄字，不可用，故以「人煙」對「秋色」耳。

三四人多賞之，余嫌近俗，五六佳甚。山谷①改「煙」為「家」，評者嗤為點金成鐵②手，然亦不言「煙」之不可為「家」者何在？

【校注】

①山谷：黃庭堅（1045-1105），字魯直，號山谷道人，晚號涪翁，北宋江西詩派
　領袖。

②點金成鐵：黃庭堅〈答洪駒父書〉有云：「古之能為文章者，真能陶冶萬物，雖
　取古人之陳言，入於翰墨，如靈丹一粒，點鐵成金也。」其所主張的「點鐵成
　金」，指的是取古人作品中的陳言套語，點化一、二字詞，使之具有令人耳目一
　新的妙境，猶如以靈丹將鐵塊點化成黃金，可謂化腐朽為神奇。與之相反的，便
　是「點金成鐵」，將黃金替換成鐵塊，亦即化神奇為腐朽，化高雅為庸劣。

李白〈夜泊牛渚懷古〉

牛渚西江夜，青天無片雲。登舟望秋月，空憶謝將軍。

予（余）亦能高詠，斯人不可聞。明朝掛帆席，楓葉落紛紛。

【詩評】

三句夜泊牛渚。三句懷古。二句明朝。

先寫無片雲，為月明地。正寫夜泊，兼客懷望月。月愈明，人愈不寐，為懷古地。謝將軍、牛渚事①，還本題只一句，卻用兩句自歎不遇，正寫「懷」字。結落葉紛紛，止寫秋景，有餘味。

三句為一解，六句兩解，五律中奇格，與「盧橘為秦樹」②、少陵〈送裴二虬尉永嘉〉③同法，詩格了然，而人以為怪，不可解。

【校注】

①謝將軍、牛渚事：據《世說新語‧文學》記載，東晉袁宏（328-376）年少家貧，為人傭載運租。某夜清風朗月，鎮西將軍謝尚（308-357）鎮守牛渚，微服泛江，袁宏在船上諷詠詩作，甚有情致。謝尚聆聽許久，歎美不已。派人私下訊問，得知是袁宏自詠其所作詠史詩，謝尚當即邀請袁宏登船論詩，通宵不寐。袁宏自此詩名大噪。

②盧橘為秦樹：為李白〈宮中行樂詞〉八首之一，詩見本詩下一首。

③送裴二虬尉永嘉：為杜甫五律，詩見本書卷四。

李白〈宮中行樂詞〉題下注：八首之一

盧橘為秦樹，蒲萄出漢宮。煙花宜落日，絲管醉春風。
笛奏龍吟水，簫鳴鳳下空。君王多樂事，還與萬方同。

【詩評】

　　一長安，二宮中。三承一二，四起下。五六承四。結出「行樂」，應「為」、「出」二字。法甚活。「煙花」承「萄」、「橘」，「絲管」起「簫」、「笛」。「宜落日」、「醉春風」，暗寫行樂也。五六暗用百獸率舞①意；七出題，「多」字含蓄無盡，且總收上文；八頌不忘規，「萬方」遙應「秦地（樹）」、「漢宮」。

　　「笛奏」，出馬融〈長笛賦〉②；「鳳鳴」，用簫史事③。

【校注】

①百獸率舞：語出《尚書‧舜典》：「擊石拊石，百獸率舞。」原指百獸相率起舞，後引申為帝王修德，時代清平。

②馬融〈長笛賦〉：馬融（79-166），字季長，東漢扶風茂陵（今陝西興平）人。其性好音樂，能鼓琴吹笛。因有見於簫、琴、笙等樂器，皆有頌歌，「唯笛獨

無」，故而作〈長笛賦〉。

②簫史事：據《列仙傳》記載：春秋秦穆公時，有善於吹簫者，名為簫史。據傳其吹奏第一曲時，清風習習吹來；奏第二曲時，彩雲四合；待至第三曲，百鳥和鳴，經時方散。秦穆公遂以女弄玉妻之，後簫史與弄玉乘鳳凰飛升成仙。

李白〈口號贈徵君盧鴻〉題下注：時公被召

陶令辭彭澤，梁鴻入會稽。我尋高士傳，君與古人齊。

雲臥留丹壑，天書降紫泥。不知楊伯起，早晚向關西。

【詩評】

一二引喻。三緊接，四合。五承前四，六起下。七八贈。

起列兩高士，下緊接徵君無愧古人，已把徵君將入天上去，再無出仕之理。今方雲臥丹壑而紫泥已降①，但不知徵君早晚赴召，又與前判然，蓋諷其勿往也。前五句一段，後三句一段，法之變化已極。起用兩古人名，結用一古人，又相應法也。

【校注】

①雲臥丹壑、紫泥已降：雲臥丹壑，指如閒雲一般，隱居於山水之間。紫泥已降，指朝廷徵聘的詔書已至。漢天子用紫泥封書函，並戳印以為憑記，故又以紫泥代稱詔書。

李白〈塞下曲〉

五月天山雪，無花只有寒。笛中聞折柳，春色未曾看。

曉戰隨金鼓，宵眠抱玉鞍。願將腰下劍，直為斬樓蘭。

【詩評】

前四塞下風景，後四塞下情事。

雪入春則無花，前言塞下寒苦如此，五六言其苦更甚，兩層逼出直斬樓蘭，言外見庶不再來塞下，重受此苦也。意甚含蓄。

李白〈塞下曲〉

駿馬似風飆，鳴鞭出渭橋。彎弓辭漢月，插羽破天驕。

陣解星芒盡，營空海霧消。功名畫麟閣，獨有霍嫖姚。

【詩評】

前六句敘戰士立功，末二句受賞者非立功之人，多是親戚幸臣，此同實有其事，然不止將士之一端也，太白其有為而發乎！

李白〈塞下曲〉

塞虜乘秋下，天兵出漢家。將軍分虎竹，戰士臥龍沙。

邊月隨弓影，胡霜拂劍花。玉關殊未入，少婦莫長嗟。

【詩評】

一二出塞之故。三四順承。五六弓劍精好。七收上，八開筆。

通篇無諷語，而以少婦長嗟結，則孤人之子，寡人之婦，窮兵黷武，自在言外，深厚之極。

李白〈秋思〉

燕支黃葉落，妾望自登臺。海上碧雲斷，單于秋色來。

胡兵沙塞合，漢使玉關回。征客無歸日，空悲蕙草催（摧）。

【詩評】

　　一二秋思。三四登臺所望。五收上，六起下。八秋思合結。

　　「黃葉」點時；「燕支」屯戍之所，從「思」字出；而秋色雲斷，從「望」字出也。此時塞兵方合，漢使新回，乃知征客旋歸無日，容華凋謝，亦空悲耳。本是漢使回而傳兵合，傳無歸日，此夾寫法，又後半之轉樞也。

李白〈侍從遊宿溫泉宮〉

羽林十二將，羅列應星文。霜扙（仗）懸秋月，霓旌捲夜雲。

嚴更千戶肅，清樂九天聞。日出瞻佳氣，蔥蔥繞聖君。

【詩評】

　　一二侍衛之眾。三四鹵簿。五六宿溫泉宮。七八侍從，頌結。

　　「星文」字起下「雲」、「月」；「仗懸」、「旌捲」為「宿」字地；「嚴更肅」收上四句。「清樂」，夜宴也；「千戶」，點溫泉宮；「九天」，宮之高，蓋溫泉宮在驪山之上。日出結「宿」字，「瞻」字點侍從；「佳氣」、「繞聖君」，頌也。

　　評者謂全說夜景，結及日出，周到，更得一語切溫泉，為尤妙。不知此是宿溫泉宮，非浴溫泉也。《西京雜記》：「建章宮千門萬戶」，此「千門」二字，已點「宮」字矣。

李白〈謝公亭〉

謝公離別處，風景每生愁。客散青天月，山空碧水流。

池花春映日，窗竹夜鳴秋。今古一相接，長歌懷舊遊。

【詩評】

　　「離別」字生下「愁」字，「每」字含下「舊遊」，「風景」起中四。三四是昔日謝公離別生愁風景。五六是今日遊人相對生愁風景。「今」結五六，「古」結三四，「懷舊遊」結一二。

李白〈送麴十少府〉

試發清秋興，因為吳會吟。碧雲斂海色，流水折江心。

我有延陵劍，君無陸賈金。艱難此為別，惆悵一何深。

【詩評】

　　一二點時地。三四既承吳會，又承清秋。五已，六少府，皆在艱難，故此別而惆悵獨深也。《史記》：「馮先生貧，惟有一劍耳。」①言惟有，正見其貧無他物也。延陵掛劍徐墓事②，必有傳寫之誤。古人用事雖無忌諱，其如與詩意不合。

【校注】

①馮先生貧，惟有一劍：典故見《史記·孟嘗君列傳》。馮驩因家貧，身無長物，惟有一劍。投靠孟嘗君後，因被冷落，故而彈劍發出「食無魚」、「出無輿」、「無以為家」的牢騷。待孟嘗君逐一滿足要求後，馮驩遂為孟嘗君謀畫「狡兔三窟」之計，讓孟嘗君日後得以避禍遠害。

②延陵掛劍徐墓事：延陵，指春秋時吳國公子季札（？-？），據《史記·吳太伯世家》記載：「季札之初使，北過徐君。徐君好季札劍，口弗敢言。季札心知

之，為使上國，未獻。還至徐，徐君已死，於是乃解其寶劍，繫之徐君冢樹而去。」後世遂多以「延陵掛劍」比喻友誼生死不渝。屈復認為，本詩五六句，乃李白表明自己與麴十少府皆處境艱難。「君無陸賈金」一句，指麴十少府未能如西漢陸賈（B.C.240-B.C.170）般擁有豐厚家產，但若以「延陵掛劍」表明李白也處境艱難，便顯得「與詩意不合」了。

李白〈訪戴天山道士不遇〉

犬吠水聲中，桃花帶雨濃。樹深時見鹿，溪午不聞鐘。

野竹分青靄，飛泉掛碧峰。無人知所去，愁倚兩三松。

【詩評】

不起不承，順筆直寫六句，以不遇結，唐人每有此格。

從水次有人家處，漸漸走到深林絕壑之間，而道士竟不知在何處，隨手寫出，看他層次之妙。「水聲」、「溪午」、「飛泉」、「桃花」、「樹」、「鐘」、「竹」、「松」等字，重出疊見，不覺其累者，逸氣橫出故也。然終不可為法。

韋應物〈冬夜宿司空曙野居因寄酬贈〉

南北與山鄰，蓬庵庇一身。繁霜疑有雪，荒草似無人。

遂性在耕稼，所交惟賤貧。何緣張掾傲，每重德璋親。

【詩評】

一二宿野居。三四冬夜情景，順承一二。五六司空高品，又收上野居，起下「張掾傲」。蓋宿司空野居，而司空不在，有詩先贈，故寄酬也。

東坡「夜涼疑有雨，院靜似無僧」①，本此。

【校注】

①夜涼疑有雨：出自蘇軾〈少年時嘗過一村院，見壁上有詩云：「夜涼疑有雨，院
靜似無僧。」不知何人詩也？宿黃州禪智寺，寺僧皆不在，夜半雨作，偶記此
詩，故作一絕〉。全詩為：「佛燈漸暗饑鼠出，山雨忽來修竹鳴。知是何人舊詩
句？已應知我此時情。」

韋應物〈送榆次林明府〉

無嗟千里遠，亦是宰王畿。策馬雨中去，逢人關外稀。

邑傳榆石在，路繞晉山微。別思方蕭索，秋風一葉飛。

【詩評】

　　一送別，二榆次明府。三別時景，四別後情。五六明出晉地。結點時。

　　「亦是」句一折；「逢人」句一折；先寫邑，後寫路，又一折；「方」字結上
六句，八一宕，頓折而下，情景兼寫，高、岑之法也。

韋應物〈府舍月遊〉

官舍耿深夜，佳月喜同遊。橫河俱半落，泛露忽驚秋。

散彩疏群樹，分規澄素流。心期與浩景，蒼蒼殊未收。

【詩評】

　　一二破題。三夜深，四遊時。五六單寫月中含「遊」字。八「月、遊」合結。

　　光著林樹，散影參差，故曰「疏」；月印流水，溪河同圓，故曰「分規」。

「心期」結「同遊」，「皓（浩）景」結「月」，言人當月夜，遊興復不淺也。

　　五六，詞意精切，似六朝佳句。

韋應物〈遊開元精舍〉

夏衣始輕體，遊步愛僧居。果園新雨後，香臺照日初。

綠陰生晝靜，孤花表春餘。符竹方為累，形跡一來踈。

【詩評】

　　一點時，二出題。三四總承一二。五六景。結不能長遊。

　　首句遊理、遊情，中四皆從首句生出，三四可遊之時，五六寫遊，承前四無痕。寫景不泛，得清靜之味。結率。

張謂〈同王徵君湘中有懷〉

八月洞庭秋，瀟湘水北流。還家萬里夢，為客五更愁。

不用開書帙，偏宜上酒樓。故人京洛滿，何日復同遊。

【詩評】

　　一二時地，水北流即含懷意。中四客況，而三四實，五六虛。七八方出京洛，與水北流相應。

　　較「不似湘江水北流」①少兩字，卻有含蓄。終古客情，十分真切，雅俗共賞。

【校注】

①不似湘江水北流：出自杜審言〈渡湘江〉七絕：「遲日園林悲昔遊，今春花鳥作邊愁。獨憐京國人南竄，不似湘江水北流。」

岑參〈滻水東店送唐子歸嵩陽〉

野店臨官路，重城壓御堤。山開灞水北，雨過杜陵西。

歸夢愁能作，鄉書醉懶題。橋迴忽不見，征馬尚聞嘶。

【詩評】

一二野店。三四別地別景。五六情。七八送歸。

當杜陵雨過，方見灞水山開，倒序法。歸夢鄉書，俱因送歸而發。愁尚能作，見不能真歸；心醉懶題，見空書無濟。河橋馬嘶，送後消（銷）魂景況。

前四皆以下句解上句；五六，下三字注上二字；而結又以八補七，此學公羊法①也。通首似少題中「嵩陽」字，「歸夢」、「鄉書」，已暗點矣。

【校注】

①公羊法：指《春秋》三傳之《公羊傳》，傳文特點是以自問自答方式，說解《春秋》的微言大義。本詩前四句都有「以下句解上句」的特色，五六句之「歸夢愁能作，鄉書醉懶題」，是以下三字補上二字。第八句「征馬尚聞嘶」又補第七句「橋迴忽不見」。詩中各句互為說解的特色，屈復故而謂之「學公羊法」。

岑參〈虢州送天平何丞入京市馬〉

關樹晚蒼蒼，長安近夕陽。回風醒別酒，細雨濕行裝。

習戰邊塵黑，防秋塞草黃。知君市駿馬，不是學燕王。

【詩評】

一虢州，二入京。三送何丞，四別景。五六亟須多馬。七八入京之故，寄慨也。見關樹之晚而知京近夕陽，言遠也。三我愁方深，四君行多阻，正以習戰防秋，須馬方亟，入京之市，為救邊計，非學燕昭①也。

　　一二喻末季之感。「細雨」寫此去道路之景，不犯「夕陽」。八喻求賢也。夫防邊不求賢士，而但「市駿馬」，何也？

【校注】

①學燕昭：燕昭，指戰國時燕昭王（B.C.335-B.C.279）。其謀臣郭隗以古代曾有君王花重金買馬骨，終究購得真正的千里馬，勸說燕昭王宜真心求才。本詩反用此典故，以何丞入京買馬，是因「習戰防秋，須馬方亟」，是為救邊防而急需買馬，並非如燕昭王般，藉口買馬，實為求才。屈復故而有「夫防邊不求賢士，而但市駿馬，何也」之慨。

岑參〈武威暮春聞宇文判官西使到晉昌〉

片雨過城頭，黃鸝上戍樓。塞花飄客淚，邊柳掛鄉愁。

白髮悲明鏡，青春換弊裘。君從萬里使，聞已到瓜州。

【詩評】

　　上六句皆武威暮春，結聞判官已到晉昌。

　　一二武威暮春景。三四情景合寫。五六客久可知，單寫情。結言君雖出使萬里之遠，今聞已至瓜州，言外見我客武威，尚未能歸也。前六句雖總寫武威暮春，而一二單寫景，三四合寫情景，五六又單寫情，結方寫判官使還，用「萬里」字、「已」字，言外見意，法密格高。

岑參〈初至犍為作〉

山色軒楹內，灘聲枕席間。草生公府靜，花落訟庭閒。

雲雨連三峽，風塵接百蠻。到來能幾日，不覺鬢毛斑。

【詩評】

六句寫犍為之景，二句寫初至。

一二見日夜惟山水相伴耳。三四交互法，言公府訟庭草生、花落，而閒靜無人也。五六雲雨長昏，風塵不解，方逼出七八。

岑參〈巴南舟中夜書事〉

渡口欲黃昏，歸人爭渡喧。近鐘清野寺，遠火點江村。

見雁思鄉信，聞猿積淚痕。孤舟萬里夜，秋月不堪論。

【詩評】

一二將夜。三四夜景。五六情。七八情景總結。

一二已含「思家」意，下即當接五六，卻插夜景二句一間，然後轉出「猿」、「雁」、「鄉」、「淚」，氣方深厚。「孤舟」、「夜」，還題；「萬里」結五六；「秋月」補時兼還題中「夜」字；「不堪論」，猶少陵「中天月色好誰看」①也。通篇皆寫事。

【校注】

①中天月色好誰看：出自杜甫七律〈宿府〉：「清秋幕府井梧寒，獨宿江城蠟炬殘。永夜角聲悲自語，中天月色好誰看？風塵荏苒音書絕，關塞蕭條行路難。已忍伶俜十年事，強移棲息一枝安。」

岑參〈寄左省杜拾遺〉

聯步趨丹陛，分曹限紫微。曉隨天仗入，暮惹御香歸。

白髮悲花落，青雲羨鳥飛。聖朝無闕事，自覺諫書稀。

【詩評】

　　一二官同。三四出入同。五六情。結言無所建,自覺浮沉冷署,隨行逐隊而已,豈敢有所建白①哉。無限感歎,未曾說出。

【校注】

①建白:提出建言、陳述意見。典出《漢書‧霍光傳》:「將軍為國柱石,審此人不可,何不建白太后,更選賢而立之?」

岑參〈南樓送衛憑〉

近縣多過客,似君誠亦稀。南樓取涼好,便送故人歸。

鳥向望中滅,雨侵晴處飛。應須乘月去,且為解征衣。

【詩評】

　　一陪,二衛。三南樓,四送。五六景。結且留之。

　　說衛憑先添「多過客」一句。說送衛憑,再添「取涼好」一句。結句不說送去,倒說留住。「乘月」、「解衣」,復與「取涼」句映帶。

岑參〈還高冠潭口留別舍弟〉

昨日山有信,只今耕種時。遙傳杜陵叟,怪我還山遲。

獨向潭上酌,無人林下棋。東溪憶汝處,閒臥對鸕鷀。

【詩評】

　　前四山中信,後四是信中語,格法奇絕。

　　《詩歸》云:「後四句就將杜陵叟寄來信,寫在自己別詩中與弟看,妙。」

岑參〈初授官題高冠草堂〉

三十始一命，宦情多欲闌。自憐無舊業，不敢恥微官。

澗水吞樵路，山花醉藥欄。只緣五斗米，辜負一漁竿。

【詩評】

一初授官，下三句情。五六草堂景。結不忍去。前四少時業已蹉跎，微官可已，但以家貧，不敢已耳。五六草堂景物如此之佳，七八仍將前意歎息，而結「只緣」二字收上起下，無限曲折。

岑參〈奉送李太保兼御史大夫充渭北節度使〉

詔出未央宮，登壇近總戎。上公周太保，副相漢司空。

弓抱關西月，旗翻渭北風。弟兄皆許國，天地荷成功。

【詩評】

一新詔，二充節使。三四太保大夫。五六渭北。題已寫盡，結出弟兄，頌其成功。雄偉壯麗，與題相稱。

岑參〈宿關西客舍寄東山嚴許二山人時天保（寶）初七月初三日在內學見有高道舉徵〉

雲送關西雨，風傳渭北秋。孤燈然客夢，寒杵搗鄉愁。

灘上思嚴子，山中憶許由。蒼生今有望，飛詔下林邱（丘）。

【詩評】

　　「風雨」寫景，「關西」點題，「秋」補時。「孤燈」、「寒杵」寫景，「客夢」、「鄉愁」寫情，「然」、「搗」，字法。一二景中有情。三四情景合寫，生下「思」、「憶」二字，直貫末二句。

　　前幅宿客舍，後幅寄二山人，字法狠。「思」、「憶」合掌①。

【校注】

①合掌：為律詩詩病之一。指上下句對仗時，儘管用字及平仄相對，但詞義相近或重複，猶如左、右兩手合掌並觀，無甚差別。以本詩的「思嚴子」、「憶許由」為例，思、憶兩字語意相近，且皆為動詞，而嚴子（嚴陵）與許由都是隱逸高士，屈復故而稱之為「合掌」。其他如卷九杜甫〈九日藍田崔氏莊〉之「帽、冠」，卷十許渾〈咸陽城東樓〉之「樓、閣」，屈復皆稱之為「犯」，應即為「合掌」語意重複之病。

岑參〈送楊瑗尉南海〉

不擇南州尉，高堂有老親。樓臺重蜃氣，邑里雜鮫人。

海暗三山雨，花明五嶺春。此鄉多寶玉，慎莫厭清貧。

【詩評】

　　一出題，「不擇」二字呼下「有老親」。中四切「南海」，「重」、「雜」字法，見原有真樓臺、真人民也。五六，以下三字釋上二字，與「客夢愁能作」①法同。「此鄉」收中四，「慎莫」從上「多」生出，「厭」字從上「親老家貧」生出。祿以養親，祿外貪寶玉則污親。「慎」字較「行矣慎風波」之「慎」，更妙。

　　送赴官詩，一味稱譽便成惡套，必有規諷勸勉之意，乃為得體。

【校注】

①客夢愁能作：見岑參〈漣水東店送唐子歸嵩陽〉詩，詩見本書卷三，本句另作
　　「歸夢愁能作」。

岑參〈送杜佐下第歸陸渾別業〉

正月今欲半，陸渾花未開。出關見青草，春色正東來。
夫子且歸去，明時方愛才。還須及秋賦，莫即隱蒿萊。

【詩評】

　　一歸時，二歸地。三四歸途。五六慰之。結勉之。

　　前半歸陸渾，後半下第，春正東來，人方東去，下第人胸中眼中，何以堪此，
卻一字不曾說出，令人思而得之。後半亦不正寫，全用側筆，靈活。

岑參〈送顏少府投鄭陳州〉

一尉便垂白，數年惟草玄。出關策匹馬，逆旅聞秋蟬。
愛客多酒債，罷官無俸錢。知君羈思少，所適主人賢。

【詩評】

　　一少府，二著述。三四中途情景。五往日豪邁，六近時貧困，是他日事，為今
日投鄭引子。結一拍即合。首句所慨甚廣，不徒少府一人。

岑參〈稠桑驛喜逢嚴河南中丞便別〉 題下注：得時字

駟馬映花枝，人人夾路窺。離心且莫問，春草自應知。

不謂青雲客，猶思紫禁時。別君能幾日，看取鬢成絲。

【詩評】

　　一正寫中丞兼點時，二傍寫中丞兼點稠桑驛。三四逢。五六喜。結便別。

　　四用「王孫」、「春草」言往日之別，自然相念。「且莫問」是已問矣，故下緊接在貴忘賤，不料如此，寫「喜」字神理。喜極而悲，又寫「便別」神理，言昔別未久，忽已老矣，今日又別，他日相逢，又是何如？全用側筆，妙。

岑參〈宿鐵關西館〉

馬汗踏成泥，朝馳幾萬蹄。雪中行地角，火處宿天倪。

塞迥心常怯，鄉遙夢亦迷。那知故園月，也到鐵關西。

【詩評】

　　前半從宿前寫，後半從宿後寫，結故作諧語自慰。

　　首句突然，次句申說雪中，是加一倍法；五六言不止今夕，亦是加一倍法。

岑參〈北庭作〉

雁塞通鹽澤，龍堆接醋溝。孤城天北畔，絕域海西頭。

秋雪春仍下，朝風夜不休。可知年四十，猶自未封侯。

【詩評】

　　一二北庭。三四言其遠。五六言其寒。結自傷。

　　一二用四地名卻不傷氣，又最精切雅馴，若非一結，則前六皆是閒話矣。

荊冬倩〈奉試詠青〉

路闊天光遠，春還月道臨。草濃河畔色，槐結路邊陰。

未映君王史，先標冑子襟。經明如可拾，自有致雲心。

【詩評】

一二就天時寫。三四就草木寫。五六就奉試寫。七八就干請寫。通篇不脫
「試」字。

重「路」字，唐人不拘。

句句切題，若非五六著虛字，即切亦可厭。

結出干請意，雖定規，筆意無痕。

常非月〈詠談容娘〉

舉手整花鈿，翻身舞錦筵。馬圍行處匝，人壓看場圓。

歌要齊聲和，情教細語傳。不知心大小，容得許多憐。

【詩評】

起，題中寫，刻肖。三四，題外寫，開法，「圓」字妙。五六寫談容，
「要」、「教」二字，從三四托下。結見賞者之眾，言外有未見好德如好色意。

楊賁〈時興〉

貴人昔未貴，咸願顧寒微。及自登樞要，何曾問布衣。

平明登紫閣，日晏下彤闈。擾擾路傍子，無勞歌是非。

【詩評】

　　明白淺近，極真極切。貧士讀之，擊節稱快；貴人讀之，顰額攢眉。然貴人又安有閒工夫讀此哉？結分明痛罵，又幸貴人不醒得，即醒得亦不肯招承，更妙。

李嘉祐〈蔣山開善寺〉

山殿秋雲裡，香煙出翠微。客尋朝磬至，僧背夕陽歸。

下界千門在，前朝萬事非。看心兼送目，葭莢自依依。

【詩評】

　　一二寺在蔣山之上。三四遊已終日。五六六朝故都。結言寺猶如故。「尋」字從「出翠微」來；「下界」、「前朝」從「蔣山」來；「看心」結三四，「送目」結五六，八結一二。

　　前開善寺，後感慨閒遊，忽慨到前朝，不是無意氣人遊覽。

皇甫曾〈送孔徵士〉

谷口幽（山）多處，君歸不可尋。家貧青史在，身老白雲深。

掃雪閑（開）松徑，踈泉過石（竹）林。余（餘）生負丘壑，相送亦何心？

【詩評】

　　一地，二送歸。中四歸後情景。七八自己情。

　　「不可尋」三字甚深遠，通首宜從此著想，自有妙意。單寫閒景，絕無情味。結亦真摯。

高適〈自薊北歸〉

驅馬薊門北，北風邊馬哀。蒼茫遠山口，谿達胡天開。

五將已深入，前軍止半迴。誰憐不得意，長劍獨歸來。

【詩評】

前六皆寫出「薊北」，只一結寫歸，三四寫得曠遠，足生英雄壯心。意言初出時，本欲立功異域，以取封侯，五六忽然寫得敗興之極，起七八，若非三四，則「不得意」三字全無來脈。

高適〈使青夷軍入居庸〉

匹馬行將久，征途去轉難。不知邊地別，只訝客衣單。

溪冷泉聲苦，山空木葉乾。莫言關塞極，雨雪尚漫漫。

【詩評】

一途中，二情。三四承二。五六景物。結情。

此奉使才入居庸，尚未至青夷軍。邊塞途長，匹馬已難，何況日夕，加一倍寫法。為下「去轉難」作勢，不知邊地早寒，尚是內地單衣。五六但寫途中景色，而邊地之所以別，客衣之所以單，自見。在行者已覺是天盡頭，而所使之地尚漫漫未至，將來雨雪更苦。「莫言」二字自慰，目前一見，邊塞之行路難也。怨誹之意，一毫不露。

高適〈醉後贈張九旭〉

世上漫相識，此翁殊不然。興來書自聖，醉後語尤顛。

白髮老閒事，青雲在目前。牀頭一壺酒，能更幾回眠。

【詩評】

　　一二與舉世不同，後六句皆寫不同處。三四實寫。五六虛寫。結又實寫。起句後平列六句，格奇。

　　一二說顛品①，三四說顛性，五六說顛情。置酒牀頭，以供渴飲，能更幾次？止剩空壺。七八說顛樣。

【校注】

①顛品：顛，指唐代書法家張旭（約675-750）。據《舊唐詩》記載：「旭善草書，而好酒，每醉後號呼狂走，索筆揮灑，變化無窮，若有神助，時人號爲張顛。」本詩前六句分寫張旭的品格與性情，屈復故而以顛品、顛性、顛情概括之。

高適〈淇上別業〉

依依西山下，別業桑林邊。庭鴨喜多雨，鄰雞知暮天。

野人種秋菜，古老開原田。且向世情遠，吾今聊自然。

【詩評】

　　一淇上，二別業。三四物情。五六人事。七八總上六句結。

　　與摩詰〈終南別業〉等詩一樣清曠，然如「喜」字、「知」字，便著跡象，摩詰必不如此，蓋摩詰實與世情遠，是真自然，達夫①且向世情遠，是聊自然也。

　　達夫表裡闊澈，此詩可見，以視宋之問「無能愧此生」②句，真齷齪心腸矣。

【校注】

①達夫：高適（704-765），字達夫，盛唐詩人，以善寫邊塞詩著稱。

②無能愧此生：詩句出自宋之問〈陸渾山莊〉，詩見本書卷二。屈復認為宋之問為
　人「齟齬心腸」，其抒發退隱山林之意的〈陸渾山莊〉，不過是欺世盜名，表裡
　不一，不能與高適的表裡闊澈相提並論。

高適〈別從甥萬盈〉

諸生曰萬盈，三(四)十未(乃)知名。宅相予偏重，家邱人莫輕。

美才應自料，苦節豈無成？莫以山田薄，今春又不耕。

【詩評】

　　次句一篇主意。三四我獨知其才，而人皆不知也，兼點從甥。五信之，六慰
之，結勉之。

　　首句生新，三四言不應未知名，而竟未知名也。結句宛然尊長語卑幼口吻，且
寫出萬盈自負奇才，視一第如拾芥也。

高適〈送白少府送兵之隴右〉

殘更登隴首，遠別指臨洮。為問關山事，何如州縣勞。

軍容隨赤羽，樹色引青袍。誰斷單于臂，今年大(太)白高。

【詩評】

　　一送時送地，二之隴右。三四言跋涉之苦，與少府州縣之勞，略相等耳，慰
也。五兵六送。結慨歎。

　　達夫半生出塞而功名未立，甲兵滿腹，而時無知者。故於送人送兵時，不覺技
癢，順口說出兵機，有無限感慨。一見當時主將，未能知兵；一見我數載從軍，時
皆不利，今年正是其時，而我偏不在行間，豈非命哉？英雄不遇，往往有此。

高適〈別韋五〉

徒然酌杯酒，不覺散人愁。相識仍遠別，欲歸翻遠（旅）遊。

夏雲滿郊甸，明月照河洲。莫恨征途遠，東看漳水流

【詩評】

一二虛寫「別」字。三四言甫相識而即分手，欲歸家而翻他往，其愁如此，不惟為古今遊人寫照，並寫出胸中血淚矣。五六自雲陰以至月出，見話別之久也。七結前四，八開一筆，言漳水東流，永無已時，我之征途，終有到日，何用恨為？又應首句（聯）「愁」字。

高適〈崔功曹赴越〉

傳有東南別，題詩報客居。江山知不厭，州縣復何如。

莫恨吳歈曲，嘗看越絕書。今朝欲乘興，隨爾食鱸魚。

【詩評】

一二補完題目。三四言越之山水甚佳，可以遊覽，假使此去為州縣，其勞何如？五有曲可聽，六有書可讀。結我方欲隨汝而往，汝勿以赴越為失意也。正與「報客居」相應，然客居之失意可知。

卷四

杜甫〈房兵曹胡馬〉

胡馬大宛名，鋒稜瘦骨成。竹披（批）雙耳峻，風入四蹄輕。

所向無空闊，真堪託死生。驍騰有如此，萬里可橫行。

【詩評】

一胡馬，二骨相。三四承一二。五六承四。七承五六，八點房兵曹。

結「萬里」句，與「所向」句稍複，雖云五著馬，八著人，細看終有複意。前半先寫其骨格神俊，後半能寫出血性。

王漁洋①云：「批」、「峻」字，今人以為怪矣。西樵②云：落筆有一瞬千里之勢③。

鍾、譚極賞「鋒稜瘦骨」句，云：「世間未有癡肥俊物」④，不為無見。

【校注】

①王漁洋：王士禛（1634-1711），字貽上，號阮亭，又號漁洋山人，世稱王漁洋，為清康熙年間神韻詩派領袖。

②西樵：王士祿（1626-1673），號西樵山人，為王士禛兄長。

③屈復引用王士禛與王士祿的詩評內容，參見清末盧坤（1772-1835）所輯《杜工部集》五家評本，卷九。該書為光緒二年（1876）粵東翰墨園五色套印本，早稻田大學古籍綜合數據庫電子館藏。

④鍾、譚極賞「鋒稜瘦骨」句：晚明鍾惺（1574-1624）、譚元春（1586-1637）對「鋒稜瘦骨」句極為讚賞，謂「讀此知世無癡肥俊物」，以見「鋒稜瘦骨成」的胡馬，確實為「俊物」。詩評見《唐詩歸》卷二十一。

杜甫〈畫鷹〉

素練風霜起，蒼鷹畫作殊。攫身思狡兔，側目似愁胡。

絛鏇光堪摘，軒楹勢可呼。何當擊凡鳥，毛血灑平蕪。

【詩評】

一二破題。三四形狀。五六傍襯。七八以真結。

起即「堂上不合生楓樹」二句意①，此較精警。

起作驚疑問答之勢，三四以真擬畫，五六從畫見真，結則竟以真鷹氣概期之。凌風思奮之心，疾惡如仇之志，一齊揭出。

【校注】

①「堂上不合生楓樹」二句：詩句出自杜甫七古〈奉先劉少府新畫山水障歌〉，是杜甫的題畫詩之一。本詩前兩句為「堂上不合生楓樹，怪底江山起煙霧。」都是以驚疑問答之勢，帶出所題畫內容。

杜甫〈送裴二虬尉永嘉〉

孤嶼亭何處，天涯水氣中。故人官就此，絕境與誰同。

隱吏逢梅福，遊山憶謝公。扁舟吾已具，把釣待秋風。

【詩評】

三句一解，又三句一解，又二句一解，與太白〈牛渚西江夜〉①一篇同格。

一解送尉永嘉，又一解欲遊永嘉，又一解姑有待耳。

「梅」切縣尉，「謝」切永嘉②。黃生③曰：「東道有知交，遊跡有前哲，故起扁舟之興。」愚按：時方失志，其亦激為逃世之思歟？

【校注】

①牛渚西江夜：詩見本書卷三。

②謝切永嘉：謝指南朝宋代詩人謝靈運（385-433），曾任永嘉太守，好遊山玩

水。詩中援引謝靈運的典故，也暗中切合詩題的「永嘉」。

③黃生：（1622-？），原名珸，字扶孟，號白山，安徽歙縣人，明清之際遺民詩家。屈復引述內容，出自黃生《杜工部詩說》卷六。

杜甫〈春宿左省〉

花隱掖垣暮，啾啾棲鳥過。星臨萬戶動，月傍九霄多。
不寢聽金鑰，因風想玉珂。明朝有封事，數問夜如何。

【詩評】

前半宿省之景，後半宿省之情，結職守。

三四只是寫景，而帝居高迥全已畫出，後四本貼「宿」字，反用「不寢」二字，翻出遠神。

杜甫〈送翰林張司馬南海勒碑〉

冠冕通南極，文章落上臺。詔從三殿去，碑到百蠻開。
野館濃花發，春帆細雨來。不知滄海使，天遣幾時迴。

【詩評】

一翰林南海，二碑文相國。三承一溯其先，四承二推其後。五陸路，六水程。七八別情，預計還期。

此四句還題法。一二板對，三四流走，「通」字大概寫天使，下以「從」、「去」字注明，則「送」字自見。「落」字大概寫碑文，以「到」、「開」字暢達，則「勒」字更透。五六寫景，補出去國萬里之情，「來」字與「從」字、「去」字照應，「不知」、「幾時」，交情與滄海俱深矣。

一二原題，三四奉使，五六張去，七八祝詞，結暗用張騫事，既同姓，又出使，又海上，用事精切。

頷聯冠冕，頰（頸）聯纖濃，用筆之妙，與乃祖「梅花落處疑殘雪，柳葉開時待好風」①同法。

【校注】

① 「梅花落處」兩句：出自杜甫的祖父杜審言（約645-708）的七律〈大酺〉，詩見本書卷六。

杜甫〈端午日賜衣〉

宮衣亦有名，端午被恩榮。細葛含風軟，香羅疊雪輕。

自天題處濕，當暑著來清。意內稱長短，終身荷聖情。

【詩評】

「亦」字，自幸之意。五，衣上題名也，應首句。七言天恩珍重，不是苟且了事。雖非極致，亦有可賞，乃王漁洋云：「何大復極賞此首，吾所不知。」①何也？

【校注】

① 王漁洋、何大復：王漁洋，為清康熙詩壇神韻詩派領袖王士禎（1634-1711），別號漁洋山人。何景明（183-1521），字仲默，號大復山人，明代復古詩派前七子之一，與李夢陽並稱「何、李」。屈復引王士禎詩評內容，見《帶經堂詩話》卷三十。

杜甫〈秦州雜詩〉題下注：錄二首

滿目悲生事，因人作遠遊。遲迴度隴怯，浩蕩及關愁。

水落魚龍夜，山空鳥鼠秋。西征問烽火，心折此淹留。

【詩評】

　　「滿目」言事事堪悲，即遠遊一事，亦是因人，實破題上「秦州」。次聯情。三聯時景。「心折」猶魂斷，問烽火而淹留，不意淹留而淹留也。

　　其一為二十首之冒，首言「生事」、「因人」，籠後「藏身」等篇，末言「烽火」、「心折」，籠後「悲世」等篇。此蓋自明來秦之故也。

杜甫〈秦州雜詩〉

山頭南郭寺，水號北流泉。老樹空庭得，清渠一邑傳。

秋花危石底，晚景臥鐘邊。俛（俯）仰悲身世，溪風為颯然。

【詩評】

　　「寺」、「水」對，起下二句，分應五六，寺結水。「俛（俯）仰」二字一總。

杜甫〈天河〉

常時任顯晦，秋至最分明。縱被微雲掩，終能永夜清。

含星動雙闕，伴月照邊城。牛女年年渡，何曾風浪生。

【詩評】

一二虛籠天河。三四用折筆，妙。五六書寫。七八承五六。

通首寄托深遠，不知何指。結句以天上無風浪，見人世之有風浪也。

杜甫〈初月〉

光細弦欲上，影斜輪未安。微升古塞外，已隱暮雲端。

河漢不改色，關山空自寒。庭前有白露，暗滿菊花溥（圓）。

【詩評】

前四初月，後四皆承「已隱暮雲端」，三承「影斜」，四承「光細」。

有謂此自喻方官拾遺，旋即罷去，丹心如故，流落堪悲而身隱矣。

王原叔①謂為肅宗新自外入，受蔽婦寺②而作。此等詩，若無寄托，則不作；若必求其事以實之，則鑿矣。

【校注】

①王原叔：王洙（907-1057），字原叔，北宋仁宗天聖年進士，編有《杜工部集》。

②肅宗新自外入，受蔽婦寺：王洙謂本詩乃杜甫暗寓肅宗即位不久，猶如「影斜輪未安」、「已隱暮雲端」的初月，受制於皇后張良娣（婦）與宦官李輔國（寺）。

杜甫〈促織〉

促織甚微細，哀鳴何動人。草根吟不穩，牀下意相親。

久客得無淚，故妻難及晨。悲絲與急管，感激異天真。

【詩評】

　　一點題，二點聲。三四哀音。五六動人。七八承五六。

　　《漢書‧朱買臣傳》：「故妻與夫家俱上塚。」「故」字是。

杜甫〈除架〉

束薪已零落，瓠葉轉蕭疏。幸結白花了，寧辭青蔓除。

秋蟲聲不去，暮雀意何如？寒事今牢落，人生亦有初。

【詩評】

　　一架，二架上瓠葉。三承二，四承一。五六開。七結上，八自慨。

　　功成身退，天道也，一「幸」字，見有大不然者。

　　此因除架而感人生也。瓠葉蕭疏，理應除矣，然白花未結子，則除有遺恨。幸已了矣，除亦莫辭，彼秋蟲暮雀，去留任之而已。方今時當牢落無事，不有結局，人生亦初欲立功當世，而一事無成。年已晚暮，遺恨何言？

杜甫〈銅瓶〉

亂後碧井廢，時清瑤殿深。銅瓶未失水，百丈有哀音。

側想美人意，應悲寒瑩沉。蛟龍半缺落，猶得折黃金。

【詩評】

　　起因亂後井廢，二思未亂時。中四皆承二，結方承一。與「牀上書連屋」①同格。

　　銅瓶從廢宮、廢井撈得者，故言。今井已廢，昔未廢時，瑤殿深密，彼時失手，銅瓶落水，側想美人之意，何等憐惜。今日亂後宮廢，竟為民間撈出。蛟龍已

半缺落，猶得折用黃金。若時不亂，宮井不廢，又安能至此哉？

【校注】

①牀上書連屋：詩句出自杜甫〈陪鄭廣文遊何將軍山林〉十首之九：「牀上書連屋，階前樹拂雲。將軍不好武，稚子總能文。醒酒微風入，聽詩靜夜分。絺衣掛蘿薜，涼月白紛紛。」

杜甫〈天末懷李白〉

涼風起天末，君子意如何。鴻雁幾時到，江湖秋水多。

文章憎命達，魑魅喜人過。應共冤魂語，投詩贈汨羅。

【詩評】

　　一天末，二懷李。三四承一。五六承二。七八承五六。

　　起二句問訊，下言秋水正多，鴻雁不易到。後言無罪之冤，文章自憎命達，魑魅自喜人過，此冤惟汨羅可語耳。

　　文章知己，一字一淚，而味在字句之外。所謂羚羊掛角，無跡可尋①也。

　　七八從三四來，法密。

【校注】

①羚羊掛角，無跡可尋：南宋嚴羽（-1130-）《滄浪詩話·詩辯》云：「盛唐諸人，惟在興趣，羚羊掛角，無跡可求。故其妙處，透徹玲瓏，不可湊泊。」

杜甫〈和裴迪登新津寺寄王侍郎〉

何恨倚山木，吟詩秋葉黃。蟬聲集古寺，鳥影度寒塘。

風物悲遊子，登臨憶侍郎。老夫貪佛日，隨意宿僧房。

【詩評】

　　此詩一過全無好處，細玩方知曲折深隱，用筆用意，皆不令淺人易窺也。

　　起問，中四代為之答，末述己近懷。

　　言何所恨而秋日苦吟乎？窮途感秋，因憶侍郎耳。結言我昔亦曾仗賴友朋，全無用處，遂不復作是想，惟任運而已。言外見侍郎不能釋遊子之恨，何憶為？本裴原題，少陵和之，其意如此。

杜甫〈遣意〉題下注：第一首

轉枝黃鳥近，泛渚白鷗輕。一徑野花落，孤村春水生。
衰年催釀黍，細雨更移橙。漸喜交遊絕，幽居不用名。

【詩評】

　　此首自然之極致，杜詩全集中所貴者。前四景。五六事。結情。

　　三四深得陶之神妙，結言外有不然之意。

　　物物自適，春光易邁，惟有「釀黍」、「移橙」、「送老」而已。我昔以友朋為性命，今則棄我如遺，反言以見此道如土也。

杜甫〈漫成〉題下注：第二首

江皋已仲春，花下復清晨。仰面貪看鳥，迴頭錯應人。
讀書難字過，對酒滿壺頻。近識峨眉老，知予懶是真。

【詩評】

　　三四寫無心疏懶，正得妙處。朱晦翁①極賞之。詩果佳，宋調亦何妨？不佳，雖唐調亦可笑也。

「難」字即五柳「不求甚解」②意。「滿壺頻」即五柳「杯盡壺自傾」③意。「仰面」二句，即中散「目送飛鴻」④意。

【校注】

①朱晦翁：朱熹（1130-1200），字元晦，晚號晦翁，為南宋理學家。朱熹認為，人的外在言行舉止，應與內在所思所想，表裡如一。若「視聽不以我」，不能專心應對外在事物時，難免出現本詩「仰面貪看鳥，迴頭錯應人」的情形。參見《晦菴集》卷五十一〈答黃子耕〉「或問喜怒憂懼，人心所不能無」一條。按：朱熹引用本詩，不過是用以印證分心可能造成「錯應」的情形，與屈復所謂的「極賞之」，是有所落差的。

②五柳「不求甚解」意：出自陶淵明〈五柳先生傳〉之「好讀書，不求甚解」。屈復謂「讀書難字過」並非跳過困難的字句不讀，而是如同〈五柳先生傳〉所說的「不求甚解」，著重在領會要旨，而不刻意鑽研字面意義。

③五柳「杯盡壺自傾」：出自陶淵明〈飲酒〉二十首之七：「秋菊有佳色。裛露掇其英。泛此忘憂物。遠我遺世情。一觴雖獨進。杯盡壺自傾。日入群動息。歸鳥趨林鳴。嘯傲東軒下。聊復得此生。」

④中散「目送飛鴻」意：中散，為三國時曾擔任曹魏中散大夫的嵇康（223-263），其〈贈秀才入軍詩〉第十四首，詩云：「目送歸鴻，手揮五絃。俯仰自得，遊心太玄。」

杜甫〈江亭〉

坦腹江亭臥（暖），長吟野望時。水流心不競，雲在意俱遲。

寂寂春將晚，欣欣物自私。江東猶苦戰，回首一顰眉。

【詩評】

「江亭」、「望」字起，中四總承。三四自己之閒適；五六萬物之閒適，一片

天機。結忽陡轉一意，統應上六句。言當春光明媚之時，而猶離兵革之苦也。以上
四首，在杜詩另是一體，此老無所不有。

杜甫〈落日〉

落日在簾鉤，溪邊春事幽。芳菲緣岸圃，樵爨倚灘舟。
啅雀爭枝墜，飛蟲滿院游。濁醪誰造汝？一酌散千愁。

【詩評】

即景起，中四幽事。樵舟倚老圃而爨，啅雀爭飛蟲而墜，流水對①。究竟無酒
不能解憂，「誰造汝」，若深感然者。

【校注】

①流水對：指上下句不僅有詞性上的對仗，句意也如流水由上往下，有因果邏輯或
承接照應關係。以本詩為例，草木因緣岸圃生長，樵夫遂倚灘泊舟而爨；啅雀因
爭食院中飛蟲，而由枝頭墜下。本詩之外，屈復於本書另舉之「流水對」，如朱
慶餘〈湖中閒夜遣興〉之「風波不起處，星月盡隨身」（卷五）；李商隱〈蟬〉
「五更疏欲斷，一樹碧無情」（卷五）；賈島〈寄宋州田中丞〉「相思深夜後，
未答去年書」（卷五）。屈復於詩評中，亦言賈島好作此體，如「白髮初相識，
秋山擬共登」、「羨君無白髮，走馬過黃河」、「萬水千山路，孤舟一月程」，
皆為流水對。七律如沈佺期〈人日重宴大明宮賜綵樓人勝應制〉之「千官黼帳杯
前壽，百福香奩勝裡人」（卷六）；岑參〈首春渭西郊行，呈藍田張二主簿〉之
「愁窺白髮羞微祿，悔別青山憶舊溪」（卷七）。

杜甫〈客夜〉

客睡何曾著，秋天不肯明。卷簾殘月影，高枕遠江聲。

計拙無衣食，途窮仗友生。老妻書數紙，應悉未歸情。

【詩評】

一客，二夜。三承二，四承一。後四皆情。

遠江之聲本不高，枕上不寐時，則覺愈高耳。

起二句皆用俗語，卻雅絕，可為知者道。

此因得家書，後有感不寐作家書，中定有催歸之語，今所云云，皆未歸情也。故結言客情若此，老妻亦應悉之，何書中云爾乎？黯然神傷。

杜甫〈玩月呈漢中王〉

夜深露氣清，江月滿江城。浮客轉危坐，歸舟應獨行。

關山同一照，烏鵲自多驚。欲得淮王術，風吹暈已生。

【詩評】

起二句月。中四句玩月。結呈漢中王，望其濟困。本是「風吹暈已生，欲得淮王術」，倒敘法也。

杜甫〈別房太尉墓〉

他鄉復行役，駐馬別孤墳。近淚無乾土，低空有斷雲。

對棋陪謝傅，把劍覓徐君。唯見林花落，鶯啼送客聞。

【詩評】

起別墓。三四痛哭。五六傷今感昔。結不忍別。

故鄉別生友，已難為情；他鄉別生友，更難為情；他鄉又行役，今乃別孤墳

矣。兩句含數層意。結鶯啼求友，詩「見」、「聞」並寫，無所不傷心也。

杜甫〈觀李固請司馬弟山水圖〉題下注：第二首

方丈渾連水，天台總映雲。人間常見畫，老去恨空聞。

范蠡舟偏小，王喬鶴不群。此生隨萬物，何路出塵氛。

【詩評】

　　一聯畫。二聯情。三聯畫。結情。三四，題畫詩中妙絕之句，七八仍說自己，正應三四。忽畫忽情，生動精微，此題中第一流也。「老去」、「空聞」虛托一筆，妙境。

杜甫〈禹廟〉

禹廟空山裡，秋風落日斜。荒庭垂橘柚，古屋畫龍蛇。

雲氣噓青壁，江聲走白沙。早知乘四載，疏鑿控三巴。

【詩評】

　　一地，二時。三四廟內景。五六廟外景。頌結。言天下山川，無非禹功，我於少日讀書時，已早知之矣，不待今日來三巴謁廟而始知也。

　　孫莘老①云：「苞橘柚、驅龍蛇②，皆禹事。」

【校注】

①孫莘老：孫覺（1028-1090），字莘老，北宋文學家。

②苞橘柚、驅龍蛇：清人仇兆鰲《杜詩詳注》引孫覺原文：「貢橘柚，放龍蛇，皆禹事。」意指橘柚、龍蛇並非只寫廟前景物，而是與大禹相關的典故。據《尚書·禹貢》記載，禹治洪水後，九州人民得以安居生產，遠居東南的島夷之民，

「厥包橘柚」（將豐收的橘柚包裹好），進貢給禹。而《孟子·滕文公》也記載，大禹曾「驅龍蛇而放之菹」，將龍蛇驅趕至湖澤水草處，消除蟲獸之害。

杜甫〈旅夜書懷〉

細草微風岸，危檣獨夜舟。星垂平野闊，月湧大江流。

名豈文章著？官應老病休。飄零何所似，天地一沙鷗。

【詩評】

　　前「旅夜」，後「書懷」。五六「豈」、「應」二字交互而見，言名豈應以文章而著耶？官豈應以老病而休耶？飄零天地，豈應竟似一沙鷗耶？結再即景自況，仍帶定「風岸」、「夜舟」，筆筆高老。

杜甫〈洞房〉

洞房環珮冷，玉殿起秋風。秦地應新月，龍池滿舊宮。

繫舟今夜遠，清漏往時同。萬里黃山北，園陵白露中。

【詩評】

　　前四長安往日之思。五六客情。七八應前四。

　　少陵感明皇知遇之恩，雖飄泊天涯，春露秋霜，終身不忘。「洞房」、「玉殿」，園陵也；園陵者，泰陵也。若將後四句移前，則意易明白，此倒敘法。

　　王漁洋云：「〈洞房〉、〈宿昔〉、〈驪山〉、〈鬥雞〉諸篇，俯仰盛衰，深情隱痛，自是子美絕作。」①

【校注】

①王漁洋評論本詩內容，見王士禎《帶經堂詩話》卷三十。

杜甫〈孟倉曹步趾領酒醬二物滿器見遺老人（夫）〉

楚岸通秋屐，胡牀面夕畦。籍（藉）糟分汁滓，甕醬落提攜。

飯糯添香味，朋來有醉泥。理生那免俗，方法報山妻。

【詩評】

　　一二時地。三四二物。五承四，六承三。合結。

　　雄渾悲壯，是少陵本色，此另一種，故錄之。

　　酒有典，醬無典，以虛對實，法妙。此等題，他人不能作，即作亦不能佳。不惟才有大小短長，亦未精於法耳。

杜甫〈登岳陽樓〉

昔聞洞庭水，今上岳陽樓。吳楚東南坼，乾坤日夜浮。

親朋無一字，老病有孤舟。戎馬關山北，憑軒涕泗流。

【詩評】

　　題是登岳陽樓，意是望洞庭湖，故將湖寫在首句，次句方寫登樓。三四方有餘力寫洞庭之大。五六又有閒力寫情。七又寫時事，八收本題。

　　乾坤日夜浮，胸中吞卻幾雲夢矣。

　　高于〈兗州城樓〉①詩不知幾里，讀者須細味其所以高處。

【校注】

①兗州城樓：為杜甫五律〈登兗州城樓〉：「東郡趨庭日，南樓縱目初。浮雲連海岱，平野入青徐。孤嶂秦碑在，荒城魯殿餘。從來多古意，臨眺獨躊躇。」為杜甫年輕時到兗州（今山東境內）省親，登城樓遠眺所見所感。

杜甫〈衡州送李大夫七丈勉赴廣州〉

斧鉞下青冥，樓船過洞庭。北風隨爽氣，南斗避文星。

日月籠中鳥，乾坤水上萍。王孫丈人行，垂老見飄零。

【詩評】

　　前送李，後客況。

　　日月滯留如籠中之鳥，乾坤飄泊似水上之萍。有以此二句為不通者，可笑。

杜甫〈江閣對雨有懷行營裴二端公〉

南紀風濤壯，陰晴屢不分。野流行地日，江入度山雲。

層閣憑雷殷，長空面水文。雨來銅柱北，應洗伏波軍。

【詩評】

　　前四雨前景，後四正雨景。三晴，四陰。五六交互對，乃憑層閣，面長空之水文，聞長空之雷殷。結對雨有懷。三四句法。

錢起〈晚歸藍田酬王維給事贈別〉

卑棲卻得性，每與白雲歸。徇祿仍懷橘，看山免採薇。

暮禽先去馬，新月待開扉。霄漢時回首，知音青瑣闈。

【詩評】

　　一二晚歸藍田。三四情。五六景。結酬王。

　　「每與」從「卻得性」來。三從「歸」字生出，蓋徇祿而來，懷橘而歸也。

「看山」，藍田也；「免採薇」者，已懷橘也。五六寫「晚」字。「禽先馬」，見行之速；「月待扉」，見到之遲。結酬給事。

韓翃〈題薦福寺衡岳煉師房〉

春城乞食還，高論此中閒。僧臘階前樹，禪心江上山。

疏簾看雪捲，深戶映花關。晚送門人出，鐘聲杳靄間。

【詩評】

　　一禪師，二薦福寺。三四順承一二。五六禪房。七八總結。

　　乞食而還，更無餘事。「階樹」，見僧臘之多；「江山」，喻禪心之靜。疏簾非看雪不捲，深戶雖映花亦關。及門人晚出，惟有鐘聲，此中之閒如此。

　　通篇總發「此中閒」三字。「花」字正應春城，「雪」字反應春城，「鐘聲」又反應「閒」字也。「山」、「樹」寫寺，「簾」、「戶」寫禪房，非複也。

郎士元〈長安逢故人〉

數年音信斷，不意在長安。馬上相逢久，人中欲認難。

一官今懶道，雙鬢竟羞看。莫問生涯事，只應持釣竿。

【詩評】

　　一題前，二破題。三承二，四承一。五六情，總承前四，起七八歸隱。

　　惟「數年」，故「不意」；惟「不意」，故「馬上久」、「欲認難」；惟「懶道」，故「羞看」；惟「羞看」，故「莫問」；惟「莫問」，故「只應」。一滾而下。

　　「數年」字、「斷」字、「不意」字、「久」字、「難」字相呼應。「懶」

字、「羞」字、「莫問」字、「只應」字相呼應。

皇甫冉〈巫山峽〉

巫峽見巴東，迢迢出半空。雲藏神女館，雨到楚王宮。
朝暮泉聲落，寒暄樹色同。清猿不可聽，偏在九秋中。

【詩評】

　　一二巫山之高。三四巫山之神。五六巫山之景。七八點時兼寫情。題難，白樂天所不敢下筆①者。此詩雖無出色處，頗能穩稱。

　　三四，雲雨時有，而神女、楚宮不見也。五六，所見者惟泉聲、樹色。七八，九秋、清猿，更足愁也。

【校注】

①白樂天所不敢下筆：北宋計有功（-1121-）《唐詩紀事》記載：秭歸縣繁知一，聞白居易將過巫山，先粉刷神女祠壁，並題詩：「蘇州刺史今才子，行到巫山必有詩。為報高唐神女道，速排雲雨候清詞。」白居易得知後，示意繁知縣，其好友劉禹錫任夔州刺史時，曾欲作神女祠詩，終未有滿意之作。後離任途經神女祠，刪去祠中留存的千餘首劣詩，只留下沈佺期、王無競、李端、皇甫冉四人詩作。白居易藉此表明：巫山神女祠既已有前人傑作，無庸贅筆。

皇甫冉〈歸渡洛水〉

暝色赴春愁，歸人南渡頭。渚煙空翠合，灘月碎光流。
澧浦饒芳草，滄浪有釣舟。誰知放歌客，此意正悠悠。

【詩評】

一點時，二破題。三四總承一二。五六故鄉風景。結歸意。

五六即是歸意，此意指五六而言。

首句王荆公①所賞，果佳。五六忽寫故鄉風景，已見超脫，結不更顧洛水，只結「歸」字，意格俱高，中晚所少。

【校注】

①王荆公：王安石（1021-1086），字介甫，受封荆國公，後世故以「荆公」稱之。南宋范晞文《對牀夜語》云：「王荆公謂老杜『暝色赴春愁』，下得『赴』字大好。若下『見』字、『起』字，即小兒言語。予觀唐詩，知此句乃皇甫冉詩，荆公誤記也。」亦即王安石以「暝色赴春愁」為杜詩佳句，唯本句應出自中唐詩人皇甫冉（716-769），而非杜甫。

劉眘虛〈闕題〉

道由白雲盡，春與清溪長。時有落花至，遠隨流水香。

閒門向山路，深柳讀書堂。幽映每白日，清輝照衣裳。

【詩評】

一往書堂之路，已幽清如此。二繞溪而行，春暮日長，時之良如此。三四溪行之佳景如此。五六書堂之門徑花木如此。七八言迥非凡境。「盡」字、「長」字、「時」字、「至」字、「遠」字、「香」字，迴環呼應。又，「幽映」總上六句；「白日」應「春」字；「清輝」應「幽映」字。「衣裳」，讀書之人也。

一是望見，五是到門，非複也。

顧況〈洛陽早春〉

何地避春愁，終年憶舊遊。一家千里外，百舌五更頭。

客路偏逢雨，鄉山不入樓。故園桃李月，伊水向東流。

【詩評】

一春，二情。三承二，四承一。五承一，六承二。結句明點洛陽。

何地，作客也。三，憶舊遊；四，客夜。六，憶舊遊；五，「何地」、「春愁」皆虛寫，結方出地。三四是夜憶，五六是晝憶。

耿湋〈登沃州山〉

沃州初望海，攜手盡時髦。小暑開鵬翼，新篁長鷺濤。

月如芳草遠，身比夕陽高。羊祜傷風景，誰云異我曹？

【詩評】

一登望，二同遊。中四皆承一。三四見時。五六山景。七八應二。三四，下三字是海，上二字見時。五六寫沃州山之景，先寫遠景後近景也。七風景，緊接中四，八應二也。

警策！

戴叔倫〈除夜宿石頭驛〉

旅館誰相問，寒燈獨可親。一年將盡夜，萬里未歸人。

寥落悲前事，支離笑此身。愁顏與衰鬢，明日又逢春。

【詩評】

三聯不開一筆，仍寫愁語，此所以不及諸大家，若寫石頭驛景，可稱合作。

古詩「一年夜將盡，萬里人未歸」，此唯倒一字，精神意思，頓爾不同。如李光弼將郭子儀之軍①也。

評者云：幼公去石頭未遠，而曰「萬里未歸」，詩人多誣。又有云：「句警則不免於誣」。余謂言萬里者，不必真萬里也。咫尺不能歸，遠猶萬里。或數載客遊，行過萬里。以意逆志，是為得之。若如二評，是周無遺民②，豈有此理？

【校注】

①李光弼將郭子儀之軍：李光弼（708-764）與郭子儀（697-781）為唐代中興名將，史書並稱「郭、李」。但郭子儀臨下寬厚，李光弼治軍嚴厲，兩人風格不同。《資治通鑑》云：「光弼治軍嚴整，始至，號令一施，士卒、壁壘、旌旗，精彩皆變。」後世遂以李光弼將郭子儀軍，引申為點化他人詩句，比原作更加精彩。如南宋葉夢得（1077-1148）《石林詩話》云：「詩人點化前作，正如李光弼將郭子儀之軍，重經號令，精彩數倍。」

②周無遺民：語見《孟子·萬章上》：「說詩者，不以文害辭，不以辭害志。以意逆志，是為得之。如以辭而已矣，〈雲漢〉之詩曰：『周餘黎民，靡有孑遺。』信斯言也，是周無遺民也。」孟子主張說詩要「以意逆志」，推敲作者本意，而非糾結於字面意義。由於本詩「萬里未歸人」，後世有「詩人多誣」或「句警則不免於誣」的爭論，糾結於作者是否真離家萬里，反而偏離作者「除夜未歸」的孤寂心境。

于良史〈春山夜月〉

春山多勝事，賞玩夜忘歸。掬水月在手，弄花香滿衣。

興來無遠近，欲去惜芳菲。南望鳴鐘處，樓臺深翠微。

【詩評】

一二破題。三四承勝事兼夜。五六承忘歸。結至曉也。

結亦有餘味，二聯俗中傳誦已久，故錄之。

于良史〈冬日野望寄李贊府〉

地際朝陽滿，天邊宿霧收。風兼殘雪起，河帶斷冰流。

北闕馳心極，南圖尚旅遊。登臨思不已，何處得銷愁。

【詩評】

一二冬日。三四野望。五六情。七八寄李。

天地晴明，所望甚遠，故見「風兼殘雪」、「河帶斷冰」。五六停筆寫情。七「登臨」二字收上；「思不已」，思贊府也。八「何處」二字遙應一二。通首合法，結太淺露耳。

李益〈夜上受降城聞笛〉

入夜思歸切，笛聲清更哀。愁人不願聽，自到枕前來。

風起塞雲斷，夜深關月開。平明獨惆悵，落盡一庭梅。

【詩評】

一情，二聞笛。三承一，四承二。五六受降城。七一夜不寐，八笛。

三，折一筆；五六，振一筆，不惟合法，且生動雄麗。結既有照應，又有含蓄，十郎①真才子也。

【校注】

①十郎：李益（約750-830），字君虞，為中唐大曆十才子之一。唐人蔣防〈霍小

玉傳〉中，李益與妓女霍小玉相戀，霍小玉即以「十郎」喚李益。因故事流傳久遠，「十郎」遂為李益代稱。

李端〈巫山高〉

巫山十二峰，皆在碧虛中。迴合雲藏月，霏微雨帶風。
猿聲寒過澗，樹色暮連空。愁向高唐望，清秋見楚宮。

【詩評】

　　一二破題。中四景。結出「望」字，應起，有氣勢，晚唐出色者。

　　「碧虛」承上起下。「雲」、「雨」題中本事，以「迴合」、「霏微」斡旋出之，又以「風」、「月」陪襯，則不呆板。「猿聲」、「樹色」起下「愁」字，「楚宮」結前四，「清秋」補時。

司空曙〈雲陽館與韓紳宿別〉

故人江海別，幾度隔山川。乍見翻疑夢，相悲各問年。
孤燈寒照雨，濕竹暗浮煙。更有明朝恨，離杯惜共傳。

【詩評】

　　一二久別，是題前寫。三四順承，是乍見情況。五六宿。明日別，結。

　　「江海」，見別之遠；「幾度」，見時之久。「翻疑夢」承「江海別」；「各問年」承「幾度」。以「乍見」貫下，五六寫夜景而「宿」字自出，「明朝」結五六，八出「別」字。

　　情景兼寫，不失古法。

王建〈縣丞廳即事〉

宮殿半山上，人家高下居。古廳眠受魘，老吏語多虛。

雨水洗荒竹，溪沙填廢渠。聖朝收外府，皆自九天除。

【詩評】

　　一二廳外遠景。三四廳中事。五六廳前近景。結言此丞亦天子所除①，語甚
壯，而意有慨，亦應首句「宮殿」字，蓋近京邑也。

　　中四極寫丞廳荒涼，則丞之卑賤自在言外。結言除自九天②，不應卑賤至此
也，意甚含蓄。

【校注】

①除：任命官職。李密〈陳情令〉：「尋蒙國恩，除臣洗馬。」

②九天：原指天的崇高廣闊，後又用以代指帝宮或朝廷。此處「除自九天」，指縣
　　丞一職是由朝廷任命。

羊士諤〈寒食宴城北山池即故郡守滎陽鄭鋼目為折柳亭〉

別館青山郭，遊人折柳行。落花經上巳，細雨帶清明。

鶗鴂流芳暗，鴛鴦曲水平。歸心何處醉，寶瑟有餘聲。

【詩評】

　　一二山池晏（宴）別。三四寒食。五六山池景。七八宴別。五感春暮，六暗用
「昔為鴛與鴦」①詩，喻朋友也。又「流芳」暗承上「落花」，「曲水」平承上
「細雨」，「歸心」應「折柳」，「醉」字結宴別館，「寶瑟」、「餘聲」，宴時
樂也。

【校注】

①昔為鴛與鴦：出自兩漢佚名〈別詩〉四首之一：「昔為鴛與鴦，今為參與辰。」
指兩人昔日如鴛鴦般形影不離，今日離別後則如天上的參星辰星，永不相見。

柳宗元〈種柳戲題〉

柳州柳刺史，種柳柳江邊。談笑為故事，推移成昔年。

垂陰當覆地，聳幹會參天。好作思人樹，慚無惠化傳。

【詩評】

　　一人、地，二種柳。三四承一二。五六柳。七結五六，八結一二。

　　「談笑」還題「戲」字；「故事」起下句；「好作」二字緊承五六，言柳之
「垂陰」聳幹，生意無窮，而己之在世有限。題雖曰「戲」，而意則一字一淚。

卷
五

劉禹錫〈罷郡姑蘇北歸渡楊 (揚) 子津〉

幾歲悲南國，今朝賦北征。歸心渡江勇，病體得秋輕。

海闊石門小，城高粉堞明。金山舊遊寺，過岸聽鐘聲。

【詩評】

　　一罷郡，二北征。三渡江，四點時。五六景。七八情。

　　「勇」字反承「悲」字，「病」字正承「悲」字，「秋」字補時，「輕」字
與「勇」字意同，但勇心、輕體不同耳。五六寫潤州渡楊 (揚) 子所經之地，起七
也。「舊遊」二字寫「歸」字，「聽鐘聲」遙應「勇」、「輕」字，言急於北歸而
不再遊金山寺也。

張籍〈夜到漁家〉

漁家在江口，潮水入柴扉。行客欲投宿，主人猶未歸。

竹深村路遠，月出釣船稀。遙見尋沙岸，春風動草衣。

【詩評】

　　一二漁家。三四夜到。五六漁家夜景。七八漁人歸。

　　客到漁家，不寫人到而言「水入柴扉」，則人到可知。「投宿」出「夜」字，
四用一折，五六寫景起下，七八寫漁家歸，卻不說出。

張籍〈薊北旅思〉

日日望鄉國，空歌白紵詞。長因送人處，憶得別家時。

失意還獨語，多愁只自知。客亭門外柳，折盡向南枝。

【詩評】

　　一二旅思。三四順承。五六情。七八結薊北。「長因」從「日日」生出，「折盡」字結上六句。

　　此即張曲江通化門送客①意。三四插一句，作轉折亦有筆力。五六寫薊北景，便深，又寫情，遂淺薄矣。當與曲江作參看。

　　三四文昌②之苦思，有僧謂本於「見他桃李發，思憶故園春」，即有本③，亦青出於藍，何妨乎？

【校注】

①張曲江通化門送客：即張九齡〈通化門外送別〉五律，詩見本書卷一。

②文昌：張籍（約767-830），字文昌，曾任水部員外郎，人稱「張水部」。

③詩即有本：據唐末五代王定保《唐摭言》記載：「元和中，長安有沙門善病人文章，尤能捉語意相合處。張水部頗恚之，冥搜愈切，因得句曰：『長因送人處，憶得別家時。』徑往誇揚。乃曰：『此應不合前輩意也。』僧微笑曰：『此有人道了也。』籍曰：『向有何人』？僧乃吟曰：『見他桃李樹（發），思憶後（故）園春。』籍因撫掌大笑。」以上故事中，並未載明僧人所吟的兩句詩出自何人。屈復認為，即使有所本，張籍的詩句也可說是青出於藍，更勝一籌。

白居易〈賦得古原草送別〉

離離原上草，一歲一枯榮。野火燒不盡，春風吹又生。

遠芳侵古道，晴翠接荒城。又送王孫去，萋萋滿別情。

【詩評】

　　一破題，二情。三四承二。五六承一。七八送別。

　　不必定有深意，一種寬然有餘地，氣象便不同啾啾細響，此大小家之別。

　　三四誠佳句，但二雖起下，而語太顯露，遂使三四減色，五六雖分「古道」、

「荒城」，為「又送」作勢，而意終合掌①。

【校注】

①五六意終合掌：本詩五六句之「遠芳」與「晴翠」，皆用以代稱草；而「侵古
　道」與「接荒城」，同指野草蔓生繁茂之勢。儘管上下兩句的用詞相異，平仄相
　對，但詞義猶如左、右兩手合掌並觀，無甚差別。

姚合〈武功縣中作三十首〉題下注：第四首

簿書多不會，薄俸亦難銷。醉臥慵開眼，閒行懶繫腰。

移花兼蝶至，買石得雲饒。且自心中樂，從他笑寂寥。
○　○　○　○　○

【詩評】

　　一無公事，二自愧素粲（餐）。三四承二。五六承一。七結五六，八結全首。
五六反應一，言無公事，卻有私事也。結應「不會」，非不能，乃不相關會也。

張祜〈題萬道人禪房〉

何處鑿禪壁，西南江上峰。殘陽過遠水，落葉滿疏鐘。
　　　　　　　　　　　　○　○　○　○　○　○

世事靜中去，道心塵外逢。欲知情不動，牀下虎留蹤。

【詩評】

　　一二禪房。三遠景，四近景。五六禪力。七八證驗。

　　禪房在江邊峰頭，三江上峰所望。「落葉」點時；「滿疏鐘」承「禪壁」；
「滿」字妙！到禪房之靜中，而世事皆去；來禪師之塵外，而道心相逢，皆就自己
說。「欲知」承「去」、「逢」二字；「情」字應「事」、「心」二字；「牀下」
結禪房；「虎留蹤」結禪師。

張祜〈題松汀驛〉

山色遠含空，蒼茫澤國東。海明先見日，江白迴聞風。

鳥道高原去，人煙小徑通。那知舊遺逸，不在五湖中。

【詩評】

一二松汀驛。中四景情結，六句皆松汀驛。七八訪友不遇。

起結寫松汀驛，下分應之。「江」、「海」承「澤國」；「鳥道」、「人煙」承「山色」；「那知」承五六。言高原、小徑既通人煙，則遺逸斯在，而那知其不然也。

張祜〈題杭州孤山寺〉

樓臺聳碧岑，一徑入湖心。不雨山長潤，無雲水自陰。
斷橋荒蘚合，空院落花深。猶憶西窗月，鐘聲在北林。

【詩評】

一二寺。三四山水。五六時景。七八言前曾宿此也。

三承「碧岑」，四承「湖心」，山在湖中，故「長潤」；水圍山下，故「自陰」。「斷橋」承「一徑」；「空院」承「樓臺」；「合」字從「斷」字來；「深」字從「空」字見；「猶憶」緊接六，言昔日曾於此院西窗月夜，聽北林鐘聲，今日來遊，猶記憶也。足令後人閣（擱）筆。

張祜〈題潤州金山寺〉

一宿金山寺，超然離世群。僧歸夜船月，龍出曉堂雲。

樹色中流見，鐘聲兩岸聞。翻思在朝市，終日醉醺醺。

【詩評】

一二寺。三四近景。五六遠景。題外結。

三四是一宿所見，五六是超然之景，七八反結。

勝地名作，後無及者，一結何草草乃爾。

朱慶餘〈與賈島顧非熊無可上人宿萬年姚少府宅〉

莫厭通宵坐，貧中會聚難。堂虛雪氣入，燈在漏聲殘。

役思因生病，當禪豈覺寒。開門各有事，非不惜餘歡。

【詩評】

一二同宿。三四承一。五自歡，六上人。總結。

「莫厭」呼下「難」字；「聚會」點眾友人，三點時，四點「宿」字，五自歡，六寫上人，「各」字總結。

起句即陳思①「清時難屢得，佳會不可常」②意，而精警過之。

【校注】

①陳思：三國曹魏文人曹植（192-232），曾受封為陳王，謚號思，後世遂以「陳思」或「陳思王」稱之。

②清時難屢得，佳會不可常：出自曹植〈送應氏〉二首之二前兩句。為曹植於建安十六年（211）隨曹操西征，路經洛陽送別應瑒、應璩兄弟所作。

朱慶餘〈贈陳逸人〉

樂道辭榮祿，安居桂水東。得閒多事外，知足少年中。

藥圃無凡草,松庭有素風。朝昏吟步處,琴酒與誰同。

【詩評】

　　一逸人,二居地。「得閒」,樂道也;「知足」,辭榮祿也;「藥圃」、「松庭」,桂水居也。「朝昏」句結五六。八結三四,言無同志也。

　　「中」字代「時」字,莫錯會。

朱慶餘〈湖中閒夜遣興〉

釣艇同琴酒,良宵背水濱。風波不起處,星月盡隨身。

浦迴湘煙卷,林香藥氣春。誰知此中興,寧羨五湖人。

【詩評】

　　一湖中,二閒夜。三四承一。五六承二。七八總結遣興。

　　三四流水對,寫景超然,通篇有氣概。

顧非熊〈題馬儒乂石門山居〉

尋君石門隱,山近漸無青。鹿跡入柴戶,樹身穿草亭。

雲低收藥徑,苔惹取泉瓶。此地客難到,夜琴誰共聽。

【詩評】

　　六句小巧,比曹松「雲濕煎茶火,冰封汲井繩」①,更妙。

【校注】

①「雲濕煎茶」二句:見晚唐詩人曹松(828-903)〈山中言事〉五律:「嵐靄潤窗檽,吟詩得冷症。教餐有效藥,多愧獨行僧。雲濕煎茶火,冰封汲井繩。片扉

深著掩，經國自無能。」

雍陶〈塞上宿野寺〉

塞上番（蕃）僧老，天寒疾上關。遠煙平似水，高樹暗如山。

去馬朝常急，行人夜始閒。更深聽刁斗，時到磬聲間。

【詩評】

一二破題。三四晚景。五六情。總結宿寺。

三四寫景，切絕，七從夜間生出「刁斗」、「磬聲」，「塞」、「寺」合寫有法，得全題之神。塞上詩多壯麗，此獨清新，意言邊境不寧也。

李遠〈送人入蜀〉

蜀客本多愁，君今是勝遊。碧藏雲外樹，紅露驛邊樓。

杜魄呼名語，巴江作字流。不知煙雨夜，何處夢刀州。

【詩評】

一蜀，二入。中四皆勝遊。結送。

蜀道險難，故多愁，與勝遊相反，送者多寫向苦一邊，此寫向樂一邊，意各有在，存乎入蜀之人也。

杜牧〈池州春送前進士蒯希逸〉

芳草復芳草，斷腸還斷腸。自然堪下淚，何必更殘陽。

楚岸萬千里，燕鴻三兩行。有家歸不得，況舉別君觴。

【詩評】

一春，二送別。三四別情。五池州，六喻友。總結。

前半將「春」字、「送」字，一滾而下，五六用停筆，合法，晚唐如此者甚少。結挽合好。

「復」字、「還」字，呼下自然。「何必」、「下淚」、「殘陽」承「芳草」、「斷腸」。五起七，六起八。七總結上文有力，八送進士。

起高超。題是「送人」，而七句皆泛寫，八句一拍即合，格法奇。

杜牧〈晚泊〉

帆濕去悠悠，停橈宿渡頭。亂煙迷野岸，獨鳥出中流。

蓬雨延鄉夢，江風阻暮秋。儻無身外事，甘老向扁舟。

【詩評】

一二晚泊。三四景。五六點時。七八情。

「亂煙」承「濕」字；「中流」承「渡頭」。「延」字、「阻」字弔七八意，不失作法。七妙，千古遊客，無不在此五字中。

許渾〈示弟〉

自爾出門去，淚痕長滿衣。家貧為客早，路遠得書遲（稀）。

文字何人賞？煙波幾日歸。秋風正搖落，孤雁又南飛。

【詩評】

示弟，己出門而留詩示弟也，卻從弟出門說起。「淚痕」，懷弟也。客早為家貧，書稀因路遠，倒句也。三出門之故，四出門之苦。五承三，六承四。文字遇

賞，可救家貧；煙波難歸，正為路遠。弟出門時，己之情懷如此。今當秋風搖落，而己又出門，愁何如也！結語如屬弟，則題曰「送」，不曰「示」矣。

　　許丁卯①本典麗筆，此詩骨肉情懷，真誠懇摯，一字一淚，與他作如出兩手，古人不可測也。

【校注】

①許丁卯：許渾（788-860），字用晦，晚唐詩人。因詩集名為《丁卯集》，故又
　以「丁卯」代稱之。

李商隱〈蟬〉

本以高難飽，徒勞恨費聲。五更疏欲斷，一樹碧無情。
薄宦梗猶泛，故園蕪已平。煩君最相警，我亦舉家清。

【詩評】

　　三四流水對，言蟬聲忽斷忽續，樹色一碧。五六說目前客況，開一筆，結方有力。

　　通首自喻清高，三四承「恨費聲」。五六又應「難飽」。七結前四，八結五六。本言其費聲，而翻寫不鳴，蓋除卻五更欲斷，此外無不鳴時也。高即清也。

李商隱〈無題〉

幽人不倦賞，秋暑貴招邀。竹碧轉悵望，池清尤寂寥。
露花終裛濕，風蝶強嬌饒。此地如攜手，兼君不自聊。

【詩評】

　　「秋暑」，猶言秋熱也。一二以不倦賞之幽人，當秋暑之愁時，最貴有招邀

者。三四正寫所以貴意。五六秋暑景物。七八緊接中四，言此時此景，我已悵望寂寥，兼君無聊時，如得攜手此地，定當極歡也。倒法。

李商隱〈贈宗魯筇竹杖〉

大夏資輕策，全溪問所思。靜憐穿樹晚，滑想過苔遲。

鶴怨朝還望，僧閒暮有期。風流真底事，常欲傍清羸。

【詩評】

問，餽也。

中四倒敘法。與僧暮期，樹遠苔滑，至朝不還，故鶴怨而還望也。

李商隱〈雨〉

摵摵度瓜園，依依傍竹軒。秋池不自冷，風葉共成喧。

窗迥有時見，簷高相續翻。侵宵送書雁，應為稻梁（粱）恩。

【詩評】

「瓜園」、「竹軒」，雨易響也。「不自冷」，因雨冷也。「共成喧」，因雨成也。「時見」、「續翻」，雨不止也。當此夜雨，萬物皆靜，而雁獨送書者，念稻梁（粱）恩也。結出人意外，程嬰之死易存難①，武侯之鞠躬盡瘁，昌黎之晨入暮出，皆為稻梁（粱）恩也。知己之感，讀之墮淚。

【校注】

①程嬰死易存難：程嬰（？-？），春秋時晉國人，與晉卿趙盾友好。晉景公時，
　　大夫屠岸賈殺趙盾一族。生死存亡之際，程嬰基於「死易存難」的考量，認為與
　　其輕易為友人赴死，不如艱難保存趙氏血脈。遂與趙氏門客公孫臼杵合力保全趙

氏孤兒。

李商隱〈落花〉

高閣客竟去，小園花亂飛。參差連曲陌，迢遞送斜暉。

腸斷未忍掃，眼穿仍欲歸。芳心向春盡，所得是沾衣。

【詩評】

　　一傷情，二落花。三四承二。五六承一。七八，人、花合結。人但知賞首句，賞結句者甚少。

　　一二乃倒敘法，故警策，若順之則平庸矣。

　　首句如彩雲從空而墜，令人茫然，不知所為，結句如臘月三十日，夜聽唱「你若無心我便休」①，令人心死。

【校注】

①你若無心我便休：俗傳張若虛有詩題為〈你若無心我便休〉，但遍查《全唐詩》，並未見此詩。另有《五燈會元・樓子和尚》所載：「樓子和尚，不知何許人也，遺其名氏。一日偶經游街市間，於酒樓下整襪帶次，聞樓上人唱曲云：『你既無心我也休。』忽然大悟，因號『樓子』焉。」

李商隱〈晚晴〉

深居俯夾城，春去夏猶清。天意憐幽草，人間重晚晴。

併添高閣迥，微注小窗明。越鳥巢乾後，歸飛體更輕。

【詩評】

　　一地，二時。三四出題。五六承三四。七八開筆。

三四寫題深厚，五六得題神，七八自喻，蓋「歸歟」之歎①也。

【校注】

①歸歟之歎：《論語・公冶長》：「（孔）子在陳，曰：『歸與！歸與！吾黨小子
狂簡，斐然成章，不知所以裁之。』」陶淵明〈歸去來辭並序〉亦云：「及少
日，眷然有歸歟之情。」後世遂以「歸歟」代指辭官返家。

李商隱〈深樹見一顆櫻桃尚在〉題下評：題甚妙

高桃留晚實，尋得小庭南。矮墮綠雲鬟，敧危紅玉簪。

惜堪充鳳食，痛已被鶯含。越鳥誇香荔，齊名亦未甘。

【詩評】

　　櫻桃既晚，又在隱處，非尋不可得也。三四比其色相。五六惜其不遇。結言即
與世所貴重者齊名，且未肯甘心，況不能乎？高妙。五六言不能事天子而官幕僚
也。

李商隱〈送豐都李尉〉

萬古商於地，馮（憑）君泣路岐。固難尋綺季，可得信張儀。

雨氣燕先覺，葉陰蟬遽知。望鄉尤忌晚，山晚更參差。

【詩評】

　　一別地，二飄流不定。三欲隱不可，四欲仕不能。五六別景。七欲歸不得也。

劉得仁〈題邵公禪院〉

無事門多掩，陰階竹掃苔。勁風吹雪聚，渴鳥啄冰開。

樹向寒山得，人從瀑布來。終期天目老，擎錫逐雲回。

【詩評】

　　一二禪院。三四冬景近景。五六遠景。七八更期歸老天目也。

　　生新之極，但全篇無從容意致，中晚多如此。

項斯〈小古鏡〉

字已無人識，唯應鑄記（記鑄）年。見來深似水，攜去重於錢。

鸞翅巢空月，菱花徧小天。宮中照黃帝，曾得化為仙。

【詩評】

　　一古，二鏡。三古鏡，四小。五六鏡背物色。結句古字。

　　切題，六句妙。結甚不雅。

馬戴〈山中夜坐〉

歸家來幾夜，倏忽覺秋殘。月滿方塘白，風依老樹寒。

戲魚重躍定，驚鳥卻棲難。為有門前路，吾生不得安。

【詩評】

　　一夜坐，二時。三四承二。五六景。結應起。

　　「倏忽」承「幾」字；「白」字、「寒」字承「秋殘」。五六雖寫夜景，而有

自況意，故七八可直接且應起句。

馬戴〈送人遊蜀〉

別離楊柳陌，迢遞蜀門行。若聽清猿後，應多白髮生。

虹霓侵棧道，風雨雜江聲。過盡愁人處，煙花是錦城。

【詩評】

　　一二完題。三四情。五六景。七結中四，八結一二。

　　三四雖承一二，而一折一注，卻是寫情，又暗含「愁」字，五六寫景，亦暗含「愁」字，七句一頓，明點出「愁」字，又有「過盡」二字承上，則五六便不寬泛。有「愁人處」三字，連三四虛語亦有著落。結有苦盡甘來意。

馬戴〈楚江懷古〉

露氣寒光集，微陽下楚丘。猿啼洞庭樹，人在木蘭舟。

廣澤生明月，蒼山夾亂流。雲中君不降，竟夕自悲秋。

【詩評】

　　前四，客楚之情。後四，言月明山水如故，而古人不可見也。

　　三四，王漁洋以為詩之極致。①

　　五六作「夢澤」、「巫山」方切，但與「楚丘」、「洞庭」用地名太多，故渾言「廣澤」、「蒼山」耳。有議其不切者，非。

【校注】

①王漁洋評詩內容，見《漁洋詩話》卷上：弇州（按：明人王世貞，號弇州山人）

　　云：「嘗見皇甫少玄、百泉兄弟論詩，五言以『猿啼洞庭樹，人在木蘭舟』為極

則，二句乃晚唐馬戴詩。」

馬戴〈過野叟居〉

野人閒種樹，樹老野人前。居止白雲內，漁樵滄海邊。

呼兒採山藥，放犢飲溪泉。自著養生論，無煩憂暮年。

【詩評】

　　二倒接，法好。中四寫野叟，有情，有事，有景。

馬戴〈寄終南真空禪師〉

閒想白雲外，了然清淨僧。松門山半寺，夜雨佛前燈。

此景（境）可長住，浮生自不能。一從林下別，瀑布幾成冰。

【詩評】

　　一二憶禪師。三四終南景。五收上，六起下。結別久。

　　起寫「寄」字神理。五句，宕筆有力。

劉威〈冬夜旅懷〉

寒窗危竹枕，月過下（半）牀陰。嫩葉不歸夢，晴蟲成苦吟。

酒無通夜力，事滿五更心。寂寞誰相似，殘燈與素琴。

【詩評】

　　「嫩」當是「落」字之誤。

落葉、蟲吟，皆不能歸夢，但酒力不能通夜，遂半夜而醒耳。藕斷絲連，得古詩筆法。

五六用停筆，如危峰阻日。

賈島〈送無可上人〉

圭峰霽色新，送此草堂人。麈尾同離寺，蛩鳴暫別親。

獨行潭底影，數息樹邊身。終有煙霞約，天台作近鄰。

【詩評】

一時地，二送上人。三四總承，三見身外無長物，四見身外無一人也，正逼出下二句。五六途中情況。結言終合也。

「蛩鳴」點時，見道人夜永不眠，孤寂無偶，已非一朝一夕。五六一字一淚，淚點成血。巫峽之猿聲，杜鵑之叫月，不足擬也，而王弇洲（州）①云：「『獨行潭底影，數息樹邊身』有何好處？而三年始成，一吟淚流耶？」弇洲（州）少年公子，身為尚書，生長富貴，又安能知此詩佳境？可見天下事，非親歷者不知也。

【校注】

①王弇洲（州）：王世貞（1526-1590），字元美，號鳳洲，又號弇州山人，明代復古詩派後七子之一。王世貞之父王忬為山西大同總督，家境富裕，加以王世貞天賦異稟，過目不忘，於嘉靖二十六年（1547）考中進士，年甫二十餘歲。屈復故而稱其為少年富貴公子，難以體會本詩佳境。

賈島〈憶江上吳處士〉

閩國揚帆去，蟾蜍虧復圓。秋風生渭水，落葉滿長安。

此地聚會夕，當時雷雨寒。蘭橈殊未返，消息海雲端。

【詩評】

一二相別已久。三四又已秋暮。五六緊接三四，是「憶」字正面。結望其歸。

閩國是處士去處，三四陡接「渭水」、「長安」，似不相接，卻是反應閩國，五即用此地聚會，又用「當時」一倒，「海雲」方結到閩國，格法老。

雷雨是夏時，索居離群猶可，秋風搖落，最難處心。秋風是今日事，雷雨是當時事。雷雨寒時，尚得相聚，秋風搖落，乃不得相聚，寫「憶」字入骨。三四昔人稱其盛唐佳句，不知五六絕妙。

賈島〈暮過山村〉

數里聞寒水，山家少四鄰。怪禽啼曠野，落日恐行人。

初月未終夕，邊烽不過秦。蕭條桑柘外，煙火漸相親。

【詩評】

一二山村。中四暮。「聞」字替「望」字，「少」字狀山村，暗寫「望」字。三四以下句申明上句。五六承「落日」，加倍寫「恐」字。七結中四，八結一二。通首皆寫暮過也。

賈島〈寄宋州田中丞〉

古郡近南徐，關河萬里餘。相思深夜後，未答去年（秋）書。

自別知音少，難忘識面初。舊山期已久，門掩數畦蔬。

【詩評】

一二宋州。三四寄詩。五六田中丞。七八總結。

先寫宋州，見路之遠，後寫寄書，卻用虛筆。五六方寫交情，便不直致。結不

甚佳。

三四流水對，浪仙①多此體。如「白髮初相識，秋山擬共登」、「羨君無白髮，走馬過黃河」、「萬水千山路，孤舟一月程」，皆然。

【校注】

①浪仙：賈島（779-843，字浪仙，或作閬仙），早年出家為僧，法號「無本」。後受教於韓愈，並曾還俗應考，累試不第。

賈島〈送李騎曹〉

歸騎雙旌遠，歡生此別中。蕭關分路遠①，嘶馬背寒鴻。

朔色晴天北，河源落日東。賀蘭山頂草，時動卷帆風。

【詩評】

寒鴻南去，「馬背」則人向北去。「河源」在西，今反在落日之東，則身過河源，言遠極矣。中四皆寫邊塞寒苦。今日歸騎所見之風，猶如吹賀蘭之草，反言結一二也。格甚奇。

三「分路」，言歸者自歸，而去者自去，起下三句。

【校注】

①分路遠，另有作「分磧路」，避免與首句「雙旌遠」的「遠」字重複。

賈島〈題李凝幽居〉

閒居少鄰並，草徑入荒園。鳥宿池邊樹，僧敲月下門。

過橋分野色，移石動雲根。暫去還來此，幽期不負言。

【詩評】

一二赴幽居。三四到幽居。五六景。七八情。

此詩乃「推敲」所出，已成故實，不得不錄。

五六與七八不關合，故不佳。

溫庭筠〈春日郊行〉

騎馬踏煙莎，青春奈怨何。蝶翎朝粉盡，鴉背夕陽多。

柳豔欺芳帶，山愁縈翠蛾。別情無處說，方寸是星河。

【詩評】

一破題，二情。中四景。七八情。

二，全篇主意，中四皆承二，寫景分兩項，而「盡」、「多」、「欺」、「愁」字，既承上「怨」字，又起下別情；「方寸」又遙應「怨」字；「無處說」應首句。

溫庭筠〈握柘詞〉

楊柳縈橋綠，玫瑰拂地紅。繡衫金騕褭，花髻玉瓏璁。

宿雨香潛潤，春流水暗通。畫樓初夢斷，曉日照湘風。

【詩評】

一二時景。三四美人。五承二，六承一。七八承三四，又總結上六句也。

當柳綠玫紅時，見繡衫花髻，雨香潛潤，春流暗通，有情如此。而畫樓夢斷，則惟見晴日照湘風而已。借舊題發新意，玩七句，則前六句皆寫夢也。

溫庭筠〈商山早行〉

晨起動征鐸，客行悲故鄉。雞聲茅店月，人跡板橋霜。
槲葉落山路，枳花明驛牆。因思杜陵夢，鳧雁滿回塘。

【詩評】

　　一早行，二情。三四早景。五六商山早景。七八應二。此詩三四名句，後半不稱，五六又寫早景，與七八全無關照，又複三四。結句本言前在杜陵，此時尚在夢中，鳧雁滿塘之聲，亦不能覺，正形今日早行之苦，而語意不明。五六若寫故鄉景，結句再明白，則合作矣。

溫庭筠〈李先生別墅望僧舍寶剎因作雙聲〉①

棲息消心象，簷楹溢艷陽。簾櫳蘭露落，鄰里柳陰涼。
高閣過空谷，孤竿隔古岡。潭廬同澹蕩，彷彿復芬芳。

【詩評】

　　前四別墅。五六望寶剎。七八合結。
　　詩不必佳，錄之使學者知雙聲疊韻耳。

【校注】

①屈復於本詩題下按語補充：《南史》王玄謨問謝莊曰：「何者為雙聲、疊韻？」
　答曰：「玄瓠為雙聲，磝碻為疊韻。」《吟窗雜錄》：「『留連千里賓，獨待一
　年春。』此頭雙聲句也。『我出崎嶇嶺，君行磝碻山。』此腹雙聲句也。『野外
　風蕭索，雲裡日朦朧。』此尾雙聲句也。」

溫庭筠〈鄠郊別墅寄所知〉

持頤望平綠，萬景集所思。南塘過新雨，百草生容姿。

幽鳥不相識，美人何可期？徒然委搖蕩，惆悵春風時。

【詩評】

　　一二別墅。三四景。五六情。七八總結。南塘，鄠郊也。此首神似韋蘇州。「望」字起「萬景集所思」；「新雨」承「萬景」。五六承「所思」。「徒然」、「惆悵」應「集思」；「春風」應「平綠」，兼結中四，不失法也。

劉駕〈早行〉

馬上續殘夢，馬嘶時復驚。心孤多所虞，僮僕近我行。

棲禽未分散，落月照古城。莫羨閒居者，冢邊人已耕。

【詩評】

　　一二早行。三四情。五六景。結自解開筆。

　　此首《全唐詩》在五古，然「虞」字作仄聲，作律詩讀較勝五古，蓋通篇氣韻是律不是古。

　　一起高妙，東坡曾用之①，想亦賞極也。

【校注】

①東坡曾用之：蘇軾〈太白山下早行至橫渠鎮書崇壽院壁〉，首聯「馬上續殘夢，不知朝日昇。」即援引本詩而成。

于武陵〈贈賣松人〉

入市雖求利，憐君意獨真。欲將寒澗樹，賣與翠樓人。

瘦葉幾經雪，淡花應少春。長安重桃李，徒染六街塵。

【詩評】

　　一二虛寫賣松人。三四實承一二。五六寫松之清高。逼出結句俗人不買。法好。賣松人有何可贈？寄托之旨，言外自見。雖淺近，取其有意。

許棠〈早發洛中〉

半夜發清洛，不知過石橋。雲增中岳大，樹隱上陽遙。

蟄黑初沉月，河明欲認潮。孤村人尚夢，無處暫停橈。

【詩評】

　　一早發，二洛中，大石橋正在上東門外也。三四遠景。五六曉景。七八情。

　　「不知」承「半夜」，三前望，四回首，皆寫半夜景，又切洛陽。「沉月」、「河明」，將曉之景。七八緊接五六，言此時村人尚夢，以形己之早發也。

許棠〈寄盩屋薛能少府〉

滿縣惟雲水，何曾似近畿。曉庭猿集慣，寒署吏衙稀。

水（冰）色封深澗，樵聲出紫微。時聞迎隱者，依舊著山衣。

【詩評】

　　起寫縣之清雅，已含吏隱意。結寫山衣，應起句，人地相稱也。

　　寫少府是吏隱，從山水中見出，已妙；又寫出其山衣迎隱士，則少府之高節清風，直是千古第一流矣。筆妙絕。

許棠〈過洞庭湖〉

驚波常不定，半日鬢堪斑。四顧疑無地，中流忽有山。

鳥高恒畏墜，帆遠卻如閒。漁父閒相引，時歌浩渺間。

【詩評】

　　一二過。三四湖。五六湖之大。七八總結。

　　此詩亦佳，有杜、孟在前，遂不大傳。然此是寫「過」字，與「望」字有異。

李咸用〈訪友人不遇〉

出門無至友，動即到君家。空掩一庭竹，去看何寺花。

短僮應捧杖，侍女學擎茶。吟罷留題處，苔階日影斜。

【詩評】

　　一二訪友。三四不遇情景。五六不遇事。結候至日暮。逐句寫來，情景相生，虛實互用，作法甚密。

　　「無」字，「動即」字，喝「不遇」甚醒。三實四虛，五虛六實，五六又暗用「龐德公妻子羅拜牀下」①事，寫其親厚。故結句日暮始歸，方有來歷。

【校注】

①龐德公妻子羅拜牀下：龐德公（？-？），字尚長，襄陽人，漢末三國時期隱士。據東晉習鑿齒《襄陽耆舊記》（又稱《襄陽記》）記載：東漢末年隱士司馬徽（？-208）某次造訪龐德公，龐因故外出，司馬徽熟門熟路的要求龐德公妻

兒，作飯招待自己，龐德公妻兒也習以為常，當即張羅飲食。不久龐德公返家，與司馬徽互動熱絡，毫無主客之分。

唐彥謙〈寄同上人〉

高高山頂寺，更有最高人。定起松鳴屋，吟圓月上身。
雲藏三伏熱，水散百溪津。曾乞蘭花供，無書又過春。

【詩評】

一山寺，二上人。三四承二。五六承一。結寄詩之故。四妙句，餘亦穩稱。

周朴〈董嶺水〉

湖州安吉縣，門與白雲齊。禹力不到處，河聲流向西。
去衙山色遠，近水月光低。中有高人在，沙中曳杖藜。

【詩評】

一二地。三四水。五承一二，六承三四。總結。

三四誠佳，但「山色」、「月光」全無關合，乃湊字耳，所以不為合作。中晚不講法，多如此。

周朴（杜荀鶴）〈春宮怨〉

早被嬋娟誤，欲妝臨鏡慵。承恩不在貌，教妾若為容。
風暖鳥聲碎，日高花影重。年年越溪女，相憶采芙蓉。

【詩評】

　　三四臨鏡低徊，甚有情致。五六寫景合法，但不關怨意，便是呆筆。七八挽合「怨」字，又與五六不接，「芙蓉」又是秋景，不合之甚。只作絕句妙。

鄭谷〈聞進士許彬罷舉歸睦州悵然懷寄〉

桐廬歸舊廬，垂老復樵漁。吾子雖言命，鄉人懶讀書。

煙舟撐晚浦，雨屐剪春蔬。異代名方振，哀吟莫廢初。

【詩評】

　　一歸睦州，二罷舉。三四承二。五六承一。七開一筆，八結懷寄。

　　從鄉人寫出進士，是第一等才學。

　　「復」字起下「雖」字、「懶」字。五六舊廬事。七八總結前六句，言吾子雖以不第安命，而鄉人感高才絕學之困厄，遂言讀書之無益也。

崔塗〈巴山道中除夜書懷〉

迢遞三巴路，羈危萬里身。亂山殘雪夜，孤燭異鄉春。

漸與骨肉遠，轉於僮僕親。那堪正漂泊，明日歲華新。

【詩評】

　　一地，二己。三承一，四承二。五六情。七總結上六句，八出除夜。

　　語意雖本幼公①，而幼公三四便出題，此三四寫景，較幼公五六卻勝，又結方出題，法變。

　　昔人謂五六不如「久客親僮僕」②簡妙，良然。

　　自一二直貫至五六，一氣呵成，三四景中有情，五六「迢遞」、「羈危」合

寫，七總收，八方出除夜，覺一篇無非除夜。與張睢陽〈聞笛〉③同法。

【校注】

①幼公：戴叔倫（732-789），字幼公，中唐詩人。

②久客親僮僕：出自王維五古〈宿鄭州〉第四句，或作「孤客親僮僕」。

③張睢陽〈聞笛〉：張巡（709-757），安史之亂中因死守睢陽城，故又稱張睢陽。〈聞笛〉詩見本書卷二。

韓偓〈幽窗〉

刺繡非無暇，幽窗自愜歡。手香江橘嫩，齒軟越梅酸。

密約臨行怯，私書欲報難。無憑諳鵲語，猶得暫心寬。

【詩評】

　　一閒，二情。三四承一。五六承二。開一筆結。

　　寫美人從虛處比擬，不落熟徑。臨行轉怯，欲報又難，寫盡低徊一寸心也。

　　冬郎①處亂世君臣朋友間，有不可明言者，此有託而發。

【校注】

①冬郎：韓偓（844-923），字致堯，小字冬郎，晚唐詩人。十歲能詩，姨父李商隱曾譽其「雛鳳清於老鳳聲」。

吳融〈西陵夜居〉

寒潮落遠汀，暝色入柴扃。漏永沉沉靜，燈孤的的青（清）。

林風移宿鳥，池雨定流螢。盡夜成愁絕，啼螿莫近庭。

【詩評】

一二破題。中四皆夜景，三四室中，五六門外。七結三四，八結五六。「移」、「定」，寫出靜中見動，動中見靜，幽閒之甚。

三四一夜不寐，五六一夜聞見，言盡夜愁絕，結三四也。宿鳥已移，流螢亦定，惟啼螿愁人耳。

杜荀鶴〈送人宰吳縣〉

海漲兵荒後，為官合動情。字人無異術，至論不如清。
草履隨船賣，綾梭隔水鳴。惟持古人意，千里贈君行。

【詩評】

一時，二宰吳。三四政理。五六風俗。結以古人勉之。兵荒後則民更貧，故「合動情」起下「清」字。五六寫貧狀，古人意即所謂清也。七八直接上六句，以意貫注，不在字句。

一篇全是勸勉，真情高品。

黃滔〈遊東林寺〉

平生愛山水，下馬虎溪時。已到終嫌晚，重遊預作期。
寺寒三伏雨，松偃數朝枝。翻譯如曾見，白蓮開舊池。

【詩評】

一二破題。三四情。五六景。七八用本事結。

三四寫東林之勝，不寫山水，卻從情中寫出。高手於平常語、平常意寫出便超然，他人不知收拾耳。

唐求〈山東蘭若遇靜公夜歸〉

松門一徑微，苔滑往來稀。半夜聞鐘後，渾身帶雪歸。

問寒僧接杖，辨語犬銜衣。又是安禪去，呼童閉竹扉。

【詩評】

一二蘭若。三四靜公夜歸。五六歸時情景。七八歸後。

「微」字一層，「滑」字、「稀」字一層，「半夜」字一層，三句跌下已妙，又添「雪」字，更有勢。五六停筆寫情景，結應「歸」字，合法。

李得〈賦得垣衣〉

漠漠復霏霏，為君垣上衣。昭陽輦下草，應笑此生非。

掩靄青春去，蒼茫白露稀。猶勝萍逐水，流浪不相依。

【詩評】

一二破題。三承二，四承一。五承三，六承四。七八開一步結。

「漠漠」、「霏霏」①，是垣衣②形狀，寫「為君垣上」，垣有主也。「昭陽」從「君」字生出。輦下之草，猶得沾君車跡；垣衣此生，漠漠霏霏而已。「青春去」、「白露稀」，意言歲月如流，是承「此生非」來，但全無「垣」字，「昭陽」字亦落空。〈西京賦〉「繞垣綿聯」，若作「綿聯惠露稀」，庶與「垣」字、「昭陽」句有承接，亦與七八意相合。

題甚枯寂，全無可寫，能滔滔寫出，且有寓意。三四承一二，令人不覺，筆高有至理。彼鄧通③輩得意時，寧不噲嚴子陵④為枉活一生耶？

【校注】

①漠漠霏霏：漠漠，指茂密，如枚乘〈柳賦〉「階草漠漠」。霏霏，草木茂盛，如

杜甫〈宣政殿退朝晚出左掖〉詩「宮草霏霏承委佩。」

②垣衣：牆上青苔，覆蔽如人著衣，故稱。

③鄧通：據《史記‧佞幸列傳》記載，鄧通（？-？）原為西漢文帝宮中船夫，偶得文帝寵幸，官至上大夫，賜錢無數。又因相士預言鄧通「當貧餓死」，文帝遂賜以蜀郡銅山，准許鄧通私自鑄錢，以致鄧氏錢遍布天下。

④嚴子陵：嚴光（？-？），字子陵，與東漢光武帝劉秀為同窗好友。劉秀即位後，多次延聘嚴光，但嚴光隱居桐廬富春江畔，每日垂釣，後稱此地為嚴子陵釣臺。

趙嘏〈東歸道中〉

未明喚僮僕，江上憶殘春。風雨落花夜，山川驅馬人。

星星三徑髮，草草百年身。此日念前事，滄洲情更親。

【詩評】

　　一道中，二憶家。三承二，四承一。五六情。結承五六。一見歸心之急，二注明首句，三四即承一二，言此時家中，正是風雨落花之夜，而我方山川驅馬，正是「未明喚僮僕」時也。五六即一事無成兩鬢絲意。「此日」緊接五六，「念前事」未東歸以前事，八結東歸。

韋莊〈延興門外作〉

芳草五陵道，美人金犢車。綠奔穿內水，紅落過牆花。

馬足倦遊客，鳥聲歡酒家。王孫歸去晚，宮樹欲棲鴉。

【詩評】

「五陵道」，即延興門外；「美人金車」，多貴遊也。三四其景如此，此貴遊之賞也。五六自傷。「王孫」即金車之人，貴遊歸盡，宮樹棲鴉，己尚徘徊門外也。意在言外。

五自傷流落，全篇因此而作。

王貞白〈御溝水〉

一帶御溝水，綠槐相蔭清。此中涵帝澤，無處濯塵纓。

鳥道來雖險，龍池到自平。朝宗本心切，願向急流傾。

【詩評】

一出題，二陪一句。三四順承。五有源，六有功。七八情。「此中」收上，「無處濯纓」喻己不能沾恩也。五喻己微賤遠來，六喻己才能濟事，所以朝宗心切而願傾急流也。

前半水清，後半自喻欲仕。

無可〈遊山寺〉

千峰路盤盡，林寺昔何名。步步入山影，房房聞水聲。

多年人跡斷，殘照石陰清。自可求居止，安閒過此生。

【詩評】

一二遊山寺。三四景。五六寺之清靜，兼點時。情結。

無可〈秋寄從兄賈島〉

瞑蟲喧暮色，默思坐西林。聽雨寒更徹，開門落葉深。

昔因京邑病，併起洞庭心。亦是吾兄事，遲迴共至今。

【詩評】

　　一二秋思。三四景。五六情。結寄兄。

　　自暮色默坐，聽雨更徹，及至開門，落葉已深，則一夜不寐可知。後四是「寄」，然所聽者，非雨也。

　　雖不及乃兄「落葉滿長安」①，亦自精彩。

【校注】

①不及乃兄「落葉滿長安」：僧人無可出家前本姓賈，為賈島堂弟，賈島有〈送無
　　可上人〉詩，見本書卷五。「落葉滿長安」句，見賈島〈憶江上吳處士〉，詩同
　　見本書卷五。

齊己〈劍客〉

拔劍繞殘樽，歌終便出門。西風滿天雪，何處報人恩。

勇死尋常事，輕讎不足論。翻嫌易水上，細碎動離魂。

【詩評】

　　一別筵，二去之疾。三時景，四情不知所往。五六壯懷。七八結別。前四傳劍
客俠氣，勃勃欲生，不如作絕句妙。

處默〈聖果寺〉

路自中峰上，盤回出薜蘿。到江吳地盡，隔岸越山多。

古木叢青靄，遙天浸白波。下方城郭近，鐘磬雜笙歌。

【詩評】

　　一二聖果寺。中四皆所見景。結塵市喧鬧，是言寺之所嫌在此，而語氣渾然不露。

　　由中峰而上聖果寺，三四聖果寺所見景。五六又寫「青靄」、「白波」，亦是此地江景。連三四，味亦淺薄，若轉寫中峰便合法，且與結句緊湊。晚唐之不講法如此。

　　較「吳越到江分」①，各有好處，又無一語及禪，結句俗人亦不肯道。

【校注】

①吳越到江分：詩句出自北宋陳師道（1053-1101）五律〈錢塘寓居〉：「山水如相識，豪華異昔聞。聲言隨地改，吳越到江分。門閉蕭蕭雨，風催緩緩雲。會隨麋鹿去，長謝犬羊群。」

盧象〈贈劉藍田〉

籬中犬迎吠，出屋候荊扉。歲晏輸井稅，山村人暮歸。

晚田始家食，餘布成我衣。對此能無事，勞君問是非。

【詩評】

　　一二村晚。三四順承。五六溫飽。七八答友。氣味淳正，筆法疏落，從陶詩中涵詠深者。

卷六

李嶠〈奉和春初幸太平公主南莊應制〉

主家山第接雲開，天子春遊動地來。羽騎參差花外轉，霓旌搖曳日邊回。

還將石溜調琴曲，更取峰霞入酒杯。鸞輅已辭烏雀渚，簫聲猶繞鳳凰臺。

【詩評】

　　「接雲」，言高，南莊在終南故也。「動地」，扈從之眾。「花外」、「日邊」承「春遊」；「參差」、「搖曳」承「動地」。五六承一。七，「天子」、「主家」合，「已辭」總結上六句，八所謂餘音嫋嫋也。

　　次句寫宸遊甚壯麗，結亦有餘韻。稍遜燕公中聯①耳。

【校注】

①燕公中聯：張說（667-731），唐玄宗時曾任宰相，受封燕國公。唯檢視屈復《唐詩成法》，書中共選四首同題〈奉和春初幸太平公主南莊應制〉，除本詩作者李嶠外，另有沈佺期、宋之問、李邕三人，未有張說。且張說詩文集（《張燕公集》），也未見同題應制詩作，不解屈復「燕公中聯」指的是哪一首詩？

杜審言〈大酺〉

毘陵震澤九州通，士女歡娛萬國同。伐鼓撞鐘驚海內，新妝袨服照江東。

梅花落處疑殘雪，柳葉開時任好風。火德雲官逢道泰，天長地久屬年豐。

【詩評】

　　「九州萬國」起下「驚海內」、「照江東」，大也。「歡娛」起下「撞鐘伐鼓」、「新妝袨服」，酺也。五，臘去未久；六，春至方初，點時也。「道泰」、「年豐」，總結。

　　前後金鼓鼎沸，中忽作笙簫雅奏，此法所謂雄壯者半必細也。少陵作〈送翰林

張司馬南海勒碑〉①用此法。實字連用，雖覺滯重，然規模宏大，是風氣初開時筆墨。

【校注】

①〈送翰林張司馬南海勒碑〉：詩見本書卷四。

杜審言〈春日京中有懷〉

今年遊寓獨遊秦，愁思看春不當春。上林苑裡花徒發，細柳營前葉漫新。

公子南橋應盡興，將軍西第幾留賓。寄語洛城風日道，明年春色倍還人。

【詩評】

　　前六春日京中，後二有懷。

　　「今年」、「獨」起「不當春」。「徒」、「漫」承「愁思」；「應」、「幾」承「獨」字。雖分人物，皆寫「不當春」也。末言今年秦地春色已不當春矣，明年洛城當加倍還我耳。以「洛城」映「秦」，以「倍還人」映「不當春」，以寄語結「有懷」。妙思奇語，迥非常境。

　　通篇已臻精緻，次聯開後人熟滑之端。

韋元旦〈興慶池侍宴應制〉

滄池漭沆帝城邊，殊勝昆明鑿漢年。夾岸旌旗疏輦道，中流簫鼓振樓船。

雲峰四起迎宸幄，水樹千重入御筵。宴樂已深魚藻詠，承恩更欲奏甘泉。

【詩評】

　　一實寫池，二虛贊。三四遊幸。五池外，六侍宴之樂。七結應制，八虛拖一句。

　　三四將「夾岸」、「中流」寫在上，將「旌旗」、「簫鼓」寫在下。五六將「雲峰」、「水樹」寫在上，「宸幄」、「御筵」寫在下，變動①。已是應制上乘，但為蘇作②壓倒耳。

【校注】

①變動：指二、三聯的句式組合，變化靈動，非固定式的安排。

②蘇作：指蘇頲〈興慶池侍宴應制〉，詩見本書卷六。屈復認為本詩雖是應制上乘之作，但仍遜於蘇頲同題詩。

蘇頲〈奉和春日幸望春宮應制〉

東望望春春可憐，更逢晴日柳含煙。宮中下見南山盡，城上平臨北斗懸。

細草偏承回輦處，輕花故落舞觴前。宸遊對此歡無極，鳥弄聲聲入管絃。

【詩評】

　　一望春宮，二春日。三四遠景。五六近景。結頌應制，景又補管絃。

　　「可憐」，見春之麗；「更逢」，見辰之良。「下見」、「平臨」，見宮之高、望之遠，寫晴日；「細草」、「輕花」，寫春日；「回輦」寫「幸」；「舞觴」補「宴」。「偏承」、「故落」，以無情為有情，詩人皆然。對此，收中四，又補出「鳥語」、「管絃」，法密！

　　次聯典切，八能脫套。

　　中四所謂「景疊者意必別」①。

【校注】

①景疊者意必別：明人李夢陽（1472-1529）《空同集》卷六十二之〈再與何氏書〉，論及古人作詩之法，有「大抵前疏者後必密，半闊者半必細，一實者必一虛，疊者意必二」之說，亦即詩作結構要有層次變化。以本詩為例，即使同樣寫

春日春宮之景，但三四寫遠景，五六則改為近景。遠近交替，錯落有致。

蘇頲〈侍宴安樂公主山莊應制〉

駸駸羽騎歷城池，帝女樓臺向晚披。露灑旌旗雲外出，風回巖岫雨中移。

當軒半落天河水，繞徑全低月樹枝。簫鼓宸遊倍（陪）宴日，和鳴雙鳳喜來儀。

【詩評】

一臨幸，二山莊。三承一，四承二。五六近景，又點公主。七侍宴，八公主。又三未至，四已到，五六公主山莊，迥非人間。

全篇將未至、已至參差寫出，生動之極，格奇。

有謂「天河」、「月樹」，與上「雲」、「露」、「風」、「雨」複者，不知「水落」正承「雨中」，「月樹」正承「雲外」也。又「月樹」，言月中之樹，非月夜之樹也。前詩皆山莊起，此首題無「幸」字，卻從「幸」起，所謂「題略者詩詳之，題詳者詩略之」也。

蘇頲〈興慶池侍宴應制〉

降鶴池前回步輦，樓鶯樹杪出行宮。山光積翠遙疑逼，水態含清近若空。

直似天河垂象外，俯窺京室畫圖中。皇歡未使恩波極，日暮樓船更起風。

【詩評】

一二幸池。三四從池上寫山水，承一二。五六池之大。七八君恩無已，收池。

題是「池」，故先寫池。池在何地？故接寫「行宮」。「遙」字承「樹杪（杪）出」，「近」字承「回步輦」，且歸本題。前四「池」、「宮」並寫，五六單寫池之大者，尊題也。六句景，末以「恩波」結侍宴應制，又補「樓船」，力大

法密。

　　氣味醇正，寫景深細，而結有樂不可極之意，語甚和婉，又雄壯，又清靈，無美不備。細細讀之，不覺為應制詩。

　　三四初云「山光逼峴疑無地，水態迎帆若有風」，時為趙郡李乂、范陽盧從愿所賞，但末句又押「風」字，故易之。

蘇頲〈春晚紫微省直寄內〉

直省清華接建章，向來無事日猶長。花間燕子棲鵁鶄，竹下鷦雛繞鳳凰。
內史通宵承紫誥，中人落晚愛紅妝。別離不慣無窮意，莫誤卿卿學太常。

【詩評】

　　一紫微，二春晚。中四合承一二，分人、物兩項。結寄內。

　　日長無事則多思，睹物則燕棲鵁鶄、鷦繞鳳凰。夜間寂寞則易感，睹人則內史承誥、中人紅妝。別離不慣，所以寄內。合結中四。

　　寄內詩易趣、易麗、易情濃，如此莊重典雅，情未嘗不深摯，佳妙。

張說〈奉和聖製春日幸望春宮應制〉

別館芳菲上苑東，飛花澹蕩御筵紅。城臨渭水天河靜，闕對南山雨露通。
繞殿流鶯凡幾樹，當蹊亂蝶許多叢。春園既醉心和樂，共識皇恩造化同。

【詩評】

　　一望春宮，二春日幸。三四遠景。五六近景兼寫春日。頌結。

　　渭水便是天河，南山常通雨露，言宮之高也。五六春光如此，所以醉心和樂，共識皇恩也。

前後穩稱，但不及蘇作警拔。

張說〈三月三日詔宴定昆池宮莊賦得筵字〉

鳳凰樓下對天泉，鸚鵡洲中匝管絃。舊識平陽佳麗地，今逢上巳盛明年。

舟將水動千尋日，幕共林橫兩岸煙。不降玉人觀禊飲，誰令醉舞拂賓筵。

【詩評】

一池，二宮莊。三公主，四三日。五六池景。七結三日，八結宴。

「舊識」收上，「今逢」起下，三句一解，七八合結。「佳麗地」即「鳳凰樓」、「鸚鵡洲」。「上巳盛明」即「水動」、「林橫」處也。「不降玉人」反結前三句，「禊飲」結中三句，八結「詔宴」。

張說〈灉湖山寺〉

空山寂歷道心生，虛谷迢遙野鳥聲。禪室從來雲外賞，香臺豈是世中情。

雲間東嶺千尋出，樹裡南湖一片明。若使巢由知此意，不將蘿薜易簪纓。

【詩評】

一二遊山情景。三四寺。五六遠景。七八贊歎。

從來天下禪室皆有雲外之賞，今日灉湖香臺，豈是世中之情？「嶺出」、「湖明」，寫山寺之高，其佳如此。巢、由①若知此意，亦不將蘿薜②輕我輩矣。

因「輕」字是平聲，不叶，故用「易」字叶平仄耳，「易」即輕也。

燕公和尹懋秋夜遊灉湖，五律既近復能幽，此首七八即此意。巢、由之所以輕簪纓③者，以不能兼蘿薜也。今既兼之，巢、由亦不能以蘿薜輕我輩矣。

【校注】

①巢、由：指巢父、許由。傳說中堯時隱士，堯讓位於二人，皆不受。後用以代指隱居不仕者。

②蘿薜：原指女蘿、薜荔一類的藤蔓植物，因多生於幽居僻靜處，又用以代指隱士。

③簪纓：頭簪、帽帶，古代高官顯貴冠飾，代指仕宦。

張說〈幽州新歲作〉

去歲荊南梅似雪，今年薊北雪如梅。共知人事何常定，且喜年華去復來。

邊鎮戍歌連夜動，京城燎火徹明開。遙遙西向長安日，願上南山壽一杯。

【詩評】

　　一荊南新歲，二幽州新歲。三雙承二州，四雙承新歲。五六從幽州想到京城。結出心事，正與幽州反照。

　　梅似雪，雪如梅，見二州地氣不同，皆與長安有異。共嗟無定，承「去歲」、「今年」；「且喜年華」承梅雪、雪梅，五夜幽州不寐，六心在京城，下緊接「西向」，以見不忘也。

　　唐人重內輕外，雖貴至節鎮，猶未能忘情於內也。

　　通首皆是望還長安，與五言律〈幽州夜飲〉①參看自知。

　　此南山與尋常不同，切妙無痕。

【校注】

①〈幽州夜飲〉：張說五律，詩見本書卷一。

沈佺期〈奉和立春遊苑迎春〉

東郊暫轉迎春仗，上苑初飛行慶杯。風射蛟冰千片斷，氣衝魚鑰九關開。

林中覓草才生蕙，殿裡爭花併是梅。歌吹銜恩歸路晚，棲烏半下鳳城來。

【詩評】

一迎春，二遊苑。三承一，四承二。五六立春。結遊罷。三四不過言東風解凍，陽氣上升意，卻寫得生新雄壯，練（鍊）句之妙。五六與「梅花落處疑殘雪」①同法。

【校注】

①梅花落處疑殘雪：出自杜審言七律〈大酺〉，詩見本書卷六。

沈佺期〈人日重宴大明宮賜綵樓人勝應制〉

拂旦雞鳴仙衛陳，憑高龍首帝城春。千官黼帳杯前壽，百福香奩勝裡人。

山鳥初來猶怯囀，林花未發已偷新。天文正應韶光轉，設報懸知用此辰。

【詩評】

一人日，二大明宮。三宴，四賜。五六景。七八合結。

前半已完題，故五六單寫景，然「初」字、「怯」字、「未」字、「偷」字，本句自相呼應，正暗寫人日，下以「用此辰」明結人日。

題中重字必誤。三四流水對方妙，言君臣俱在百福中也，可謂善頌。

沈佺期〈奉和春初幸太平公主南莊應制〉

主家山第早春歸，御輦春遊繞翠微。買地鋪金曾作埒，尋河取石舊支機。

雲間樹色千花滿，竹裡泉聲百道飛。自有神仙鳴鳳曲，併將歌舞報恩暉。

【詩評】

　　一公主南莊，二春幸。三四山第。五六早春歸。七結公主，八結御輦。

　　通首寫山第之豪奢，泉石之奇秀，花竹之暄妍，歌舞之精妙，而以「報恩暉」結，然歌舞如何報得恩暉？作者未必有諷，而讀者卻有此意。

　　凡應制詩，其鋪設處大略如此，取其結句不套。

沈佺期〈奉和春日幸望春宮應制〉

芳郊綠野散春晴，複道離宮煙霧生。楊柳千條花欲綻，蒲萄百丈蔓初縈。

林香酒氣元相入，鳥囀歌聲各自成。定是風光牽宿醉，來晨復得幸昆明。

【詩評】

　　一春日，二幸望春宮。三四景承一。五六宴承二。七承五六，八開筆。

　　「欲」、「初」二字有分寸。「元相入」、「各自成」，下字生新。「風光」，合結上六句；「宿醉」，結五六；「昆明」，結望春宮。只二、八兩句是應制，餘只是遊春作，佳極。

沈佺期〈侍宴安樂公主新宅應制〉

皇家貴主好神仙，別業初開雲漢邊。山出盡如鳴鳳嶺，池成不讓飲龍川。

妝樓翠幌教春住，舞閣金鋪借日懸。敬從乘輿來此地，稱觴獻壽樂鈞天。

【詩評】

一公主，二新宅。三四承二。五六承一。侍宴結。

前六句妙，一結不稱。

「雲漢邊」從「神仙」生出。三四雖寫新宅山水，亦暗合「神仙」字。五六雖寫新宅景，卻寫公主。「鈞天」仍結「神仙」。

沈佺期〈龍池篇〉

龍池躍龍龍已飛，龍德先天天不違。池開天漢分黃道，龍向天門入紫微。

邸第樓臺多氣色，君王鳧雁有光輝。為報寰中百川水，來朝此地莫東歸。

【詩評】

一今日之「龍池」，二往時之「龍德」，「池開」二字緊承「天不違」。三四緊承「龍已飛」，往時之龍池。五六實景，今日之龍池。七開筆，八此地，收全篇。而「為報」、「莫東」，以無知為有知，固是詩法，卻正挽合「天不違」意。

梁・范雲之〈零陵郡次新亭詩〉「江干遠樹浮，天末孤煙起。江天自如合，煙樹還相似」，此詩字法本此。

五「龍」字、二「池」字、四「天」字，崔之〈黃鶴樓〉所本，而神韻過之，然此味較厚。

結句，一時應制諸公俱不能到。

沈佺期〈嵩山石淙侍宴應制〉

金輿旦下綠雲衢，綵殿晴臨碧澗隅。溪水泠泠雜行漏，山煙片片繞香爐。

仙人六膳調神鼎，玉女三漿捧帝壺。自昔汾陽紆道駕，無如太室覽真圖。

【詩評】

　　一來遊，二宴石淙。三四承一二。五六寫侍宴，莊重典雅。七陪一筆，八結本題，法密，此題此作第一。

沈佺期〈古意呈補闕喬知之〉

盧家少婦鬱金堂，海燕雙棲玳瑁梁。九月寒砧催木葉，十年征戍憶遼陽。

白狼河北音書斷，丹鳳城南秋夜長。誰為含愁獨不見，更教明月照流黃。

【詩評】

　　此代為征戍之婦而言也。一二言人家夫婦如海燕雙棲，長相守也。三搖落之時，四別離之久。五征戍之所，六征婦之居。七八言愁無已時也。

　　「流黃」，機中之織，樂府〈相逢行〉「中婦織流黃」。

　　此詩通首是比，或言補闕之妾為人所奪，如征戍之人一去不歸；或言雲卿流配嶺表，以夫婦和諧喻君臣際會，以比喬公得時，以征戍不返比自己流配，以含愁不見比望喬公援手。大約古人寄托之旨，原未明言，不過讀者知人論世，意其如此，安可固執哉？

　　有謂唐一代以此詩第一者，果好，若為一代第一，則不敢知。

沈佺期〈遙同杜員外審言過嶺〉題下注：遙同者，沈流驩州，杜流峰州，同時過嶺而異道也

天長地闊嶺頭分，去國離家見白雲。洛浦風光何所似，崇山瘴癘不堪聞。

南浮漲海人何處，北望衡陽雁幾群。兩地江山萬餘里，何時重謁聖明君。

【詩評】

一遙同過嶺，二戀闕望鄉。三四分承一二。五員外，六自己。七合兩地，八戀闕。

「天長地闊」，遙也；「嶺頭分」，同過也。「去國離家」，暗指「洛浦」；「見白雲」，暗指「崇山」，兩地合寫，蓋將過時①也。下明點「洛浦」、「崇山」，兩地分寫，又用「何所似」一折，「不堪聞」一正，更淒斷。五六過嶺至流所，故言雁可望而人不可知也。七又兩地合寫，總結中四，八固期望之詞，亦是傷心語。

「何所似」，言我兩人去後，不知更如何繁華，正與下「不堪聞」相反也。

事本失意，詩亦悲涼，寫「遙同」無痕。

【校注】

①將過時：指去國離家、將過嶺之時。因尚同處一地，故眼前所見風光相同。五、六句為兩人過嶺異道，眼前風景遂有差異。

沈佺期〈和上巳連寒食有懷京洛〉

天津御柳碧遙遙，軒騎相從半下朝。行樂光輝寒食借，太平歌舞晚春饒。

紅妝樓下東迴輦，青草洲邊南渡橋。坐見司空掃西第，看君侍從落花朝。

【詩評】

「碧遙遙」，起樓下洲邊諸處；「相從」、「下朝」，起光輝歌舞行樂。「借」字言不止今日寒食，更有明日上巳。「上巳」暗點，「寒食」明點，「饒」字正寫題上「連」字，又將清明、上巳合寫。「東迴」、「南渡」，又分寫諸處遊人，至司空西第、侍從花朝，又非諸人諸處可比，總結中四。其明暗分合，起結照應，無不可法者。

沈佺期〈紅樓院應制〉題下注：一作僧廣宣詩

紅樓疑見白毫光，寺逼宸居福盛唐。支遁愛山情謾切，曇摩泛海路空長。

經聲夜息聞天語，爐氣晨飄接御香。誰謂此中難可到，自憐深院得回翔。

【詩評】

　　三四全無關會，通篇淺俗，斷非沈作。

沈佺期〈再入道場紀事應制〉題下注：一作僧廣宣詩

南方歸去再生天，內殿今年異昔年。見闢乾坤新定位，看題日月更高懸。

行隨香輦登仙路，坐近爐煙講法筵。自喜恩深陪侍從，兩朝長在聖人前。

【詩評】

　　稍勝前首，然亦是應制泛語，皆廣宣作無疑。本不堪選，諸家多稱之，恐讀者以為遺珠也。

宋之問〈奉和春初幸太平公主南莊應制〉

青門路接鳳凰臺，素滻宸遊龍騎來。潤草自迎香輦合，巖花應待御筵開。

文移北斗成天象，酒近南山作壽杯。此日侍臣將石去，共歡明主賜金迴。

【詩評】

　　一二初幸。下「草迎」、「花待」俱見「初」意。五天子有詩，六群臣侍宴。「將石去」喻公主也。若非「初幸」，則「青門」、「素滻」，一路經歷，必不細寫矣。

鄭愔〈奉和春日幸望春宮〉

宸蹕凌高轉翠旌，春樓望遠背朱城。忽排花上遊天苑，卻坐雲邊看帝京。
百草香心初胃蝶，千林嫩葉始藏鶯。幸同葵藿傾陽早，願比盤根應候榮。

【詩評】

　　一二題前。三四方幸望春宮。五六單寫春景，而「香心」、「嫩葉」起下「葵藿」、「盤根」。七八又結「百草」、「千林」。

　　通篇細潤特甚，結亦有意，次聯尤清警。

張諤〈九日〉

秋來林下不知春，一種佳遊事也均。絳葉從朝飛著夜，黃花開日未成旬。
將曛陌樹頻驚鳥，半醉歸途數問人。城遠登高併九日，茱萸凡作幾年新。

【詩評】

　　一九日，二佳遊。中四總承一二。七八總結。

　　「不知春」，甚奇；二，申說上句。三，九日亦是常語；四，刻畫九日，千古擅場。五六，不寫佳遊卻寫遊罷，則遊時之盛可知。法高！

　　「不知春」，言秋日亦不亞春日也。「事也均」，三字可玩。「併九日」，言登高者眾，緊接「數問人」來。「凡」，大概也，言茱萸之新，大概還有幾年，言登高之日尚多，祝詞亦快詞，又結上「春」、「秋」字。

　　九日詩多悲壯，此獨瀟灑和平，可貴。

張諤〈延平門高齋亭子應岐王教〉

花源藥嶼鳳城西，翠幕紗窗鶯亂啼。昨夜蒲萄初上架，今朝楊柳半垂堤。

片片仙雲來渡水，雙雙燕子共啣泥。請語東風催後騎，併將歌舞向前溪。

【詩評】

　　「鳳城西」點延平門；「鶯亂啼」（點）高齋。三四時景。「仙雲」從「岐王」生出，「燕子」應「高齋亭子」。「後騎」、「歌舞」結遊興未盡。三四下五字，常語，上著「昨夜」、「今朝」，便有生動之致。

李憕〈奉和聖製從蓬萊向興慶閣道中留春雨中春望之作應制〉

別館春還淑氣催，三宮路轉鳳凰臺。雲飛北闕輕陰散，雨歇南山積翠來。

御柳遙隨天仗發，林花不待曉風開。已知聖澤深無限，更喜年芳入睿才。

【詩評】

　　一二從蓬萊向興慶。三四雨中。五六春望。七八結奉和聖製。

　　首句點出「春」字，以下便不礙手。「催」字妙，所以從蓬萊向興慶望之故也。「雲散」、「雨歇」，為春望地，下緊接「柳發」、「花開」，正寫春望。「聖澤」結「春望」，八和聖製。

　　題長，挨次做去，繁簡得宜，綽有餘地。

　　題是「雨中」，詩卻寫雲散雨歇，以見天子威靈通神，與五意同。

李邕〈奉和春初幸太平公主南莊應制〉

傳聞銀漢支機石，復見金輿出紫微。織女橋邊烏鵲起，仙人樓上鳳凰飛。

流風入座飄歌扇，瀑水侵階濺舞衣。今日還同犯牛斗，乘槎共逐海潮歸。

【詩評】

　　一公主，二臨幸。三四南莊。五六景。頌結。

　　「傳聞」起下「復見」，中四皆從「復見」來。鵲橋、鳳樓、風飄、水濺，如在天上，果不減「乘槎日月邊」①矣。

　　不及諸公遠甚，然北海②千古英雄，詩亦清利，存其人也。

【校注】

①乘槎日月邊：西晉張華《博物志》記載，舊時天河與大海相通，海邊人每年八月都見浮槎往來。有人攜糧乘槎，歷經十餘日，途中見到日月星辰，最終竟至天河，並遇見織女、牛郎。後人便將「乘槎」由原本的乘坐木筏，引申為登天。如李商隱〈海客〉詩：「海客乘槎上紫氛，星娥罷織一相聞。」

②北海：李邕（674-746），為唐代宗室兼著名書法家，曾任北海太守，故稱李北海。

徐安貞〈聞鄰家理箏〉

北斗橫天夜欲闌，愁人倚月思無端。忽聞畫閣秦箏逸，知是鄰家趙女彈。

曲成虛憶青蛾斂，調急遙憐玉指寒。銀鎖重關聽未闢，不如眠去夢中看。
　　　　　　　　　　　　　　　　　　　　　　　　　　　　　　○○○○○○○

【詩評】

　　「夜欲闌」、「思無端」起下「忽聞」、「知是」。「不如」結上「虛憶」、「遙憐」。七開一筆，「看」字結「聞」字。當夜闌愁思時，忽聞理箏，已難為情，而又知是「趙女」、「蛾斂」、「指寒」，正應愁思，亦寫理罷也。「虛憶」、「遙憐」應上「知是」。重關未闢而欲看於夢中，是一夜不眠也。題是「聞」，卻以「看」結，妙想。

陶峴〈西塞山下迴舟作〉

匡廬舊業是誰主，吳越新居安此生。白髮數莖歸未得，青山一望計還成。

鴉翻楓葉夕陽動，鷺立蘆花秋水明。從此舍舟何所詣，酒旗歌扇正相迎。

【詩評】

一客，二主。三承一，四承二。五六景。迴舟結。

「歸未得」，舊業任其誰主；「計還成」，新居聊安此生。「楓葉」、「蘆花」雖寫景，亦點時，正寫題上「迴舟」。「從此舍舟」雖總結上六句，卻從五六生出「相迎」字，與「舍」、「詣」字相應。

結句更似高興語，究竟悲涼，可見詩在氣味，不在詞句也。

句句是哭，字字是淚，然不熟讀深思，不能領會。

王維〈奉和聖製從蓬萊向興慶閣道中留春雨中春望之作應制〉

渭水自縈秦塞曲，黃山舊繞漢宮斜。鑾輿迴出千門柳，閣道迴看上苑花。

雲裡帝城雙鳳闕，雨中春樹萬人家。為乘陽氣行時令，不是宸遊玩物華。

【詩評】

一二山川宮闕大勢。三四從蓬萊向興慶閣道中。五六留春雨中春望。七八奉和。

「自縈」者，天設地造，不假人力；「舊繞」者，歷代已久，不費新功。「迴出」、「迴看」，是從蓬萊向興慶。「千門柳」、「上苑花」，已帶春望。故五承一二，六承三四，七八奉和聖製，兼為洗發「為乘」、「不是」①，正從「自縈」、「舊繞」應來。連環鉤鎖，用意深曲。

【校注】

①洗發「為乘」、「不是」：洗發，開脫、辯解。亦即七八兩句乃王維為皇上春遊之舉開脫辯解，表明皇上趁著春和景明出遊，宣揚時令，並非單純賞玩景物。

王維〈勑賜百官櫻桃〉

芙蓉闕下會千官，紫禁朱櫻出上闌。才是寢園春薦後，非關御苑鳥銜殘。

歸鞍競帶青絲籠，中使頻傾赤玉盤。飽食不須愁內熱，大官還有蔗漿寒。

【詩評】

此首頌君恩之有加無已也。一二，尊嚴。三四「才是」、「非關」，禮重。五六所賜之多，不是虛應故事。七八「不須」、「還有」，不止一櫻桃而已。諸虛字皆從「會」、「出」二字生來，不是憑空亂寫。應制詩至此，神矣化矣，無以加矣。

王維〈勑借岐王九成宮避暑應教〉

帝子遠辭丹鳳闕，天書遙借翠微宮。隔窗雲霧生衣上，卷幔山泉入鏡中。

林下水聲喧笑語，巖間樹色隱房櫳。仙家未必能勝此，何處吹簫向碧空。

【詩評】

一岐王，二勑借九成宮。中四皆景，不言避暑而避暑即在其中矣。七八總結九成之勝。五六屋外景。三四屋內景。輝煌正大，中有典麗清新之致，全無筆墨痕。

王維〈和太常韋主簿五郎溫湯寓目〉

漢主離宮接露臺，秦川一半夕陽開。青山盡是朱旗繞，碧澗翻從玉殿來。

新豐樹裡行人渡，小苑城邊獵騎迴。聞道甘泉能獻賦，懸知獨有子雲才。

【詩評】

　　一二宮殿之廣。三四順承一二。五六遠景。七八和主簿。前六句皆溫湯寓目，「接」字、「一半」字，「盡是」、「翻從」字，緊相承接，總見宮殿之多。五六見地之大，三四的是溫湯，移不得。「甘泉」正陪襯溫湯。一半夕陽，則一半皆離宮矣。

王維〈酬郭給事〉

洞門高閣靄餘輝，桃李陰陰柳絮飛。禁裡疎鐘官舍晚，省中啼鳥吏人稀。

晨搖玉珮趨金殿，夕奉天書拜瑣闈。強欲從君無那老，將因臥病解朝衣。

【詩評】

　　一二晚景。三四寓直。五六職事。七酬給事。

　　前四，夜之寓直寂寞，渾涵不露；五六，晝之公務不閒，逼出七八欲謝病。和平典雅，具自然之致。

王維〈酌酒與裴迪〉

酌酒與君君自寬，人情翻覆似波瀾。白首相知猶按劍，朱門先達笑彈冠。

草色全經細雨濕，花枝欲動春風寒。世事浮雲何足問，不如高臥且加餐。

【詩評】

一破題，二友道如土。三四承二。五六景，比也。七八應首句。

五，小人得志；六，君子不用也。「何足」、「不如」正應「自寬」，「自寬」又起下五句。

王維〈積雨輞川莊作〉

積雨空林煙火遲，蒸藜吹黍餉東菑。漠漠水田飛白鷺，陰陰夏木囀黃鸝。
山中習靜觀朝槿，松下清齋折露葵。野老與人爭席罷，海鷗何事更相疑。

【詩評】

「煙火遲」，得積雨之神。前四「積雨」，後四「輞川莊」。二是雨中農事。三四雨景。五六是自己情事。逼出七八，忘機也。

水田飛白鷺，夏木囀黃鸝，成句也。右丞加「漠漠」、「陰陰」四字，精彩百倍，竟成右丞之作①。可見用成句亦不妨，然有右丞之鑪錘則可，無則抄寫而已。

【校注】

① 「漠漠水田」兩句：唐人李肇（-813-）《國史補》記載，二句乃王維竊自李嘉祐（-748-）「水田飛白鷺，夏木囀黃鸝」詩句。南宋葉夢得（1077-1148）《石林詩話》反對「竊句」說，以為：「此兩句好處，正在添『漠漠』、『陰陰』四字，此乃摩詰為嘉祐點化，以自見其妙，如李光弼將郭子儀軍，一號令之，精彩數倍。」明人胡應麟（1551-1602）《詩藪》也辯駁道：「世謂摩詰好用他人詩，如『漠漠水田飛白鷺』，乃李嘉祐語，此極可笑。摩詰盛唐，嘉祐中唐，安得前人預偷來者，此正嘉祐用摩詰詩。」葉、胡兩人都主張應是中唐的李嘉祐襲用盛唐的王維詩句。但由屈復詩評所謂「右丞加四字」、「竟成右丞之作」，似乎仍採信李肇《國史補》所載，以為先有李嘉祐的五言詩句，後有王維疊字點化的七言詩句。但由王維與李嘉祐生存年代推論，屈復之說顯然有誤。

王維〈春日與裴迪過新昌里訪呂逸人不遇〉

桃源一向絕風塵，柳市南頭訪隱淪。到門不敢題凡鳥，看竹何須問主人。

城外青山如屋裏，東家流水入西鄰。閉戶著書多歲月，種松皆作老龍鱗。

【詩評】

　　一逸人，二訪新昌里。三四承二，兼寫不遇，用典入化。五六承一。七八歎羨。

　　前四寫題已盡，轉筆更寫山水，究是承「絕風塵」。七轉筆寫人，究是承「隱淪」，八似虛拖一句，究是承「一向」。法之緊嚴如此。

王維〈送方尊師歸嵩山〉

仙官欲往九龍潭，毛節朱幡倚石龕。山壓天中半天上，洞穿江底出江南。

瀑布杉松常帶雨，夕陽彩翠忽成嵐。借問迎來雙白鶴，已曾衡岳送盧（蘇）耽。

【詩評】

　　一二歸嵩山。三四嵩山形勝。五六景。開筆結。

　　人是仙官，洞是仙洞，山是仙山，景是仙景，已寫到山窮水盡處矣，卻用白鶴迎來，以「蘇耽」陪仙官，以「衡岳」陪嵩山，結妙。

王維〈送楊少府貶郴州〉

明到衡山與洞庭，若為秋月聽猿聲。愁看北渚三湘遠，惡說南風五兩輕。

青草瘴時過夏口，白頭浪裡出湓城。長沙不久留才子，賈誼何須弔屈平。

【詩評】

　　一郴州，二景物兼點時。三四情，順承一二。五六經歷景地。七八慰結。

　　「若為」，若何為情也；「愁看」、「惡說」，皆從「若為」生。五六加一倍寫愁景，為上四襯，為下二作勢。

　　六句寫愁景，句句令貶郴州者愁死。至七八方逼出「不久」、「何須」四字，足令少府開顏。此前六一段，後二一段，格奇。然一首中七用地名，雖氣逸不覺，必（畢）竟非法。

王維〈和賈舍人早朝大明宮之作〉

絳幘雞人報曉籌，尚衣方進翠雲裘。九天閶闔開宮殿，萬國衣冠拜冕旒。

日色才臨仙掌動，香煙欲傍袞龍浮。朝罷須裁五色詔，珮聲歸向鳳池頭。

【詩評】

　　一早，二朝。三大明宮，四朝。五早，六朝。七八和舍人。

　　衣裳字太多，前人已言之矣。「早」、「朝」字未合寫，亦一病。

卷七

崔顥〈黃鶴樓〉

昔人已乘黃鶴去，此地空餘黃鶴樓。黃鶴一去不復返，白雲千載長（空）悠悠。

晴川歷歷漢陽樹，芳草萋萋鸚鵡洲。日暮鄉關何處是？煙波江上使人愁。

【詩評】

　　一黃鶴，二樓。三承一，四承二。五六登樓所望之景。七八情結。

　　格律脫灑，律調叶和，以青蓮仙才，即時閣（擱）筆，已是高絕千古，〈鳳凰
臺〉諸作，屢擬此篇，邯鄲學步，並故步失之矣。〈鸚鵡洲〉前半神似，後半又謬
以千里者，律調不叶也。在崔實本之〈龍池篇〉，而沈之字句雖本范雲①，調則自
製，崔一拍便合，當是才性所近，蓋此為平商流利之調，而謫仙乃宮音也。

【校注】

①沈之字句本范雲：范雲（451-503），字彥龍，南朝梁代文學家。屈復認為，沈
　佺期的〈龍池篇〉的字法句法，與南朝梁代范雲〈零陵郡次新亭〉詩相近。沈佺
　期〈龍池篇〉詩作與詩評，見本書卷六。

崔顥〈行經華陽（陰）〉

岧嶢太華俯咸京，天外三峰削不成。武帝祠前雲欲散，仙人掌上雨初晴。

河山北枕秦關險，驛路西連漢畤平。借問路傍名利客，何如此地學長生。

【詩評】

　　前四經華陰而望岳也，後四經華陰而生感也。「削不成」，用典活動①。
　　五六包含多少興廢在內，方逼出七八意。

【校注】

①用典活動：指靈活運用典故。華山各峰高峭，如刀削成，山峰最高處號稱「仙人掌」。據《水經注》記載：「華、岳本一山當河，河水過而曲行。河神巨靈，手盪腳蹋，開而為兩，今掌足之跡仍存。」詩句「天外三峰削不成」，指山勢高聳，非人間刀斧可削而成，隱含有鬼斧神工之意，並暗用河神巨靈的典故，屈復故而稱之為「用典活動」。

祖詠〈望薊門〉

燕臺一望客心驚，簫（笳）鼓喧喧漢將營。萬里寒光生積雪，三邊曙色動危旌。
沙場烽火連胡月，海畔雲山擁薊城。少小雖非投筆吏，論功還欲請長纓。

【詩評】

　　一望薊門，二戰爭地。中四皆寫「客心驚」、「漢將營」。「萬里」、「三邊」，望之遠；「寒光」、「曙色」，交互而言，又畫也。五自近至遠，六自遠至近。又，「胡月」，夜也；「雖非」、「還欲」應「客心驚」；「投筆」、「請纓」應「漢將營」，法亦緊嚴。中四句法稍同，亦是小疵。通首雄麗，讀之生人壯心。

李頎〈寄綦毋三〉

新加大邑綬仍黃，近與單車向洛陽。顧盼一過丞相府，風流三接令公香。
南川粳稻花侵縣，西嶺雲霞色滿堂。共道進賢蒙上賞，看君幾歲作臺郎。

【詩評】

　　一自宜壽遷洛陽尉，二歸本邑任。三四言宰相、令公青目。五為尉，政清事

簡。八望高遷。

「新加大邑」，丞相、令公之識也。五六，政清年豐也。幾歲之間，當遷臺郎，丞相、令公豈不邀進賢之賞乎？神意相貫，不在字面。

李頎〈送魏萬之京〉

朝聞遊子唱離歌，昨夜微霜初渡河。鴻雁不堪愁裡聽，雲山況是客中過。

關城樹色催寒近，御苑砧聲向晚多。莫見長安行樂處，空令歲月易蹉跎。

【詩評】

一送別，二別時。三四承一。五六承二。七八之京。

「微霜」點時；「鴻雁」承「微霜」；「客中」承「初」字。始作客者，難為懷也。鴻雁、雲山；愁裡、客中，交互法。「寒」字、「砧」字暗應「微霜」。七結「關城」、「御苑」，八勉之。

朝唱離歌，夜即渡河，而行別之速也。三四遊子初客情味，五六客懷日深。此行當志在功名，不可行樂怠志。通首有纏綿之致。

李頎〈題璿公山池〉

遠公遁跡廬山岑，開士幽居祇樹林。片石孤雲窺色相，清池皓月照禪心。

指揮如意天花落，坐臥閑房春草深。此外俗塵都不染，惟餘玄度得相尋。

【詩評】

一璿公，二山池。三四承二。五六承一。七結上，八自己。

石上之孤雲，可窺色相；清池之皓月，來照禪心。言色相無著，禪心常寂也。「天花落」，禪力之高；「春草深」，見不出戶也。「此外」總結上六句，八以

「玄度」自比，首以「遠公」①比「璿公」。

【校注】

①遠公：東晉高僧釋慧遠（334-416）的尊稱，於廬山東林寺出家。

李頎〈送李回〉

知君官屬大司農，詔幸驪山職事雄。歲發金錢供御府，晝看仙液注離宮。

千巖曙雪旌門上，十月寒花輦路中。不睹聲名與文物，自傷流（留）滯去關東。

【詩評】

　　「職事雄」，以大司農官屬而詔幸驪山兼供御也。三司農官屬，四驪山，合承一二。五六寫溫泉景色，中含「聲名」、「文物」意。結用太史公留滯周南，不與封禪①，猶己之留滯關東，而不睹驪山之聲名文物也。

　　押「雄」字俗，通篇亦常語。

【校注】

①太史公留滯周南，不與封禪：見《史記·太史公自序》：「是歲天子始建漢家之封，而太史公留滯周南，不得與從事，故發憤且卒。」漢武帝元封元年（B.C.110）春，於泰山舉行封禪大典。司馬遷（B.C.145-？）之父司馬談（？-B.C.110），原為制定封禪禮儀者，卻因病留滯周南（洛陽、江漢一帶），無法前往山東泰山參與封禪大典，心中鬱悶以致病情加重。本詩作者李頎既欣羨好友李回得以重返驪山任職，又為自己留滯關東而神傷，乃暗用司馬談留滯周南，無法參與封禪的典故。

李頎〈宿瑩公禪房聞梵〉

花宮仙梵遠微微，月隱高城鐘漏稀。夜動霜林驚落葉，曉聞天籟發清機。

蕭條已入寒空靜，颯沓仍隨秋雨飛。始覺浮生無住著，頓令心地欲皈依。

【詩評】

一聞梵，二宿禪房。三四承二。五六承一。順結。

「動霜林」、「驚落葉」，既比梵音，又云「曉聞天籟」，「寒空」、「秋雨」，複甚。

起「遠微微」三字好，以下無情致，看長卿〈觀休（體）如師梵〉①五言律自知。

【校注】

①長卿〈觀休如師梵〉：劉長卿詩作，原題為〈秋夜北山精舍觀體如師梵〉，本詩未收入《唐詩成法》中，詩文為：「焚香奏仙唄，向夕遍空山。清切兼秋遠，威儀對月閒。靜分巖響答，散逐海潮還。幸得風吹去，隨人到世間。」

李頎〈題盧五舊居〉

物在人亡無見期，閒庭繫馬不勝悲。窗前綠竹生空地，門外青山如舊時。

悵望秋天鳴墜葉，巑屼枯柳宿寒鷗。憶君淚落東流水，歲歲花開知為誰？

【詩評】

通首平庸，無一毫味。「竹（枯）柳」、「墜葉」，複甚。較常建〈宿王昌齡隱居〉五律，相去天淵。

李頎〈送（寄）司勳盧員外〉

流澌臘月下河陽，草色新年發建章。秦地立春傳太史，漢宮題柱憶仙郎。

歸鴻欲度千門雪，侍女新添五夜香。早晚薦雄文似者，故人今已賦長楊。

【詩評】

　　一盧員外，二長安。三承二，四承一。五六為「薦故人」伏脈。侍女添香，言近密；歸鴻度雪，雖承「臘月」，卻無味。七又單用「文似」二字，亦不妥。

　　東川①與摩詰齊名，而其詩如此，因世人並稱王、李，李滄溟②又入《唐詩選》，故評出以俟知者。

【校注】

①東川：李頎（690-751），唐趙郡（今河北石家莊）人，《唐才子傳》誤記為東川（今四川三臺）人，以致後世詩話多以「東川」代稱之。

②李滄溟：李攀龍（1514-1570），字于鱗，號滄溟，為明代復古詩派後七子代表人物。李攀龍十分推崇盛唐李頎七律，在《古今詩刪》之《唐詩選》中，將李頎存世的7首七律全部選入，並云「七言律體，諸家所難，王維、李頎頗臻其妙」，將李頎與王維的七律齊名並列。屈復對此頗不以為然，故云「評出以俟知者」，留予後世公評。

王昌齡〈九日登高〉

青山遠近帶皇州，霽景重陽上北樓。雨歇亭皐仙菊潤，霜飛天苑御梨秋。

茱萸插鬢花宜壽，翡翠橫釵舞作愁。謾說陶潛籬下醉，何曾得見此風流？

【詩評】

　　一補出皇州，二破題。「雨歇」、「霜飛」承「霽景」；「菊潤」、「梨秋」

承「重陽」；「亭皋」、「御苑」承「皇州」。五六寫北樓登高筵宴之盛，起下「漫（謾）說」、「何曾」。「愁」字與少陵「城高徑仄旌斾愁」①同一用法。言舞之妙，非愁苦意。

說得不敗興，是富貴人九日。

【校注】

①城高徑仄旌斾愁：詩句出自杜甫七律〈白帝城最高樓〉，詩見本書卷八。

王昌齡〈萬歲樓〉

江上巍巍萬歲樓，不知經歷幾千秋。年年喜見山長在，日日悲看水獨流。

猿狖何曾離暮嶺，鸕鷀空自泛寒洲。誰堪登望雲煙裡，向晚茫茫發旅愁。

【詩評】

首句，樓之高；次句，樓之久。山水猿鳥，樓外之景。向晚登臨，煙雲茫茫，無限旅愁，誰能堪此？山水一也，而悲喜不同；猿鳥一也，而「何曾」、「空自」亦異。蓋因旅愁填胸，觸目驚心。山之長在，如人之安居；水之不息，如己之漂流。猿狖依暮嶺而不去，鸕鷀泛寒洲而無定。登樓所見，無一非我旅愁。唐明皇云：「入蜀以來，鳥啼花落，無非助朕眼淚。」①於此詩可想見矣。

【校注】

①據宋人樂史（930-1007）《楊太真外傳》所載，玄宗於馬嵬坡賜死楊貴妃後，手持荔枝謂張野狐曰：「此去劍門，鳥啼花落，水綠山青，無非助朕悲悼妃子之由也。」

劉長卿〈將赴嶺外留題蕭寺遠公院〉

竹房遙閉上方幽，苔徑蒼蒼訪昔遊。內史舊山空日暮，南朝古木向人秋。

天香月色同僧室，葉落猿啼傍客舟。此去播遷明主意，白雲何事欲相留？

【詩評】

　　一寺院，二重來。三四來時景，承一二。五暫同，承三；六行速，承四。七赴嶺外之故，八不能留也。五雖承「日暮」，六雖承「秋」字，卻是將赴嶺外之神，「此去」緊接五六，「白雲」結前四。白雲何曾欲留？詩人寄興，大抵如是，言外有無罪被謫意。

劉長卿〈戲題贈二小男〉

異鄉流落頻生子，幾許悲歡併在身。欲並老容羞白髮，每看兒戲憶青春。

未知門戶誰堪主？且免琴書別與人。何幸暮年方有後，舉家相對卻沾巾。

【詩評】

　　一是二小男，二情。三四承二。五六承一。結悲、歡交集。

　　「老羞白髮」是悲，「每看兒戲」是歡，五六雖承「頻生子」，然亦有悲歡在內。「何幸」緊接五六，明寫「歡」字；「沾巾」明寫「悲」字，卻有歡在。蓋喜極而悲也。

　　題有「戲」字，詩卻句句是淚，淚卻是喜。

劉長卿〈送耿拾遺歸上都〉

若為天畔獨歸秦，對水看山欲暮春。窮海別離無限路，隔河征戰幾歸人。

長安萬里傳雙淚，建德千峰寄一身。想到郵亭愁駐馬，不堪西望見風塵。

【詩評】

一歸上都，二時。三四承一二。五六己。七耿，八憂時。

四開一筆，妙，言近日征戰多不得歸，反見耿之得歸為可羨，亦借客形主之法，然已伏結句憂時之意。建德，己所住地。

劉長卿〈獻淮寧軍節度使李相公〉

建牙吹角不聞喧，三十登壇眾所尊。家散萬金酬士死，身留一劍答君恩。
漁陽老將多迴席，魯國諸生半在門。白馬翩翩春草綠，邵陵西去獵平原。

【詩評】

一安靜鎮物，二年少服人。三四承一，就李寫。五六承二，就「眾所尊」寫。七八就淮寧結。

「建牙吹角」，宜喧而不聞，軍令嚴肅也；「三十登壇」，宜不尊而眾尊，才足服人也。輕財重士，以忠報君，故年雖少而老將避席，辟幕屬而諸生在門，是以疆場宴（晏）然，惟田獵壯軍威耳。結得閒雅有遠神。

雄壯難，雄壯而清利，更難！

劉長卿〈送李錄事兄歸襄鄧〉

十年多難與君同，幾處移家逐轉蓬。白首相逢征戰後，青春已過亂離中。
行人杳杳看西月，歸馬蕭蕭向北風。漢水楚雲千萬里，天涯此別恨無窮。

【詩評】

　　一二久別。三四乍會。五六送。合結。

　　通篇皆寫「與君同」，而三四傷心特甚。「恨無窮」雖結通篇，而三四已含此意。

劉長卿〈長沙寓（過）賈誼宅〉

三年謫宦此棲遲，萬里（古）惟留楚客悲。秋草獨尋人去後，寒林空見日斜時。漢文有道恩猶薄，湘水無情弔豈知。寂寂江山搖落處，憐君何事到天涯。

【詩評】

　　一寓賈宅。二楚客，賈也。「獨尋」、「空見」，是己；「人去後」，是賈。「日斜時」，點時。五六，其冤莫可告語。「搖落處」應「此棲遲」。「憐君」，己憐賈也，謫宦來此而云「何事」，含意無限。

　　結言無罪被謫，今古同恨，故說賈即是自說。

劉長卿〈酬屈突陝〉

落葉紛紛滿四鄰，蕭條環堵絕風塵。鄉看秋草歸無路，家對寒江病且貧。藜杖懶迎征騎客，菊花能醉去官人。憐君計畫誰知者，但見蓬蒿空沒身。

【詩評】

　　一二點時，兼寫寂寞。三四承一二。五六寂寞之由。結酬。

　　前六句皆寫屈突之貧，結方出「酬」字，中四極妙，七開八合。秋草有路，本可還鄉，而欲歸不得，與無路同。家對寒江，似可久住，而貧病交加，家亦難住。五升沉之感；六其詞若喜，其實言罷官。「征騎客」與「去官人」對照，則「懶

迎」正以「能醉」也。七世無知己；八總結上六句。格雖太整，味在鹹酸之外。

劉長卿〈自夏口至鸚鵡洲夕望岳陽寄源中丞〉

汀洲無浪復無煙，楚客相思益渺然。漢口夕陽斜度鳥，洞庭秋水遠連天。

孤城背嶺寒吹角，獨戍（樹）臨江夜泊船。賈誼上書憂漢室，長沙謫去古今憐。

【詩評】

　　一夏口鸚鵡洲兼景，二情，暗指中丞。三夏口兼寫暮，四岳陽兼寫秋。五承三，六承四。七八寄中丞。

　　一可望之時，二望去杳然，相思益深。三四望不可見，五六言謫去道路之淒涼。賈誼以上書被謫，古今同憐，言外見我之所遇，不異賈生，中丞亦憐否？

劉長卿〈別嚴士元〉

春風倚棹闔閭城，水國春寒陰復晴。細雨濕衣看不見，閒花落地聽無聲。

日斜江上孤帆影，草綠湖南萬里情。東道若逢相識問，青袍今已誤儒生。

【詩評】

　　吳城本佳麗，乍雨乍晴，時不偶也。三喻讒言無跡，四喻己之被讒貶謫。五別離之地，六謫官所經之路。七八總結上六句。

　　寫景真切細潤，結太顯露，長卿謫官，胸懷不平，處處發之。

　　《全唐詩話》：長卿為吳仲儒所誣奏，貶播州南巴尉，道經闔閭城，因別嚴士元，賦此。

劉長卿〈送陸澧倉曹西上〉

長安此去欲何依，先達誰當薦陸機。日下鳳翔雙闕迥，雪中人去二陵稀。
舟從故里難移棹，家住寒塘獨掩扉。臨水自傷流落久，贈君空有淚沾衣。

【詩評】

　　一西上，二陸倉曹。三承二，四承一。五六送。七承六，順結，八慚無所贈
也。

　　一二見長安知己不易得。三四「日下」，固是鳳翔之闕，而方雪冷人稀，一開
一合，緊承一二。五別家不易，六獨處堪悲。「臨水」承五六，而誰當何依？「雪
中」、「去稀」，皆諷其勿去也。

　　前七句極妙，結太率。

劉長卿〈送子婿崔真父歸長城〉

送君厄酒不成歡，幼女辭家事伯鸞。桃葉宜人誠可詠，柳花如雪若為看。
心憐稚子（齒）鳴環去，身愧衰顏對玉難。惆悵暮帆何處落，青山無限水漫漫。

【詩評】

　　一送別，二子婿。三承二，四承一。五承「幼女」，六承「伯鸞」。七八結歸
長城。

　　前四寫「送子婿」，五六當寫「歸長城」，卻又寫「幼女」、「伯鸞」，與
三四意複，蓋「若為看」三字，已含心憐身愧矣。七當結上，八當寫「歸長城」，
而暮帆山水，又是八寸三分套話①。

　　隨州詞藻清潔，抑揚反覆，有味外之味，最耐人吟誦。但結句多弱，又多同，
昔人謂才小，未必，但法律不精嚴耳。

【校注】

①八寸三分套話：帽子直徑高達八寸三分，是人人都能戴的大帽子，此比喻說話內容空殼、膚套，人云亦云。

崔曙〈九日登望仙臺呈劉明府容〉

漢文皇帝有高臺，此日登臨曙色開。三晉雲山皆北向，二陵風雨自東來。

關門令尹誰能識？河上仙翁去不回。且欲近尋彭澤宰，陶然共醉菊花杯。

【詩評】

　　一臺，二登。三四總承一二。五六情。七呈明府，八結「九日」。

　　臺名「望仙」，今日登臨，止見「雲山」、「風雨」。關尹①、河上②，人所謂仙者，今皆何在？惟當與明府痛飲耳。

　　舉世熟誦，不必更贊。

【校注】

①關尹：原名尹喜（？-？），周昭王時為函谷關令，故又稱「關尹」。據《史記‧老子韓非列傳》所載：「老子修《道德》，其學以自隱無名為務。居周久之，見周之衰，乃遂去。至關，關令尹喜曰：『子將隱矣，強為我著書。』於是老子乃著書上下篇，言道德之意五千餘言而去，莫知其所終。」傳說尹喜因拜老子為師，後亦修道成仙，被尊為「文始真人」。

②河上：指河上公。據西晉皇甫謐《高士傳》記載：「河上丈人，不知何國人，自隱姓名，居河之湄，著老子章句，號河上丈人，亦稱河上公。漢文帝時結草為庵於河之濱，常讀老子《道德經》。」河上公曾為老子《道德經》作注，人稱《老子河上公章句》，據傳後於天台山悟道成仙。

孟浩然〈春情〉

青樓曉日珠簾映，紅粉春妝寶鏡催。已厭交歡憐枕席，相將遊戲繞池臺。

坐時衣帶縈纖草，行即裙裾掃落梅。更道明朝不當作，相期共鬥管絃來。

【詩評】

　　一見美人起之早，二見妝之速，寶鏡豈能催乎？亦無情為有情也。三四女伴春遊之情，濃於交歡枕席。五六春遊情景。「不當作」猶云「不當又生受」①，惟鬥管絃而已，言美人春遊之情，日日不已也。

　　厭到交歡，奇絕，然正是春情。

【校注】

①生受：指受苦、難受。

李白〈送賀監歸四明應制〉

久辭榮祿遂初衣，曾向長生說息機。真訣自從茅氏得，恩波寧阻洞庭歸。

瑤臺含霧星辰滿，仙嶠浮空島嶼微。借問欲棲珠樹鶴，何年卻向帝城飛。

【詩評】

　　一二賀監，因慕仙而辭祿。三四，天子為得訣而錫恩。五六，四明便是仙境，比也。七以「珠樹鶴」比賀監。八，解者謂諷其戀闕。青蓮好仙者，豈有諷人之理？《傳》曰：「不知其人可乎？」①蓋「卻向帝城」只是出題中「應制」二字，並結上「榮祿」、「恩波」耳。

【校注】

①不知其人可乎：語出《孟子·萬章章句下》：「頌其詩，讀其書，不知其人可

乎？是以論其世也。」指讀書應知人論世，理解作者所處時代背景，不可妄議比附。

李白〈登金陵鳳凰臺〉

鳳凰臺上鳳凰遊，鳳去臺空江自流。吳宮花草埋幽徑，晉代衣冠成古丘。

三山半落青天外，二水中分白鷺洲。總為浮雲能蔽日，長安不見使人愁。

【詩評】

三四熟滑庸俗，全不似青蓮筆氣。五六佳句，然音節不合，結亦淺薄。

李白〈鸚鵡洲〉

鸚鵡來過吳江水，江上洲傳鸚鵡名。鸚鵡西飛隴山去，芳洲之樹何青青。

煙開蘭葉香風暖，岸夾桃花錦浪生。遷客此時徒極目，長洲孤月向誰明。

【詩評】

青蓮自〈黃鶴樓〉以後，屢為此體，然皆不佳。此首稍勝〈鳳凰臺〉，究竟只三四好，以下音節已失，字句非所論矣。然此理甚微，看沈〈龍池篇〉與崔〈黃鶴樓〉自知。

韋應物〈自鞏洛舟行入黃河即事寄府縣僚友〉

夾水蒼山路向東，東南山豁大河通。寒樹依微遠天外，夕陽明滅亂流中。

孤村幾歲臨伊岸，一雁初晴下朔風。為報洛橋遊宦侶，扁舟不繫與心同。

【詩評】

一自鞏洛舟行，二入黃河。中四即事。七八寄僚友。

起亦高亮，三四寫景頗稱，五六又寫景，皆成呆句。若將五六寫情，則與下「與心同」三字相應矣。然外貌可觀。

張謂〈春園家宴〉

南園春色正相宜，大婦同行少婦隨。竹裡登樓人不見，花間覓路鳥先知。

櫻桃解結垂簷子，楊柳能低入戶枝。山簡醉來歌一曲，參差笑殺郢中兒。

【詩評】

一春園，二家宴。三四承二。五六承一。七自己，開筆結。

「正相宜」，一篇之主。「同行」，與己同行也。「登樓」，共登也；「覓路」，寫春園情景逼真。「垂簷」、「入戶」，家宴時景物。七方點自己，八虛托一筆，結。

歡樂難工，此首可貴。

張謂〈西亭子言懷〉

數叢芳草在堂陰，幾處閒花映竹林。攀樹玄猿呼郡吏，傍溪白鳥應家禽。

青山看景知高下，流水聞聲覺淺深。官屬不令拘禮數，時時緩步一相尋。

【詩評】

「芳草」、「閒花」、「玄猿」、「白鳥」，將背面亭子景排寫六句，七八方寫懷。

不拘禮數，是高人官況，腐儒定以為失體。

張謂〈杜侍御送貢物戲贈〉

銅柱朱崖道路難，伏波橫海舊登壇。越人自貢珊瑚樹，漢使何勞獬豸冠。

疲馬山中愁日晚，孤舟江上畏春寒。由來此貨稱難得，多恐君王不忍看。

【詩評】

　　五六詳寫險遠難行，以起七八之「不忍看」也。「難」字、「舊」字、「自貢」、「何勞」、「愁」、「畏」、「由來」、「多恐」，諸字相呼應。

　　題是「戲贈」，詩是毒口痛罵。

　　諷刺須有含蓄，明罵有何味？此首太顯露。

岑參〈奉和中書舍人賈至早朝大明宮〉

雞鳴紫陌曙光寒，鶯囀皇州春色闌。金闕曉鐘開萬戶，玉階仙杖擁千官。

花迎劍珮星初落，柳拂旌旗露未乾。獨有鳳凰池上客，陽春一曲和皆難。

【詩評】

　　一明寫「早」字，二暗寫「朝」字，又點春時。三四分寫。五六合寫。七八和。「獨」、「皆」字又相呼應，用意周密，格律精嚴。

　　題是早朝，「早」字最要緊，看其分合照應，花團錦簇，天衣無縫。諸早朝詩，此首第一。

岑參〈使君席夜送嚴河南赴長水〉

嬌歌急管雜青絲，銀燭金杯映翠眉。使君地主能相送，河尹天明坐莫辭。

春城月出人皆醉，野戍花深馬去遲。寄聲報爾山翁道，今日河南勝昔時。

【詩評】

　　一二寫祖筵之盛，帶出「夜」字。三使君，四嚴尹。「能相送」、「坐莫辭」合承一二。五六即從「天明」字順下，寫月出筵散，嚴赴長水。七八「使君」、「嚴尹」雙結，言今日河南有此二公，與昔不同，報爾山翁，當相慶得良吏也。

岑參〈暮春虢州東亭送李司馬歸扶風別廬〉

柳軃鶯嬌花復殷，紅亭綠酒送君還。到來函谷愁中月，歸去磻溪夢裡山。
簾前春色應須惜，世上浮名好是閒。西望鄉關腸欲斷，對君衫袖淚痕班（斑）。

【詩評】

　　一暮春，二東亭。三歸經函谷，四歸別廬，俱承次句。五承首句，六司馬。七自己，八送李。

　　「到來函谷」，見客夜愁中之月；「歸去磻溪」，見他鄉夢裡之山。用得幻甚，奇甚，言日夜思歸而今果得歸也。函關歸路所經磻溪，在寶雞縣與扶風，同是長安近地，故用「來」代「扶風」字，且寓歸隱也。「春色」應首句，筆力高絕。「好是閒」說浮名有不盡之味，又關合上下，妙絕。惜結句草率。

岑參〈首春渭西郊行呈藍田張二主簿〉

迴風度雨渭城西，細草新花踏作泥。秦女峰頭雪未盡，胡公坡（陂）上日初低。
愁窺白髮羞微祿，悔別青山憶舊溪。聞道輞川多勝事，玉壺春酒正堪攜。

【詩評】

　　一渭西，二郊行。三四時景，總承一二。五六情。結呈張二。

　　五六練（鍊）句曲折。「祿微」一層，「羞」二層，「白髮羞微祿」三層，

「窺」四層，「愁窺」五層。下句三層，別青山舊溪而來長安，原為功名，白髮微祿，所以悔而憶也。流水對。

岑參〈酬暢當嵩山尋麻道士見寄〉

聞逐樵夫閒看棋，忽逢人世是秦時。開雲種玉嫌山淺，渡海傳書怪鶴遲。

陰洞石幡微有字，古壇松樹半無枝。煩君遠示青囊籙，願得相從一問師。

【詩評】

「聞」，已聞道士因看棋而逢遠隱。三入山惟恐不深，四已得仙道，順承一二。五六寫嵩山所居之地，便是仙境。「煩君相（遠）示」，雖結「見寄」，又遙應「聞」字、「尋」字意。「願得相從」，固是結「酬」字，又結上六句。

二「是秦時」，乃言道士昔日初隱之時，非言今日也。若解作今日，豈有言本朝是秦時之理？道士必隋末人。

李嘉祐〈暮春宜陽郡齋愁坐忽枉劉七侍御詩因以酬答〉

子規夜夜啼楮葉，遠道逢春半是愁。芳草伴人還易老，落花隨水亦東流。

山當晡晚常多雨，地接瀟湘畏及秋。惟羨君為周柱史，手持黃紙到滄洲。

【詩評】

一宜陽郡齋夜景，二愁坐。三四承二。五六承一。七八答侍御。

李從一①曾刺袁州。袁州，漢名宜春，晉名宜陽。此蓋用古地名，非河南之宜陽縣②。既無子規，又遠瀟湘，為袁州無疑。

花落水流，此歲月之速，申說「易老」，皆承「愁」字。「畏及秋」者，言春已愁人，何況秋日？「滄洲」，喻侍御如登仙也。

「瀟湘」，宋玉悲秋之地，不然則是杜撰。

【校注】

①李從一：李嘉祐（-748-），字從一。唐代宗大曆年間，曾任袁州刺史。

②非河南之宜陽縣：袁州在今江西省宜春縣境內。漢代原名宜春，晉代改名宜陽，隋唐時又設為袁州。由詩中所描繪的「子規夜啼」、「山常多雨」、「地接瀟湘」等江南暮春景象，詩題的「宜陽」應是長江流域的江西宜春（李嘉祐曾任此地刺史），而非位處黃河流域的河南宜陽。

李嘉祐〈早秋京口旅泊章侍御寄書相問因以贈之時七夕〉

移家避寇逐行舟，厭見南徐江水流。吳地征徭非舊日，秣陵凋弊不宜秋。

千家閉戶無砧杵，七夕何人望斗牛。只有同時驄馬客，偏題尺牘問窮愁。

【詩評】

　　一二京口旅泊。三四順承一二，寫時事兼早秋。五六順承三四。結侍御寄書。「征徭」、「凋弊」承「避寇」；「吳地」、「秣陵」承「南徐」；「非舊日」、「不宜秋」承「厭見」。五六，七夕早秋，兼承三四、一二。

高適〈夜別韋司士〉

高館張燈酒復清，夜鐘殘月雁歸聲。只言啼鳥堪求侶，無那春風欲送行。

黃河曲裡沙為岸，白馬津邊柳向城。莫怨他鄉暫離別，知君到處有逢迎。

【詩評】

　　一夜別，二春時。三四總承。五六途中景。結慰。

　　一二夜晏將曉，情意纏綿；三四一見如故，竟不可留；五六途中景物蕭條，足

令客愁，然以君之才，必有遇合，毋以暫別為怨。

交情真摯，不深不淺，韋司士必是新交，故云「只言」，駑堪求友也。「莫怨」字應上「只言」、「無那」字。

高適〈重陽〉

節物驚心兩鬢華，東籬空繞未開花。百年將半仕三已，五畝就荒天一涯。
岂有白衣來剝啄，一從烏帽自欹斜。真成獨坐空搔首，門柳蕭蕭噪暮鴉。

【詩評】

一年老，二重陽。三承一，四承二。五六重陽。七八從五六順下，言不登高。

「驚心」、「鬢華」、「空繞」、「將半」、「三已」、「天涯」、「豈有」、「一從」、「真成」、「獨坐」、「搔首」，字字傷感。此詩瘦硬，另是一種。重「空」字。

卷八

杜甫〈題張氏隱居〉

春山無伴獨相求，伐木丁丁山更幽。澗道餘寒歷冰雪，石門斜日到林丘。

不貪夜識金銀氣，遠害朝看麇鹿遊。乘興杳然迷出處，對君疑是泛虛舟。

【詩評】

前，居之幽；後，人之高。七應前四，八應五六。

以「不貪」、「遠害」四字比類品題，非謂實有其事也。七八拍合自身，緊躡「不貪」、「遠害」來。少陵固志存用世者，今見張君恬退如此，不覺心為之移，欲出而有愧斯人，欲處而有乖宿願，是以飄搖無著，如泛虛舟，不知繫泊耳。

「相求」、「歷」、「到」、「乘興」，言相訪甚明白，「乘興」又用王子猷訪戴①事。

【校注】

①王子猷訪戴：指王徽之雪夜乘興造訪戴安道，詳見卷二劉長卿〈尋南溪常道士〉校注。

杜甫〈紫宸殿退朝口號〉

戶外昭容紫袖垂，雙瞻御座引朝儀。香飄合殿春風轉，花覆千官淑景移。

晝漏稀（希）聞高閣報，天顏有喜近臣知。宮中每出歸東省，會送夔龍集鳳池。

【詩評】

一二初御殿。三殿上受朝，四殿下朝班。五見深邃，切便殿，六見近君，切拾遺。七始退，八退後餘波。然具文見意，宮中每出，果宜會送夔龍①乎？

《唐故事》：每退朝，則三省群僚送宰相至中書省，而後散。

《開元禮疏》：晉褚后臨朝不坐，則宮人傳百僚拜，周、隋相沿，國家因之不

改。按：此禮至天祐中始罷。「雙瞻御座」，言其卻行引駕也，若云「昭容戶外引朝儀，御座雙瞻紫袖垂」，雖明白，然太直，故參差出之。

【校注】

①夔龍：傳說舜以夔為樂官，龍為諫官，後遂以「夔龍」代稱朝中輔弼能臣。

杜甫〈曲江對雨〉

城上春雲覆苑牆，江亭晚色靜年芳。林花著雨燕支（胭脂）濕，水荇牽風翠帶長。

龍武新軍深駐輦，芙蓉別殿漫焚香。何時詔此金錢會，暫醉佳人錦瑟傍。

【詩評】

　　前景。五六事。結情。暫醉者，猶言得一醉而死，亦所甘心也。

　　是詩憶上皇也。

　　朱瀚曰：上半寫雨景之荒涼，傷亂也；下半傷南內之寂寞，向曾受知也。「花著雨」，見苑中車馬闃然；「荇牽風」，見江上綵舟絕跡。上皇平韋氏改龍武軍。今日深駐輦，不自臨閱矣。又常從夾城達芙蓉園，今日漫焚香，無復遊幸矣。①

　　黃生曰：不露痕跡，不犯忌諱。②

　　王漁洋云：末二句，仍望有承平之樂也。③

【校注】

①屈復引朱瀚評詩內容，見仇兆鰲《杜詩詳註》卷六。朱瀚，生卒年不詳，仇兆鰲《杜詩詳註》卷前〈杜詩凡例〉之「近人註杜」條，曾提及「上海朱瀚之《七律解意》」，書中引用朱瀚《七律解意》評杜內容近七十條，可見其重要性。

②屈復引述內容，見黃生《杜工部詩說》卷八。

③屈復引用王漁洋詩評內容，見盧坤輯《杜工部集》五家評本，卷十。

杜甫〈題鄭縣亭子〉題下注：時出為華州功曹

鄭縣亭子澗之濱，戶牖憑高發興新。雲斷岳蓮臨大路，天清（晴）宮柳暗長春。

巢邊野雀群欺燕，花底山蜂遠趁人。更欲題詩滿青竹，晚來幽獨恐傷神。

【詩評】

即目發興起。中四，景有比興。情結「傷神」應「發興」。

律中能比興兼陳，固是上乘。三四雄渾壯麗，又含意無限。忽而發興，忽而傷神，公之出為功曹，所謂「移官豈至尊」①耶？

【校注】

①移官豈至尊：見杜甫五律〈至德二載，甫自京金光門出，間道歸鳳翔，乾元初從左拾遺移華州掾，與親故別，因出此門，有悲往事〉：「此道昔歸順，西郊胡正繁。至今殘破膽，應有未招魂。近得歸京邑，移官豈至尊。無才日衰老，駐馬望千門。」

杜甫〈九日藍田崔氏莊〉

老去悲秋強自寬，興來今日盡君歡。羞將短髮還吹帽，笑倩旁人為正冠。

藍水遠從千澗落，玉山高並兩峰寒。明年此會知誰健？醉把茱萸仔細看。

【詩評】

三四宋人極贊，然猶是明白說話。五六藍田莊之壯觀，方是佳句。而李滄溟本抹之①，不可解。八「仔細看」即看五六山水也，若作「看茱萸」，則五六為無著矣，宜李之抹也。明年把茱萸酒，看此山水，不知誰健在，言下有不健者，見人壽難知，正應「老去」、「興來」耳。

「冠」、「帽」，犯②。

【校注】

①李滄溟本抹之：李攀龍（1514-1570），字于鱗，號滄溟，山東濟南人，為明代復古詩派前七子代表人物。李攀龍在《古今詩刪》之《唐詩選》中，以「藍水遠從千澗落，玉山高並兩峰寒」，兩句不佳而抹去。屈復持反對意見，以兩句書寫藍田莊之壯觀，正是詩中佳句，故而謂李攀龍抹去二句之舉「不可解」。

②冠、帽犯：指冠、帽兩字，犯有語意重複的詩病。

杜甫〈有客〉

幽棲地僻經過少，老病人扶再拜難。豈有文章驚海內？漫勞車馬駐江干。

竟日淹留佳客坐，百年粗糲腐儒餐。不嫌野外無供給，乘興還來看藥欄。

【詩評】

　　一賓，二主。三主，四賓。五賓，六主。七主，八賓。格奇。

　　一喜客至，二待客禮。三四承一，是喜；五六承二，是待。七結五六，八結前四。句句謙，句句自負。

　　王漁洋云：作聲價，卻有致。①

【校注】

①詩評內容，見盧坤輯《杜工部集》五家評本，卷十一；又見王士禎《帶經堂詩話》卷三十。

杜甫〈野老〉

野老籬前江岸迴，柴門不正逐江開。漁人網集澄潭下，賈客船隨返照來。

長路關心悲劍閣，片雲何意傍琴臺。王師未報收東郡，城闕秋生畫角哀。

【詩評】

前景後情，次句寫景如畫。「野老」，本土著者；「漁人」、「賈客」，各有事事。我如片雲，長悲劍閣，久傍琴臺，果何事哉？況東都未復，又已秋矣。蓋因野望而生愁也。全無斧鑿痕，已臻自然。

杜甫〈和裴迪登蜀州東亭送客逢早梅相憶見寄〉

東閣官梅動詩興，還如何遜在揚州。此時對雪遙相憶，送客逢春可自由。

幸不折來傷歲暮，若為看去亂鄉愁。江邊一樹垂垂發，朝夕催人自白頭。

【詩評】

前寫全題，後「和裴對雪」寫早梅。「可自由」，睹梅催人也。寄詩不寄梅，幸甚！若寄梅，則看去適亂我鄉愁耳，然此間自有此物催人白頭。己憶裴，猶裴之憶己也。

題甚長，詩不覺其長，又曲折，又淡遠，又真摯。本非專詠梅，卻句句是梅，句句是和詠梅，又全不用故實，法妙。

杜甫〈送韓十四江東省覲 (覲省) ①〉

兵戈不見老萊衣，歎息人間萬事非。我已無家尋弟妹，君今何處訪庭闈。

黃牛峽靜灘聲轉，白馬江寒樹影稀。此別應須各努力，故鄉猶恐未同歸。

【詩評】

亂世萊衣，久已未見，萬事俱非，不止此一端。如我便是骨肉不能相聚者，見韓之此去可羨。五六往江東之路，寂寞在目。同歸故鄉，各應努力，但恐我猶未能耳。一片真情，不在字句。

首「萊衣」扣題既緊,妙在不著韓說,虛從時會領起,玩「各努力」句,當是送韓之時,正值公從青城起身還成都時。

王漁洋云:只是深情。②

【校注】

①本詩詩題之「省觀」,《全唐詩》另作「觀省」,指探望父母。

②詩評內容,見盧坤輯《杜工部集》五家評本,卷十一。

杜甫〈涪城縣香積寺官閣〉

寺下春江深不流,山腰官閣迥添愁。含風翠壁孤雲細,背日丹楓萬木稠。

小院迴廊春寂寂,浴鳧飛鷺晚悠悠。諸天合在藤蘿外,昏黑應須到上頭。

【詩評】

一二閣之高。三四承一二。五承三四,六承一二。七八承五六,遊興不盡也。

「愁」字狀其高甚危險,猶「旌旆愁」①之意。

春楓不丹,解者云返照映之,故丹。「背」字,晚景可想。愚謂:紅葉樹亦至秋而始紅,春日人亦呼紅葉,此曰「丹楓」,亦猶是也。

江非不流,閣高故不見其流。登山腰官閣,看寺下春江,勢高且危,故「迥添愁」二句是一句。丹楓在閣之外,閣在丹楓之中。翠壁在閣之前,孤雲在翠壁之上。

翠壁含風,孤雲雖細而不去;丹楓背日,萬木更稠而長陰。

王漁洋云:七甚有力②。

【校注】

①旌旆愁:指杜甫〈白帝城最高樓〉首句「城尖徑仄旌旆愁」,詩見本書卷八。

②詩評內容,未見於王士禎《帶經堂詩話》與盧坤輯《杜工部集》五家評本,未明

屈復援引所本。

杜甫〈玉臺觀二首〉

中天積翠玉臺遙，上帝高居絳節朝。遂有馮夷來擊鼓，始知嬴女善吹簫。

江光隱見黿鼉窟，石勢參差烏鵲橋。更有紅顏生羽翼，便應黃髮老漁樵。

【詩評】

　　一觀之高，二神之尊。三觀中聞門外之江聲，四觀中必有女仙。五言有彩雲蕭史駐①，句正與此同。前四觀內景，五六觀外景。「黿鼉窟」承「馮夷」，「烏鵲橋」承「嬴女」。結言果有長生之術，便應終老於此，不然則不應老此也。

　　「玉臺」，即上帝之高居，故絳節來朝。「遂有」、「始知」，言皆必然之理。五六又寫景實之，七八反言見意，長生之術，世所必無也。

　　寫景超忽，字句矯健，一結意甚深遠曲折，初看語似荒唐，細繹筆極靈妙，在遊覽門②中，另是一格。三唐無能學者，七律更難。

【校注】

①彩雲蕭史駐：出自杜甫五律〈玉臺觀〉：「浩劫因王造，平臺訪古游。彩雲蕭史駐，文字魯恭留。宮闕通群帝，乾坤到十洲。人傳有笙鶴，時過此山頭。」句中「彩雲蕭史」典故，見本書卷三李白〈宮中行樂詞〉校注。

②遊覽門：古代詩歌選本中，有依主題分門別類者，如元人方回（1227-1305）《瀛奎律髓》即是。遊覽門，指以遊歷風景、泛覽名勝為題的詩作。

杜甫〈登樓〉

花近高樓傷客心，萬方多難此登臨。錦江春色來天地，玉壘浮雲變古今。

北極朝廷終不改，西山寇盜莫相侵。可憐後主還祠廟，日暮聊為梁父吟。

【詩評】

　　一二情景並寫。三四景。五六情。七即目寓慨，八登樓有作也。

　　三四雖見地，然語含比興。

　　「春色」承「花近高樓」，「浮雲」承「萬方多難」，「傷客心」三字貫通篇。又三言春色不改，四言浮雲空變，故五承三，六承四，七八緊承五六，後主祠廟著一「還」字，見帝統所在，非寇盜能干，是以梁父長吟日暮，聊為萬方之難可靖，客心之傷可轉也。自負不淺。

　　如此起，在他人必云「花近高樓此一臨，萬方多難客傷心」矣。

杜甫〈院中晚晴懷西郭茅舍〉

幕府秋風日夜清，澹雲疏雨過高城。葉心朱實看時落，階面青苔老更生。復有樓臺銜暮景，不勞鐘鼓報新晴。浣花溪裡花饒笑，肯信吾兼吏隱名。

【詩評】

　　三四寫疏雨，法密。五六似怨。七八似愧。

　　「日夜清」，見疏雨已久；「看時落」，當落時而落也，即「幸結白花了」①意，功成而身應退也。「老更生」，不能生而更生也，枯木生花，死灰復然（燃）意，太公八十顯榮②也。樓臺暮景，自然復有；鐘鼓新晴，此報不勞。一旦得時，群小趨奉也。不然，「復有」、「不勞」等字何為哉？

　　上四，秋院雨景，題前寫。五六晚晴。七八有懷西郭茅舍云云。既悲老趨幕府，為溪花所笑；將欲駕言吏隱，又恐為溪花所疑。束縛無奈之意，聽命於花，其不平之鳴，觸物而發。刀刀見血，字字錐心，固難為淺見粗心者道也。

【校注】

①幸結白花了：出自杜甫五律〈除架〉，詩見本書卷四。

②太公八十顯榮：傳說姜太公呂尚（？-？），年八十始遇周文王（B.C.1125-B.

C.1051），得以拜相顯榮。

杜甫〈白帝城最高樓〉

城尖徑仄旌旆愁，獨立縹緲之飛樓。峽坼雲埋龍虎臥，江清日抱黿鼉遊。

扶桑西枝封斷石，弱水東影隨長流。杖藜歎世者誰子，泣血迸（迸）空回白頭。

【詩評】

　　一二言最高。中四最高之景。三四近景，五六遠景。情結。城已高絕，飛樓更高於城，獨立其上，身更高於飛樓，加兩倍寫「愁」字，狀其高甚、奇甚，切「雲埋龍虎臥」，見峽之險；「日抱黿鼉遊」，見江之清。「扶桑西枝」，本可望見，因封斷石而不見也；「弱水西流」，本不能望見，因影隨東流而可見也。俱言其高極。東西萬里，上下千秋，此中變怪百出，不徒斯世為然，故歎而泣血，有不能已者。

　　五本東望，卻云「西枝」；六本西望，卻云「東影」。

　　此與〈玉臺觀〉「中天積翠」①一篇，同一作法。七律中，三唐所無也。

【校注】

①中天積翠：出自杜甫七律〈玉臺觀〉，詩見本書卷八。

杜甫〈諸將〉題下注：第四首

回首扶桑銅柱標，冥冥氛祲未全銷。越裳翡翠無消息，南海明珠久寂寥。

殊錫曾為大司馬，總戎皆插侍中貂。炎風朔雪天王地，只在忠良翊聖朝。

【詩評】

　　前四言南方至今未靖。五六空受高爵，全無經濟。結反言以責其不忠也。

「回首」者，結上三章而言。「未全銷」，可全銷也。「無消息」、「久寂寥」，竟未全銷也。「曾為」、「皆插」，既訝其尊，又訝其多也。「炎風」收南方；「朔雪」收上三章，與「回首」相應，言普天王臣，氛祲易銷，只在諸將盡忠否耳。

王漁洋云：詞意俱絕頂①。

【校注】

① 詩評內容，未見於王士禛《帶經堂詩話》與盧坤輯《杜工部集》五家評本，未明屈復援引所本。

杜甫〈返照〉

楚王宮北正黃昏，白帝城西過雨痕。返照入江翻石壁，歸雲擁樹失山村。

衰年病肺（肺病）惟高枕，絕塞愁時早閉門。不可久留豺虎亂，南方實有未招魂。

【詩評】

前景後情。三承一，四承二。五六高枕，「早」字絕塞，亦從「黃昏」、「白帝」出。七八久留南方，暗結首二句地名。

「惟高枕」、「早閉門」，日日如此。今日雨餘返照，江翻石壁，雲擁村樹，閒望斯景，尚未閉門高枕，遂動時亂思歸之感也。五六用逆筆，方與上下關會，若作順筆解，已是閉門高枕，又何所見乎？

年老、多病、感時、思歸，集中不出此四意，而橫說豎說，反說正說，無不曲盡其情。此詩四項俱見，結尤悽神戛魄。

黃昏非夜靜，是日落蒼黃時也，結亦翻用法。

杜甫〈秋興〉八首其一

玉露凋傷楓樹林，巫山巫峽氣蕭森。江間波浪兼天湧，塞上風雲接地陰。

叢菊兩開他日淚，孤舟一繫故園心。寒衣處處催刀尺，白帝城高急暮砧。

【詩評】

　　此傷留滯白帝之久也。前景後情。一秋，二地。三四承一，二三從下而上，四從上而下。五六，四字一讀，三字一讀。結應一二。景，「秋」也，情，「興」也。因秋起興也。

　　一秋色，二秋氣，不然則複矣。起山水合寫，三四分應之，景含比興，有乾坤上下交亂之象。「他日淚」即「故園心」，「故園」即京華。居人授衣，處處皆然，見客子未授也。「白帝城」即「巫山」；「巫峽」即夔府；「他日」、「故園」，即下七首中諸處諸事。此第一首，無不包舉。

　　此詩諸家稱說，大相懸絕。有謂妙絕古今者，有謂全無好處者。愚謂若首首分論，不惟唐一代不為絕佳，即在本集，亦非至極。若八首作一首讀，其變幻縱橫，沈鬱頓挫，一氣貫注，章法、句法，妙不可言。初盛大家七律，一題八首者，誰乎？

杜甫〈秋興〉八首其二

夔府孤城落日斜，每依北斗望京華。聽猿實下三聲淚，奉使虛隨八月槎。

畫省香爐違伏枕，山樓粉堞隱悲笳。請看石上藤蘿月，已映洲前蘆荻花。

【詩評】

　　「望京華」，無已時也。一明點夔府，接上首白帝「暮」字起。二明點京華。「每」者，無日不然也。三景，四情。五情，六景，俱分承一二。七八情景合，結

又應起句。「聽猿」、「下淚」、「奉使」、「隨槎」，皆古人事實者，今我亦然矣。「虛」者，不及古人也。「藤蘿月」應「落日」。「蘆荻花」，秋也。「請看」應「每望」，言每望京華又至夜也。

杜甫〈秋興〉八首其三

千家山郭靜朝暉，日日江樓坐翠微。信宿漁人還泛泛，清秋燕子故飛飛。匡衡抗疏功名薄，劉向傳經心事違。同學少年多不賤，五陵衣馬自輕肥。

【詩評】

　　此傷馬齒漸長，而功名不立於天壤也。接前首結句起。前結秋夜，此起秋朝，前景後情，情在景中。「靜朝暉」，起之早，日日對翠微而坐，無日不然也。「漁人」、「燕子」，能去而不去，以形己之欲去而不能去也。「匡衡抗疏」①，功名不薄，而我則薄。「劉向傳經」②，心事不違，而我則違。蓋許身稷、契，乃其素志，不欲以文章名而欲以功名見也。「多不賤」，可以援引；「自輕肥」，不援引也。

　　坐江樓，暗寫「望京華」也。本是從朝望至夜，卻接上章，從夜望至朝。望不見京華，卻望漁人、燕子。

　　有言此首，首尾全不關合者，一二既暗含「望京華」，五六言京華事，七八正接五六，非不關合也。

【校注】

①匡衡抗疏：匡衡（？-？），字稚圭，幼年家貧，曾以「鑿壁偷光」方式苦讀。西漢元帝初元二年（B.C.47），有日食、地震之變，元帝問以政治得失，匡衡上疏陳述己見，元帝欣悅之而升其官職。

②劉向傳經：劉向（B.C.77-B.C.06），西漢宗室，曾講論六經於石渠。漢成帝即位後，任命劉向為光祿大夫，典校五經。

杜甫〈秋興〉八首其四

聞道長安似奕（弈）棋，百年世事不勝悲。王侯第宅皆新主，文武衣冠異昔時。
直北關山金鼓震，征西車馬羽書馳。魚龍寂寞秋江冷，故國平居有所思。

【詩評】

　　此傷今日之長安也，接上章「五陵」。「弈棋」、「世事」，自百年至今日，不勝悲也。中四皆長安今事，故曰「聞道」。三四言武夫身貴，衣冠倒置。五六言目前亂端方急。七秋，語含比興，言今日龍潛魚伏，遠客天涯，結上四首。「平居」者，昔日也；「有所思」，起下四首，追昔也。以上四首，景皆今日之景，事皆今日之事，故曰皆傷今也。

杜甫〈秋興〉八首其五

蓬萊宮闕對南山，承露金莖霄漢間。西望瑤池降王母，東來紫氣滿函關。
雲移雉尾開宮扇，日繞龍鱗識聖顏。一臥滄江驚歲晚，幾迴青瑣點朝班。

【詩評】

　　此思昔日之得覲天顏也。一宮闕雄麗，二南山之高。「金莖」在南山上，山高則望遠。三四承二，表帝京山川形勝。以上帝高居、群仙拱向為比。五六承一，蓬萊宮即大明宮，唐人多早朝大明宮詩，此覲天顏之所也。「雉尾」，即宮扇；「雲移」，如雲之多也；「龍鱗」，即袞衣。「識」，言日出後始得分明望見也。七開筆，說今日；八合，方是追昔。

杜甫〈秋興〉八首其六

瞿塘峽口曲江頭，萬里風煙接素秋。花萼夾城通御氣，芙蓉小苑入邊愁。

朱(珠)簾繡柱圍黃鵠，錦纜牙檣起白鷗。回首可憐歌舞地，秦中自古帝王州。

【詩評】

　　此思昔日曲江之遊也。接上七八起。「瞿塘」承「滄江」，「曲江」承「朝班」①。一二言兩地雖遠，秋色無二，故因秋而思昔遊。「花萼夾城」，當時如此；「芙蓉小苑」，後來如此。三四寫太平離亂，渾雅不露。五六承三，寫太平繁華景象。「珠簾繡柱」，苑內之宮殿；「錦纜牙檣」，江中之舟楫。「圍黃鵠」，水穿苑內，中有黃鵠也。「起白鷗」，舟滿江中，驚飛白鷗也。七八承四兼應首句。「回首」二字合結兩地。

　　此首格奇。

【校注】

①瞿塘承滄江，曲江承朝班：指本詩首二句之瞿塘、曲江，承接上一首末二句之滄江、朝班。

杜甫〈秋興〉八首其七

昆明池水漢時功，武帝旌旗在眼中。織女機絲虛夜月，石鯨鱗甲動秋風。
波漂菰米沉雲黑，露冷蓮房墜粉紅。關塞極天惟鳥道，江湖滿地一漁翁。

【詩評】

　　此思昆明之遊也，接上章「自古帝王州」。思之而在眼中，若猶見也。中四昆明秋色景物，皆在眼中者。結自傷遠客，不得再如昔遊也。

　　「織女」、「石鯨」，皆昆明所有；「虛夜月」，夜月虛也；「動秋風」，秋風動也，倒句，池岸景物。「菰米」、「蓮房」，賦也；「沉雲」、「墜粉」，比也，池中景物，皆昔所見者。「關塞極天」，言夔多山也；「江湖滿地」，猶言陸沉①也。

中四皆寫秋景，故結止寫不得再見，則「秋」字不言而喻矣。

【校注】
①陸沉：陸地無水而沉，喻隱居或隱逸之士。

杜甫〈秋興〉八首其八

昆吾御宿自逶迤，紫閣峰陰入渼陂。紅豆（香稻）啄餘鸚鵡粒，碧梧棲老鳳凰枝。
佳人拾翠春相問，仙侶同舟晚更移。綵筆昔曾干氣象，白頭今望苦低垂。

【詩評】

　　此思昆吾諸處之遊也。一二出諸處地名。三四諸處所見之景物。五六諸處之遊
人。七「昔遊（曾）」結後四首，八「今望」結前四首。章法井然。

　　王右丞詩：「紅豆生南國，春來發幾枝。」春景也。梧老於秋，則四是秋景，
五明出「春」字。蓋昔日諸處之遊時各不同，今日追思，就　昔遊所見之時，寫昔
遊所見之景，言四時無不遊覽也。

　　「逶迤」兼諸處而言，三四倒句，若作「鸚鵡啄餘紅豆粒，鳳凰棲老碧梧
枝」，即是詠鸚鵡、鳳凰，不是寫景矣。五六言遊人之盛，自己亦在其中，不必指
何人何事。七昔遊，結後四首，追昔甚明爽。以「今望」結前四首，傷今甚切實。

　　以上四首，景皆昔日之景，事皆昔日之事，故曰追昔也。

　　諸家多以前三首為一段，後五首為一段，以「聞道」貫之也。殊不知以今日遠
客夔府，不見長安，故以「聞道」寫出。若昔之長安則親遊已久，何用聞道哉？至
下「平居有所思」，方是起後四首。傷今追昔，四首一解，文法整齊，有目者所共
見也。

杜甫〈九日〉

重陽獨酌杯中酒，抱病起登江上臺。竹葉於人既無分，菊花從此不須開。

殊方日落玄猿哭，舊國霜前白雁來。弟妹蕭條各何在？干戈衰謝兩相催。

【詩評】

　　既云「獨酌」，又云「無分」者，初為重陽而獨酌，繼因抱病而輟飲。佳節無聊，抱病登高，乃歎竹葉無分，怨及花開，猶言何用佳節為哉？正見無聊之甚也。日落殊方，猿哭而人與共哭；霜前故國，雁來而書不同來。骨肉之感既深，而老經離亂，其無聊更當何如？

杜甫〈江上值水如海勢聊短述〉

為人性僻耽佳句，語不驚人死不休。老去詩篇渾漫興，春來花鳥莫深愁。

新添水檻供垂釣，故著浮槎替入舟。焉得思入（如）陶謝手，令渠述作與同遊。

【詩評】

　　一二性耽佳句。三四已無佳句。五六聊短述。結安得古人佳句，應起句。

　　見如海奇景，欲成佳句竟不可得，乃歎平生篤好，今老矣。江淹才盡，其吟詠不過漫興而已。春來花鳥，莫復深愁，吾無往日佳句詠汝矣。花鳥尋常小景且如此，況水如海勢之大景，豈能有驚人語乎？惟有添水檻以垂釣，著浮槎以入舟而已。安得陶、謝之手，與述作此奇景乎？

　　言在題外，意在題中，妙。

杜甫〈詠懷古跡〉題下注：第五首

諸葛大名垂宇宙，宗臣遺像肅清高。三分割據紆籌策，萬古雲霄一羽毛。

伯仲之間見伊呂，指揮若定失蕭曹。運移漢祚終難復，志決身殲軍務勞。

【詩評】

一二古跡。三四表其大才。五六承三四，惜功之不成，才之未盡。結歸天命。

言武侯處吳魏兩強國間，最弱最難之時，其紆回籌策，所用王佐之才，不過萬分之一，譬如萬古雲霄中一羽毛之輕耳。五六正發此意，言其才實伯仲伊、呂，向使天假數年，得盡展雄略，蕭、曹何足道哉？其如天心厭漢，留之不存，故鞠躬盡悴（瘁），死而後已也。

「一羽毛」舊作鸞鳳解，言比武侯是萬古一人。鍾、譚輩皆塗抹之，王漁洋亦然①，不知其用逆筆也。

此首通篇論斷，吊（弔）古體所忌，然未經人道過，故佳。若拾他人唾餘，便同土壤。

【校注】

①檢視鍾、譚合編之《唐詩歸》卷廿二，與《杜工部集》五家評本卷十五，均未見鍾、譚與王士禛塗抹本詩，或對本詩的負面評價，疑屈復援引另有所本。

卷九

錢起〈和李員外扈駕幸溫泉宮〉

未央月曉度踈鐘，鳳輦時巡出九重。雪霽山門迎瑞日，雲開水殿候飛龍。

輕寒不入宮中樹，佳氣常浮仗外峰。遙羨枚皋扈仙蹕，偏承霄漢渥恩濃。

【詩評】

　　一二駕幸。三四時。五六溫泉景。結和扈駕。

　　起雖在題前著筆，卻以未央宮提動溫泉宮。「雪霽」補時；「瑞日」、「飛龍」況天子。惟泉溫，故輕寒不入；溫泉冬日有氣，故仗外常浮。二句寫溫泉特妙。而王元美抑之①，不可解。結羨員外，見己之不能承恩也。

【校注】

①王元美抑之：王世貞（1526-1590，字元美），與李攀龍同為明代復古詩派「後七子」領袖。王世貞《藝苑卮言》對中唐詩人錢起與劉長卿有如下評論：「錢似不及劉。錢意揚，劉意沈；錢調輕，劉調重。如『輕寒不入宮中樹，佳氣常浮仗外峰』，是錢最得意句，然上句秀而過巧，下句寬而不稱。」其貶抑錢起之「輕寒不入宮中樹，佳氣常浮仗外峰」，即出自本詩。屈復認為兩句寫溫泉特妙，故謂王世貞貶抑之詞「不可解」。

錢起〈暇日覽舊詩因以題詠〉

逍遙心地得關關，偶被功名涴我閒。有壽亦將歸象外，無詩兼不戀人間。

何窮默識輕洪範，未喪斯文勝大還。筐篋靜開難似此，蕊珠春色海中山。

【詩評】

　　即使有壽，終歸於盡，功名何足道？若使無詩，心地不樂，人間何足戀？詩之默識無盡，有壽終歸於盡，故輕五行。詩道未喪，人間心地，得以逍遙，故勝大還

①。偶覽舊詩,除卻蕊珠春色與海中神山,人世之物,更無可擬者。

　　古人篤好如此,乃有詩名。今人欲以遊戲得之,恐不能也。

　　「兼」字,言不止不要功名也。

【校注】

①大還:古人諱言死亡,以「大還」婉言之。

錢起〈贈闕下裴舍人〉

二月黃鶯飛上林,春城紫禁曉陰陰。長樂鐘聲花外盡,龍池柳色雨中深。

陽和不散窮途恨,霄漢長懷捧日心。獻賦十年猶未遇,羞將白髮對華簪。

【詩評】

　　一春時,二闕下。花柳承一,長樂、龍池承二,陽和,總收前四。「窮途恨」起下,「捧日心」應上。前四不言舍人,而舍人在內,故七八一拍即合。

　　前半羨舍人之得志,後半傷己之不遇。「花外盡」者,不傳於外也。「雨中深」者,獨蒙其澤也,二句即影舍人。五盛世之貧賤,六不墜青雲之志。策雖十上,足已三刖①,以窮途之白髮,對舍人之華簪,有望引薦之意。

【校注】

①足已三刖:刖,古代斷腿的刑罰。春秋時,楚人卞和得璞玉,獻之厲王,王以卞和所獻者為凡石,因欺瞞主上而刖其左足。後再獻武王,以同樣罪名再被刖右足。楚文王即位後,被卞和的誠意感動,命工匠理其璞而得美玉,名曰「和氏璧」。後以「三獻刖足」比喻懷才難遇知音。

錢起〈山中酬楊補闕見過〉

日暖風恬種藥時，紅泉翠壁薜蘿垂。幽溪鹿過苔還靜，深樹雲來鳥不知。

青瑣同心多逸興，春山載酒遠相隨。卻慚身外牽纓冕，未勝杯前倒接䍦。

【詩評】

　　一時，二山中。三四景，承一二。五補闕，六見過。不遇結。

　　三四亦是佳句，「紅泉」、「幽溪」亦複，後四意甚淺直，世人多喜此詩，姑錄之。

韓翃〈送襄垣王君歸南陽別墅〉

都門霽後不飛塵，草色萋萋滿路春。雙兔坡東千室吏，三鴉水上一歸人。

愁眠客舍衣香滿，走渡河橋馬汗新。少婦比來多怨（遠）望，應知螮子上羅巾。

【詩評】

　　一別地，二時。三四順承。五六途中情景。七八情。

　　輕清明潔，不必有深意，眼前景，口頭語，亦自可喜。

韓翃〈送王少府歸杭州〉

歸舟一路轉青蘋，更欲隨潮向富春。吳郡陸機稱地主，錢塘蘇小是鄉親。

葛花滿地能消酒，梔子同心好贈人。早晚重來漁浦宿，遙憐佳句篋中新。

【詩評】

　　一時，二歸杭。三有好友，四有佳人。五有酒，六有花。七望重來，八稱其能

詩。

中四句皆是少府歸杭後事。日與好友佳人飲酒看花，事事如意，必有佳作，肯重來示我否？恐戀此不復來也。典雅清新，從容有餘地。調雖不高，意甚淡遠。

韓翃〈宴楊駙馬山池〉

垂楊拂岸草茸茸，繡戶簾前花影重。鱠下玉盤紅縷細，酒開金甕綠醅濃。

中朝駙馬何平叔，南國詞人陸士龍。落日泛舟同醉處，回潭百丈映千峰。

【詩評】

一二山池佳麗。三四筵宴之盛，貌則平叔，才則士龍①。「同醉」結中四。「回潭」、「千峰」結一二。

此等只是體面而已。

【校注】

①貌則平叔，才則士龍：「平叔」指東漢三國時的美男子何晏（196-249），字平叔。「士龍」指魏晉詩人陸雲（262-303），字士龍，與其兄陸機合稱「二陸」。據《晉書‧陸雲傳》評價陸雲「文章不及機」，南朝鍾嶸《詩品》也將陸機置於「上品」，陸雲則列入「中品」。屈復以「貌則平叔，才則士龍」評價本詩第二聯，指詩句雖華麗體面如何晏，實則如陸雲般僅為中品之才，並非上品佳作。

獨孤及〈同皇甫侍御齋中春望見示之作〉

望遠思歸心易傷，況將衰鬢偶年光。時攀芳樹愁花盡，晝掩高齋厭日長。

甘比流波辭舊浦，忍看秋草遍橫塘。因君贈我江楓詠，春思如今未易量。

【詩評】

　　一作客，二春望。三四承二。五六承一。七八同皇甫。

　　春光多感，歸心易傷，況當遲暮，更難為情。「愁花盡」、「厭日長」承「衰鬟偶年光」。春日既不能歸，己甘比流波之辭舊浦，若到秋日，又當何如？承「望遠歸思（思歸）」。因君見示春望之作，而吾之春思從此且無涯矣。「時攀」、「晝掩」承「況將」字，「甘比」、「忽（忍）看」承「易傷」字，而二六皆加一倍法。

郎士元〈題精舍寺〉 題下注：一作酬王季友秋夜宿露臺寺見寄

石林精舍武溪東，夜扣禪關謁遠公。月在上方諸品靜，心（僧）持半偈萬緣空。

秋山竟日聞猿嘯①，落木寒泉聽不窮。惟有兩（雙）峰最高頂，此心期與故人同。

【詩評】

　　前六句皆酬王，末二句自謂。三四即景有情。五六，山水幽靜，經行殆遍。末與故人同遊，乃快耳。

　　中四對法不板，又有深厚之氣，三四在此等題中更不易得，較李頎〈璨公山池〉②三四，似高些。

【校注】
①句下小注：「一作『蒼苔古道行應遍』。」
②李頎〈璨公山池〉：詩見本書卷七。

郎士元〈酬王季友題半日村別業兼呈李明府〉

村映寒原日已斜，煙生密竹早歸鴉。長溪南路當群岫，半景東林（鄰）照數家。

門通小徑連芳草，馬飲春泉踏淺沙。欲待主人林上月，還思潘岳縣中花。

【詩評】

一二半日村別業。三四承一二。五六來遊。七酬王，八呈李。

一遠望，二到時景，三山水俱佳，四清幽可住，承一；五六可以來遊，承二；七酬王，八呈明府。長溪南路，是遠望村外之景；小徑春泉，是已到村邊之景，終有複意。

皇甫冉〈三月三日義興李明府後亭泛舟〉

江南煙景復如何，聞道新亭更可過。處處蘋蘭春浦綠，萋萋藉草遠山多。

壺觴須就陶彭澤，時俗猶傳晉永和。更使輕橈徐轉去，微風落日水增波。

【詩評】

一二設為問答，「煙景」影上巳，「新亭」比蘭亭。三四新亭之煙景，合承一二。五明府，單承二；六上巳，單承一。七泛舟，八至晚未散，總結全篇。

格局變動，句亦典雅，長吟覺有餘味。

皇甫冉〈同溫丹徒登萬歲樓〉

高樓獨立思依依，極浦遙山合翠微。江客不堪頻北望，塞鴻何事復南飛。

丹陽古渡寒煙積，瓜步空洲遠樹稀。聞道王師猶轉戰，誰能談笑解重圍。

【詩評】

一登樓有思，二卻接遠景，法好。三四承「思」字，亦止渾說。下又寫景，直至結句方說出「聞王師」云云。登樓所思，即此可知。

詩言「獨立」，題曰「同」，蓋詩則同作，而樓則獨登也。

聲調頗高。

侍御有憂時救世之思，名下不虛。

皇甫曾〈早朝日寄所知〉

長安雪後見歸鴻，紫禁朝天拜舞同。曙色漸分雙闕下，漏聲遙在百花中。

爐煙乍起開仙仗，玉珮成行引上公。共荷發生同雨露，不應黃葉久從風。

【詩評】

　　一時日，二朝。三四早。五六朝。七八寄所知。

　　「見歸鴻」，暗寫春日，生下「百花」句。「發生」、「雨露」遙應「百
花」、「歸鴻」，言群臣早朝共沐皇恩，如發生之荷雨露。汝獨奈何如黃葉從風，
而久不出仕也。

秦系〈獻薛僕射〉題下序：系家於剡山，向盈一紀。大曆五年，人或以其文聞於
鄮留守薛公，無何，奏系右衛率府倉曹參軍，意所不欲，以疾辭免，因將命者輒獻
斯詩。

由來那敢議輕肥，散髮行歌自採薇。逋客未能忘野興，辟書翻遣脫荷衣。

家中匹婦空相笑，池上群鷗盡欲飛。更乞大賢容小隱，益看愚谷有光輝。

【詩評】

　　一素志不仕，二隱。三承二，四承一。五六辭免之故。七八求允辭免也。

　　「未忘野興」承「行歌採薇」，「遣脫荷衣」反承「敢議輕肥」，「未能」、
「翻遣」應「由來」、「自」字，五六所以辭免之故，兼起七八意。「大賢」結僕
射，「小隱」結自己，八虛托一筆，總結全篇。「更乞」、「益看」應「未能」、

「翻遣」。

嚴武〈巴嶺答杜二見憶〉

臥向巴山月落時，兩鄉千里夢相思。可但步兵偏愛酒，也知光祿最能詩。

江頭赤葉楓愁客，籬外黃花菊對誰。跂馬望君非一度，冷猿秋雁不勝悲。

【詩評】

　　一二答見憶。中四言詩、酒俱能追蹤古人，而竟罷官，淪落如此，故跂馬望君而不勝悲也。結言君詩未至，我已日日思君，非因君憶我，而我方思君也。

　　沉著雄渾，有英雄氣。

郭受〈寄杜員外〉題下注：員外垂示詩，因作此寄上

新詩海內流傳久，舊德朝中屬望勞。郡邑地卑饒霧雨，江湖天闊足風濤。

松花酒熟傍看醉，蓮葉舟輕自學操。春興不知凡幾首，衡陽紙價頓能高。

【詩評】

　　一二言文章官箴俱高。三四地與時俱惡。五六不偶流落。結言近詩愈妙，答垂示詩。

　　「傍看醉」，老不勝酒力，看人醉也。「自學操」，言無多僕役也。

　　此詩二三並不接如今如何窮困，如何飲酒閒適，只寫地濕時亂，而意可領會，氣味遂能深厚。

嚴維〈酬諸公宿鏡水宅〉

幸免低頭向府中，貴將藜藋與君同。陽雁叫霜來枕上，寒山映月在湖中。

詩書何德名夫子，草木推年長數公。聞道漢家偏尚少，此身那比訪芝翁。

【詩評】

　　一己身，二諸公。三宿，四鏡水。五六酬。七諸公，八不敢以高德自居。

　　起句之上，尚有意省卻，妙！次句諸公來訪，嚴之展待。三四宿鏡水宅。五六酬諸公，詞謙而意仍自負。末言時尚年少，諸公富貴有時，我豈能上比四皓①，以乘盡之年出定儲皇哉？句句自謙，句句自負。

【校注】

①四皓：秦朝末年，有隱士東園公、角里先生、綺里季、夏黃公四人，因避亂而隱
　　居商山。四人鬚髮皆白，人稱商山四皓。漢高祖劉邦平定天下後，敦請四皓出山
　　輔政，為四皓拒絕。後劉邦擬廢呂后之子，改立戚夫人之子為太子，呂后聽從張
　　良建議，請出商山四皓作為太子上賓，劉邦因而打消廢太子之念。事見《史記‧
　　留侯世家》。

顧況〈送大理張卿〉

春色依依惜解攜，月卿今夜泊隋堤。白沙洲上江蘺長，綠樹村邊謝豹啼。

遷客比來無倚仗，故人相去隔雲泥。越禽惟有南枝分，目送孤鴻飛向西。

【詩評】

　　一送，二大理。三四隋堤之春色愁人如此。五六承「月卿」、「解攜」。七從
五六托下，言越禽分薄，惟有羈栖南枝，故目送飛鴻，別情無限。「越禽」自喻，
「孤鴻」喻月卿也。

只用「無倚仗」三字，而通篇俱動，若頌義滿紙，便是俗物。

窮途惟賴友生，忽而遠去，如嬰兒之失慈母。後四真情實語，氣味悲涼，聲淚俱下。吾客遊五十年，從無張卿其人者，竊為顧君慶也。

耿湋〈贈別劉長卿員外〉

清如寒玉直如絲，世故多虞事莫期。建德津亭人別夜，新安江水月明時。

為文易老皆知苦，謫宦無名倍足悲。不學朱雲能折檻，空羞獻納在丹墀。

【詩評】

一劉之品，二時。三別時，四別地。五承一，六承二。七八自己結。

當世故多虞時，江水月明之夜，而別如玉之人，何以為情？況文章苦心，謫宦又非其罪，我為獻納，而不能白君之枉，為可羞也。

耿湋〈送友人遊江南〉

遠別悠悠白髮新，江潭何處是通津？潮聲偏懼初來客，海味惟甘久住人。

漠漠煙光前浦晚，青青草色定山春。汀洲更有南迴雁，亂起聯翩北向秦。

【詩評】

一垂老別，二到處皆然。三四承二。五六承一。七八歸難。

白髮遠去江南者，為此處非通津也，但天下何處定是通津乎？中四其風景食物，無一可者，皆有比意。三比善欺生客，四食味不同，五六風景荒涼，客遊至此，已足生愁，詳詩意，乃言可以不遊江南也。句句送，句句留。

不作客，不知其妙；不近海，亦不知也。三四警策。

竇常〈之任武陵寒食日途次松滋渡先寄劉員外禹錫〉

杏花榆莢曉風前，雲際離離上峽船。江轉數程淹驛騎，楚曾三戶少人煙。

看春又過清明節，算老重經癸巳年。幸得柱山當郡舍，在朝常（長）詠卜居篇。

【詩評】

　　一寒食，二松滋渡。三四承二。五六承一。七八之任武陵。

　　中四言寂寥荒鄙，無人共語，衰老如此，猶奔波道路，良為可惜。七言此來武陵，幸有好山當前，可以朝夕相對。八言平日在朝，每欲卜居佳山水，今雖出守，只當卜居。以「柱山」比員外。「得」，聚會也。結用掉筆法，妙。

楊郇伯〈送妓人出家〉

盡出花鈿與四鄰，雲鬟剪落厭殘春。暫驚風燭難留世，便是蓮花不染身。

貝葉欲翻迷錦字，梵聲初學誤梁塵。從今艷色歸空後，湘浦應無解珮人。

【詩評】

　　一妓人，二出家。三四順承一二。五承三，六承四。七八方謝塵凡。

　　深厭殘春，比也。三四即回頭是岸意。五六，一時餘習，未能盡脫。七八從此果然歸空，自無他擾暫驚，便是皆從「厭殘春」來，「從今」結「迷」、「誤」。

戴叔倫〈贈韓道士〉

日暮秋風吹野花，上清歸客意無涯。桃源寂寂煙霞閉，天路悠悠星漢斜。

還似世人生白髮，定知仙骨變黃芽。東城南陌頻相見，應是壺中別有家。

【詩評】

一時，二意欲仙。三四言飛升無路。「還似」緊接三四來。「定知」收轉本題。「時（頻）相見」結「生白髮」；「別有家」結「變黃芽」。

唐人贈道士詩，多恍忽鬼怪之詞，不惟通套可厭，即言道士，便是仙人，豈有此理？此首抑揚吞吐，若頌若諷，斟酌之極，可稱合作。

有調笑意，令讀者不覺。

戴叔倫〈寄孟郊〉

亂餘城郭怕經過，到處閒門長薜蘿。用世空悲聞道淺，入山偏喜識僧多。
醉歸花徑雲生履，樵罷松巖雪滿簑。石上幽期春又暮，何時載酒聽高歌。

【詩評】

一二時世。三四順承。五六景。七八寄。

一二城郭荒涼，三無撥亂反正之才，反承「亂餘」。四入山已久，承「怕經過」。五六目前之情況，「石上幽期」承五六。

盧綸〈長安春望〉

東風吹雨過青山，卻望千門草色閒。家在夢中何日到，春來江上幾人還？
川原繚繞浮雲外，宮闕參差落照間。誰念為儒逢世難，獨將衰鬢客秦關。

【詩評】

一二，亂後荒蕪。三欲歸不得，四自慰。五六，民居國步①，皆就衰殘。七八，時危尚武，老客長安。句雖熟滑，情真摯可耐。

【校注】

①國步：指國家運勢、處境。

盧綸〈晚次鄂州〉

雲開遠見漢陽城，猶是孤帆一日程。估客晝眠知浪靜，舟人夜語覺潮生。
三湘衰鬢逢秋色，萬里歸心對月明。舊業已隨征戰盡，更堪江上鼓鼙聲。

【詩評】

　　一歸心甚急，二有咫尺千里意。中四衰鬢，歸心人眼中、耳中，無限悲涼，故客眠、人語、秋色、月明，種種堪愁，用意深妙，全以神行，若與題無涉者。結言歸亦何益？將來不知作何景象，愁無已時也。

　　晝眠者，估客；夜語者，舟人，皆一日程中事。「愁（衰）鬢逢秋」承三；「歸心對月」承四。「舊業已盡」結「歸心」；「江上鼓鼙」結前四。

　　讀此令人憶孤舟泊甬江時。

盧綸〈夜投豐德寺謁海上人〉

半夜中峰有磬聲，偶逢樵者問山名。上方月曉聞僧語，下路林疎見客行。
野鶴巢邊松最老，毒龍潛處水偏清。願得遠公知姓字，焚香洗鉢過浮生。

【詩評】

　　一二夜投豐德時情事。三謁上人，四塵埃中勞苦如此。五見僧臘之高，六見禪力之大。故欲於此處相隨終老，總承前六。

　　非聞磬聲，半夜中何處投寺？非偶逢，半夜中安得有樵者？下字斟酌，意深法密，氣味深厚。

李益〈同崔邠登鸛雀樓〉

鸛雀樓西百尺牆，汀洲雲樹共茫茫。漢家簫鼓空流水，魏國山河半夕陽。

事去千年猶恨速，愁來一日即為長。風塵併起思歸望，遠目非春亦自傷。

【詩評】

登樓西望長安，東望鄴下，故歎漢魏云云。五收上，六起下。七八結前六。
聲調高亮，情致纏綿，十郎①固是才子。

【校注】

①十郎：中唐詩人李益之代稱，詩見本書卷四李益〈夜上受降城聞笛〉。屈復對李
益詩頗有好評，是以重複「十郎真才子」、「十郎固是才子」的評論。

李益〈鹽州過胡兒飲馬泉〉

綠楊著水草如煙，舊是胡兒飲馬泉。幾處吹笳明月夜，何人倚劍白雲天。

從來凍合關山路，今日分流漢使前。莫遣行人照容鬢，恐驚憔悴入新年。

【詩評】

一二言此泉久為唐有。三又有飲馬之意，四深為可慮。凍合則關山難越，分流
即流離四下，言愁人也。「行人」即自己，容鬢已衰，空有倚劍白雲之心，而日月
逝矣，歲不我與，四有「時無英雄」之歎①。

「舊是」，今不是也，跌下「幾處」、「何人」；「凍合」、「分流」，起下
「照容鬢」。

【校注】

①時無英雄之歎：典出《晉書·阮籍傳》，魏晉之際名士阮籍（210-263）「嘗登

廣武（今河南滎陽），觀楚、漢戰處，歎曰：『時無英雄，使豎子成名。』」

司空曙〈送曲山人之衡州〉

白石先生眉髮光，已分甜雪飲紅漿。衣襟半染煙霞氣，笑語（語笑）兼和藥草香。
茅洞玉聲流暗水，衡山碧色映朝陽。千年城郭如相問，華表峩峩有夜霜。

【詩評】

一二山人。三四順承。五六送。七八望歸。

「染煙霞」，只是山深；「藥草香」，只是採藥。「玉聲」、「碧色」，只是
徜徉山水。末言他日歸來，世事更變，又當何如？

司空曙〈酬李端校書見贈〉

綠槐垂穗乳鴉飛，忽憶山中獨未歸。青鏡流年看髮變，白雲芳草與心違。
乍逢酒客春遊慣，久別林僧夜坐稀。昨日聞君到城闕，莫將簪弁勝荷衣。

【詩評】

一時，二思歸。三承一，四承二。五承三，六承四。結酬李。

一二明寫未歸，三四暗寫未歸，今日乍逢之酒客，即平時春遊已慣之人。久不
春遊，可知此髮之所以變也。今日久別之林僧，即往時山中夜坐之偶。夜坐既稀，
此心之所以違也。七八訝其忽來城市，總結上六。

通篇言我欲歸山而不得，君乃出山，何也？

崔峒〈題桐廬李明府官舍〉

頌（訟）堂寂寂對煙霞，五柳門前聚曉鴉。流水聲中視公事，寒山影裡見人家。
觀風競美新為政，計日還知舊觸邪。可惜陶潛無限酒，不逢籬菊正開花。

【詩評】

一官舍，二明府。三四承一二。五六頌。七結明府，八結官舍。

寫官舍是天下一等官舍，明府不負此官舍，則明府是天下第一等明府，只自家
來非其時，有酒無菊，不得盡興，又應明府官舍。

五六俗甚，不為全璧。

張南史〈陸勝宅秋暮雨中探韻同作〉

同人永日自相將，深竹閒園偶辟疆。已被秋風教憶鱠，更聞寒雨勸飛觴。
歸心莫問三江水，旅服徒沾九日霜。醉裡欲尋騎馬路，蕭條幾處有垂楊。

【詩評】

一二陸宅探韻。三秋暮，四雨中。五六情。七結前四，八結五六。

前四已完題，後四只言自己情懷，然「已被」、「更聞」，已將後四呼動，則
下「莫問」、「徒沾」方有來歷。七收上，甚輕妙；八結「九日」、「三江」，亦
不費力。

秋風憶鱠、寒雨飛觴，本成語，著「教」、「勸」等字，將題中「秋暮雨
中」，從容點出，令人不覺，在宴會類中，頗能脫套。

王建〈歲晚自感〉

人皆欲得長年少，無那排門白髮催。一向破除愁不盡，百方回避老須來。

草堂未辦終須置，松樹難成亦且栽。瀝酒願從今日後，更逢二十度花開。

【詩評】

一二天下古今之同情。三四一人之自感。五六非欲長生，聊以遣興。七八一時即死，亦所不願，祝之也。前四已說盡，故五六再用轉筆脫下，不至敗興。

老人不堪讀，又愛讀，願亦不甚奢，姑許之，何如？

朱灣〈同達奚宰遊竇子明仙壇〉

松檜陰深一徑微，中峰石室到人稀。仙官不住青山在，故老相傳白日飛。
華表問栽何處（歲）木，片雲留著去時衣。今朝茂宰尋真處，暫駐雙鳧且莫歸。

【詩評】

一二仙壇。三四竇子明。五承一，六承二。結達溪（奚）宰。

仙壇無人，但有松檜青山。白日飛升，不過傳聞。所有樹木，未必是重來所栽，虛空片雲，尚留去時舊衣。可見仙人世間所無，而茂宰尋真，可以悟矣。

神仙恍惚，說得最斟酌。

朱灣〈尋隱者韋九山人於東溪草堂〉

尋得仙源訪隱淪，漸來深處漸無塵。初行竹裡惟通馬，直到花間始見人。
四面雲山誰作主？數家煙火自為鄰。路傍樵客何須問，朝市如今不是秦。

【詩評】

一尋隱者，二草堂。三四承二。五六承一。結言非隱時也。

兩「漸」字起下「初行」、「直到」，妙！三至此者稀，四去世甚遠，五六畫

出景象，不異桃源，七八言可以出而仕矣。七八既承五六，且結首句。

武元衡〈酬嚴司空荊南見寄〉

金貂再領三公府，玉帳連封萬戶侯。簾卷青山巫峽曉，煙開碧樹渚宮秋。

劉崐（琨）坐嘯風清塞，謝朓裁詩月滿樓。白雪調高歌不得，美人南國翠蛾愁。

【詩評】

　　一二嚴公之尊貴如此。三四公侯之鎮地如此；「青山」、「碧樹」，鎮地之風景如此。五六以古人比司空。七八言見寄之作，調高之甚。「萬戶侯」暗點「荊南」，故三四明點地名，「三公府」明點「司空」，故五六用古人影射，法好。

權德輿〈自桐廬如蘭溪有寄〉

東南江路舊知名，惆悵春深又獨行。新婦山頭雲半斂，女兒灘上月初明。

風前蕩颭雙飛蝶，花裡間關百囀鶯。滿目歸心何處說？欹眠搔首不勝情。

【詩評】

　　一桐廬入蘭溪。中四皆景。結有寄。

　　「又獨行」承「舊知名」。三四「又獨行」之夜景。五六「又獨行」之春景。「歸心」、「欹眠」結「獨行」、「江路」。通篇皆從「又獨行」著筆。

楊巨源〈將歸東都寄令狐舍人〉

綠楊紅杏滿城春，一騎悠悠萬井塵。岐路未關今日事，風光欲醉長年人。

閒過綺陌尋高寺，強對朱門謁近臣。多病晚來還有策，洛陽山色舊相親。

【詩評】

　　一春日長安，二此中一身作客。三昔日誤落宦海，四日月易邁。五閒適之性，六違性之事。七八於無可如何中，得如何也。

　　「一騎」正對「滿城春」，「岐路」緊承「一騎」，「悠悠」、「風光」緊承「滿城春」。五六寫情，從四托來。七「多病」從「長年人」生出；八「洛陽」結長安，「山色」結「滿城春」。

卷十

柳宗元〈登柳州城樓寄漳汀封連四州〉

城上高樓接大荒，海天愁思正茫茫。驚風亂颭芙蓉水，密雨斜侵薜荔牆。

嶺樹重遮千里目，江流曲似九迴腸。共來百越文身地，猶自音書滯一鄉。

【詩評】

　　一登樓，二情。中四所見之景，然景中有愁思在。末寄四州。

　　嶺樹遮目，望不可見；江曲九迴，腸斷無已時也。

　　柳州詩，屬對工穩典切，情景悲涼，聲調亦高，刻苦之作，法最森嚴。但首首一律，全無跳躑之致耳。

柳宗元〈柳州寄丈人周韶州〉

越絕孤城千萬峰，空齋不語坐高春。印文生綠經旬合，硯匣留塵盡日封。

梅嶺寒煙藏翡翠，桂江秋水露鯝鱸。丈人本自忘機事，為想年來憔悴容。

【詩評】

　　一柳州，二情。三四承二。五六承一。結寄周韶州。

　　前六柳州，末寄。三並無官事，四文字亦不作也。

柳宗元〈嶺南江行〉

瘴江南去入雲煙，望盡黃茆是海邊。山腹雨晴添象跡，潭心日暖長蛟涎。

射工巧伺遊人影，颶母偏驚旅客船。從此憂來非一事，豈容華髮待流年。

【詩評】

　　一破題，二望。中四皆所望景物，分大小。情結。

　　慘不堪讀，三聯寫江行之景，以比讒人也。

劉禹錫〈松滋渡望峽中〉

渡頭輕雨灑寒梅，雲際溶溶雪水來。夢渚草長迷楚望，夷陵土黑有秦灰。

巴人淚應猿聲落，蜀客船從鳥道迴。十二碧峰何處所，永安宮外是荒臺。

【詩評】

　　一二松滋渡，又點時。中四望峽中景物，「秦灰」借《史記》白起燒夷陵①，

實暗用劫灰②事，言滄桑多變也。七八既見神女之荒唐，又弔先主之遺踪，遙應

「秦灰」句也。

【校注】

①白起燒夷陵：戰國時秦將白起（？-B.C.257）在鄢郢之戰中，先後攻陷楚國郢都

　　（今湖北江陵），並焚毀楚國位於夷陵（今湖北夷昌）的先王陵墓。

②劫灰：指戰火焚燒後的灰燼。

劉禹錫〈荊門道懷古〉

南國山川舊帝畿，宋臺梁館尚依稀。馬嘶古道行人歇，麥秀空城野雉飛。

風吹落葉填宮井，火入荒陵化寶衣。徒使詞臣庾開府，咸陽終日苦思歸。

【詩評】

　　一二荊門。三道經，四時，順承一二。五六景。七八懷古之情。

　　庾昔奉梁使長安①，留不能歸，猶己之遠謫。

得第三句，全首靈動，結句既切荊門，又見自家去國心事。

【校注】

①庾昔奉梁使長安：「庾」指庾信（513-581），字子山，曾奉南朝梁元帝之命出
　　使北朝西魏。值西魏南侵滅梁，庾信遂留滯北方。先仕於西魏，再仕於北周，官
　　至驃騎大將軍、開府儀同三司，遂又有「庾開府」之稱。

劉禹錫〈漢壽城春望〉

漢壽城邊野草春，荒祠古墓對荊榛。田中牧豎燒芻狗，陌上行人看石麟。

華表半空飛（經）霹靂，碑文方見滿埃塵。不知何日東瀛變，此地還成要路津。

【詩評】

　　一漢壽城春，二望。中四皆承二。總結。

　　先寫春時，後以荒祠古墓寫「望」字。中四皆祠墓，景分人、物兩項，尚是常
語；七接「東瀛變」，出人意外，連上六句，不尋常矣。

　　結句亦是去國之恨，寄托言外。今日為遷客所歷，安知他日不為要津乎？幻想
最妙，然亦是無可奈何語。

劉禹錫〈西塞山懷古〉

西晉（王濬）樓船下益州，金陵王氣黯然收。千尋鐵鎖沈江底，一片降旛出石
頭。

人世幾回傷往事，山形依舊枕寒流。今逢四海為家日，故壘蕭蕭蘆荻秋。

【詩評】

　　題甚大，前四句止就一事言。五以「幾回」二字包括六代，繁簡得宜，此法甚

妙。七開八合。

前半是古，後半是懷。五簡練。七八奇橫。元、白之所以束手者①在此。全首俱好，五尤出色記事，人止賞三四，未為知音。

【校注】

①元、白束手：據晚唐五代何光遠（ -936-）《鑒戒錄》記載，某日，元稹、劉禹錫與韋楚客三人同訪白居易，談及南朝興廢往事。白居易提議每人各賦〈金陵懷古〉一首。劉禹錫一揮而就，寫成此詩。白居易看後讚歎：「四人探驪，劉夢得先獲其珠。」以驪龍之珠喻本詩藝術成就之高，白居易等人遂束手擱筆，甘拜下風。

劉禹錫〈和樂天送鶴上裴相公別鶴之作〉

昨日看成送鶴詩，高籠提出白雲司。朱門乍入應迷路，玉樹容棲莫揀枝。

雙舞庭中花落處，數聲池上月明時。三山碧海不歸去，且向人間呈羽儀。

【詩評】

一和樂天，二送相公。三四順承一二。五六順承三四。七八總結。

唐人和詩多安結句，此在首句，法變。「乍入」、「莫揀」皆有喻意。五六「雙舞」、「數聲」一頓後，用「不歸去」、「且向」字結出不能高蹈，聊復爾爾意，又遙應「莫揀枝」等字。

劉禹錫〈和裴司空答張秘書贈馬詩〉

閣下從容舊客卿，寄來駿馬賞高情。任追煙景騎仍醉，知有文章倚便成。

步步自憐春日影，蕭蕭猶起朔風聲。須知上宰吹噓意，送入天門上路行。

【詩評】

一司空秘書，二贈馬。三四人、馬合寫。五人、六馬分寫。結和裴。

首句點明題目。中四，一句人，一句馬，然人中有馬，馬中有人，尤妙。末寫到上宰青眼，人、馬雙結，有情。

賓客①、柳州同貶，劉詩全首多豪放，結句又高興；柳詩氣味悲涼，結亦衰颯。故賓客末路還朝，而柳州沒身謫所，詩真可以驗榮枯哉！

【校注】

①賓客：劉禹錫（772-842），字夢得，唐文宗時曾任職太子賓客，故又稱「劉賓客」。

劉禹錫〈和楊師皋給事傷小姬英英〉

見學胡琴見藝成，今朝追想幾傷情。撚絃花下呈新曲，放撥燈前謝改名。
但是好花皆易落，從來尤物不長生。鸞臺夜直衣衾冷，雲雨無因入禁城。

【詩評】

一小姬，二傷。三四承一。五六承二。七八和楊。

兩「見」字生追憶。三四追憶事，五六用頓筆寫歎傷小姬，七八「鸞臺」字結給事，「夜直」字生「雲雨」，總結全篇。

女子以色重，故必寫出美麗。

此首須看其制題有法處。

能將無情說到有情，果然可傷。今日讀者，猶足墮淚。想給事當日見此，必大哭也。次句淺露，五六俗。

元稹〈以州宅夸於樂天〉

州城迴繞拂雲堆，鏡水稽山滿眼來。四面常時對屏障，一家終日在樓臺。

星河似向簷前落，鼓角驚從地底迴。我是玉皇香案吏，謫居猶得住蓬萊。

【詩評】

　　一州宅，二山水。三承二，四承一。五六景。七八夸於樂天。

　　「州城」暗寫，「鏡水」、「稽山」明寫。三承山水，四承「拂雲」。五六雖寫景，卻從「在樓臺」托下。七八言此地真是仙景，自家本是仙吏，方能謫居，非尋常可得也。稍覺高亮。

白居易〈江西裴常侍以優禮見待又蒙贈詩輒敘鄙誠用伸感謝〉

一從簪笏事金貂，每借溫顏放折腰。長覺身輕離泥滓，忽驚手重捧瓊瑤。

馬因迴顧雖增價，桐遇知音已半焦。他日秉鈞如見念，壯心直氣未全銷。

【詩評】

　　前四常侍優禮贈詩，後四輒敘鄙誠，用伸感謝。「優禮」作二句寫，「贈詩」作一句寫，法活。又將感謝寫在五六，敘鄙誠卻寫在七八，法變化。

　　五六言雖蒙優禮之虛儀，無救今日實在之摧抑，故緊接「他日秉鈞」，自然拔濟，但薑桂之性如故耳。「馬因回（迴）顧」、「桐遇知音」，感謝也。「雖增價」、「已半焦」，起下七八也。「如見念」結「馬因回（迴）顧」，「壯心直氣」結「已半焦」。雖已「如見」，「未全消（銷）」，相呼應。

　　比興入律最妙，若兩句一意，則不佳。

白居易〈晚桃花〉

一樹紅桃亞拂池，竹遮松蔭晚開時。非因斜日無由見，不是閒人豈得知。

寒地生才遺較易，貧家養女嫁常遲。春深欲落誰憐惜？白侍郎來折一枝。

【詩評】

一二寫孤寒幽蔽於晚開之上，是加一倍法。三四言見知之難。五六比，「寒地生才」承「亞拂池」、「竹遮松蔭」；「貧家養女」承「一樹」、「晚開」；「遺較易」承「非因」、「斜日」；「嫁常遲」承「不是閒人」。七結一二、五六，八結三四。

天下高人，多在草野，名利多忙，如何知得？所以興歎於寒地之才，貧家之女也。不競仕路，細心憐才，舉世惟我一人。結得身分高甚。

白居易〈杭州春望〉

望海樓明照曙霞，護江堤白踏晴沙。濤聲夜入伍員廟，柳色春藏蘇小家。

紅袖織綾誇柿蒂，青旗沽酒趁梨花。誰開湖寺西南路，草綠裙腰一道斜。

【詩評】

一二杭州。三四景。五美人，六旗亭。七八湖。

八句皆寫春望，不用承接照應，一直排去，此一法也。

濤聲不可望，濤勢如山可望，不到者不知「夜」字不妥，易「曉」字方與首句相應。

寫時物不浮，況又雅甚，末亦常語，竟成故事①。

【校注】

①竟成故事：白居易於詩下自注云：「孤山寺路在湖中，草綠時望如裙腰。」杭州

錢塘湖，原有一道湖堤穿越湖心，後人多謂是白居易當杭州刺史時所築，清初毛奇齡《西河詩話》據本詩末聯「誰開湖寺西南路，草綠裙腰一道斜」，主張湖堤並非白居易所築，理由是：「未有己所開堤，而反曰『誰開』者。」可見白居易到任前，杭州即有此堤。

白居易〈妻初授邑號告（誥）身〉

弘農舊縣授新封，鈿軸金泥誥一通。我轉官階常自愧，君加邑號有何功？

花箋印了排窠濕，錦褾裝來耀手紅。倚得身名便慵懶，日高猶睡綠窗中。

【詩評】

一二初授誥身。三橫插一句，四到本題，法活。五六方接寫誥身。七八以戲謔結喜意。「身名」結誥身、邑號、初授，絕無遺漏。三四感皇恩也，卻寫得趣極，然此事豈可令夫人有功耶？

結帶諧謔，正是喜處，然詩到趣極處，便有小說家氣，故不足貴。

白居易〈餘杭形勝〉

餘杭形勝四方無，州傍青山縣枕湖。繞郭荷花三十里，拂城松樹一千株。

夢兒亭古傳名謝，教妓樓新道姓蘇。獨有使君年太老，風光不稱白髭鬚。

【詩評】

一二總寫山水。三四花樹。五六亭樓。七八自身。

「四方無」下連寫五句，皆承此三字。州縣、湖山，交互法。「荷花」承「湖」，「松樹」承「山」，亭樹、樓閣、湖山，皆有。五六合寫。七八自幸老獲此賞，所謂其詞若有憾焉者。觀〈西湖留別詩〉與「未能拋得杭州去，一半勾留是

此湖」①，可知矣。

【校注】

①未能拋得杭州去：詩句出自白居易七律〈春題湖上〉：「湖上春來似畫圖，亂峰
　圍繞水平鋪。松排山面千重翠，月點波心一顆珠。碧毯線頭抽早稻，青羅裙帶展
　新蒲。未能拋得杭州去，一半勾留是此湖。」兩詩同作於唐穆宗長慶二年至四年
　（822-824）白居易官任杭州刺史時期。

白居易〈西湖留別〉

征途行色慘風煙，祖帳離聲咽管絃。翠黛不須留五馬，皇恩只許住三年。

綠藤陰下鋪歌席，紅藕花中泊妓船。處處回頭盡堪戀，就中難別是湖邊。

【詩評】

　　前四留別。五六西湖。七八情。

　　題是「西湖留別」，卻先寫行色。管絃之慘咽，已含不忍別意。三寫翠黛之
留，四寫不得留，五六方寫西湖。以「回頭」結五六，「難別」結前四。

　　白公雅愛西湖，遷官亦所不願也。

白居易〈寄韜光禪師〉

一山門作兩山門，兩寺原從一寺分。東澗水流西澗水，南山雲起北山雲。

前臺花發後臺見，上界鐘聲下界聞。遙想吾師行道處，天香桂子落紛紛。

【詩評】

　　一二合寫兩寺。中四總承一二。三四寺外山水，五六寺內花鐘。七禪師，八
時。

一二將「一」、「兩」字顛倒成句。三四「山」、「水」卻從四方寫。五六「花」、「鐘」從上下寫。七以「遙想」字、「處」字總結上六句，且結題中「寄禪師」。八虛托一句，補寫寺之高，兼點時也。

韜光詩，此為第一，最切最真，但重字一連六句，嫌於急口令，離之則雙美，合之則兩傷，信哉！

白傅才大如海，書破萬卷，使生盛唐，當與李、杜並驅中原，未知鹿死誰手。末季各有時尚，遂出真切平易，故往往失之淺俗，文章果關乎氣韻（運）耶。然雖無江河激流之勢，泰華嶄絕之峰，而中正和平，意若抽絲，兼以轉折靈變，動循法度，所以超乎群倫之上，出乎眾妙之中，至今膾炙人口，沁人心脾，良有以也。後人或無其才，或不肯讀書，喜其明白易解，妄步邯鄲，止得淺俗，故日趨日下耳，嗟乎！白詩豈易學者哉？

李德裕〈謫嶺南道中作〉

嶺水爭分路轉迷，桄榔椰葉暗蠻溪。愁衝毒霧逢蛇草，畏落沙蟲避燕泥。

五月畬田收大米，三更津吏報潮雞。不堪腸斷思鄉處，紅槿花中越鳥啼。

【詩評】

一破題，二景。三四情景合。五六時景合。七情八景。

「迷」字起「暗」字，「愁」、「畏」承「迷」、「暗」。愁者，未見而豫愁；畏者，已見而生畏。晝則五月收米，毒熱難行；夜則三更報雞，通宵不寐，逼出「腸斷思鄉」，結上六句。八景中有情，言此時此景，更難堪也。

贊皇①有削平澤潞之功，一旦遠謫南荒，此三四既有比興，又有懼心，結亦有意味。

【校注】

①贊皇：李德裕（787-849），趙州贊皇（今河北贊皇）人。是唐代「牛李黨爭」

的李黨代表人物。

李紳〈皋橋〉

伯鸞憔悴甘飄寓，非向囂塵隱姓名。鴻鵠羽毛終有志，素絲琴瑟自諧聲。

故橋秋月無家照，古井寒泉見底清。猶有餘風未磨滅，至今鄉里重和鳴。

【詩評】

　　首句已寫「甘飄寓」，暗籠「皋橋」。二又用反筆伸說，蓋以鴻鵠有志，琴瑟諧聲，恐易物色耳。五六承前四，言當時借居，無家照月；而今日古井，遺跡猶存。「餘風」結五六，「重和鳴」結三四，言無家者乃有遺跡，而有家者皆已磨滅，意在言外。

　　起句已破題，卻只將「飄寓」、「囂塵」字輕輕托下，方將「故橋」明點，有法。

鮑溶〈巫山懷古〉

十二峰巒鬭翠微，石煙花霧犯容輝。青春楚女妒雲老，白日神人入夢稀。

銀箭暗凋歌夜燭，珠泉頻點舞時衣。誰傷宋玉千年後，留得青山辨是非。

【詩評】

　　一二巫山。三四順承。五六景。七八結巫山。

　　一即薛濤「春來空鬭畫眉長」①意，二翠微之光彩，猶神女之容輝，寫當時神女之佳麗，彷彿如在。三四楚女空老，不能入夢，五六晏遊歌舞，已成往事，今日惟有青山尚在。作賦之人，猶成子虛②，何況神女、楚王乎？

【校注】

①春來空鬥畫眉長：出自薛濤〈謁巫山廟〉，詩見本書卷十二。

②子虛：西漢司馬相如〈子虛賦〉中，有兩個虛擬人物——楚國「子虛」先生與齊國「烏有」先生，後世遂以「子虛烏有」代指虛幻不實。此處「作賦之人，猶成子虛」，指作賦之人，今已亡故無存。

周賀〈送石協律歸吳〉

僧窗夢後憶歸耕，水涉應多半月程。幕府罷來無藥價，紗巾帶去有山情。

夜隨靜（淨）渚離蠻語，早過寒潮背井行。已讓辟書稱抱疾，滄洲便許白髭生。

【詩評】

　　一歸，二吳。三四承一。五六承二，乃半月中歸途景。七八可以歸耕矣。
　　結句諧謔甚趣，言既不做官，何用鑷白①？

【校注】

①鑷白：用鑷子拔掉白頭髮。晚唐韋莊（836-910）有〈鑷白〉五律：「白髮太無情，朝朝鑷又生。始因絲一縷，漸至雪千莖。不避佳人笑，唯慚稚子驚。新年過半百，猶歎未休兵。」

章孝標〈上浙東元相〉

婺女星邊喜氣頻，越王臺上坐詩人。雪晴山水勾留客，風暖旌旗會計春。

黎庶已同狳頓富，煙花卻為相公貧。何年（言）禹跡無人繼，萬頃湖田又斬新。

【詩評】

　　一浙東，二元相。三承一，四承二。五起下，六結上。七八頌結。

「勾留客」承「喜氣頻」；「會計春」承「坐詩人」。五起七八，六收上四。七八單承「黎庶」。富者，言相公不是但會吟詩，更有治績也。他人將治績多先寫，此寫後，別致且簡潔。

譽得雅絕，不必言而「勾留」、「計會（會計）」、「貧」、「富」、「斬新」等字，全首俱用生料，最醒人眼。

姚合〈送別友人〉

獨向山中覓紫芝，山人勾引住多時。摘花浸酒春愁盡，燒竹煎茶夜臥遲。

泉落林梢多碎滴，松生石底足旁枝。明朝卻欲歸城市，問我來期總不知。

【詩評】

　　一偶來，二久住。中四山景。七八別。

　　摘花、浸酒、燒竹、煎茶，寫山人留客，承「勾引」。「春愁盡」、「夜臥遲」承「住多時」，亦見主人之賢。家雞、野雉，山中不乏，舉茶、酒以例餘耳。五六山中景承三四，若無賢主，即有佳景，亦不能住多時也。七反結山中，八虛托一筆，結「偶（獨）向」字，有無限情味。詳詩意，題上「送」當作「別」。

姚合〈送陳偶赴江陵從事〉

荊州勝事眾皆聞，幕下今朝又得君。才子何須藉科第，男兒終久要功勳。

江村竹樹多於草，山路塵埃半是雲。新什定知饒景思，不應一向賦從軍。

【詩評】

　　一地，二從事。三開，四合，承二。五六江陵，承一。「景思」結五六，「從軍」結三四，「定知」結「才子」，「不應一向」結「終久」字。言如何久居幕僚

－283－

也。

　　隋以前名士，皆不從科目中來，為眼孔如豆人，一歎！「江樹」二句入化。

姚合〈贈王尊師〉

先生自說瀛洲路，多在青松白石間。海岸夜中常見日，仙宮深處卻無山。
犬隨鶴去遊諸洞，龍作人來問大還。今日偶聞塵外事，朝簪未擲復何顏。

【詩評】

　　一王。下五句皆所說之景。七八自聞結。

　　題是贈王，詩卻從王「自說」起。「青松白石」，猶言仙山也。「夜常見日」，乃海岸實事，寫來又似甚奇者。「深處無山」，奇矣，細思又是實景。犬遊、龍問，借用典故。「偶聞」二字，總結上六句，八虛托一筆。

雍陶〈晴詩〉題下注：一作〈塞路初晴〉

晚虹斜日塞天昏，一半山川帶雨痕。新水亂侵青草路，殘煙猶傍綠楊村。
胡人羊馬休南牧，漢將旌旗在北門。行子喜聞無戰伐，閒看游騎獵秋原。

【詩評】

　　一塞路，二初晴，「一半山川」，寫初晴神妙。三四寫景真切，承二。五六邊境清寧。七八從五托下，寫太平氣象，行人安穩，如在眼中。

杜牧〈題宣州開元寺水閣閣下宛溪夾溪居人〉

六朝文物草連空，天淡雲閒今古同。鳥去鳥來山色裡，人歌人哭水聲中。

深秋簾幕千家雨，落日樓臺一笛風。惆悵無因見范蠡，參差煙樹五湖東。

【詩評】

　　一二從宣州今古慨歎而起，有飛動之勢。三宛溪，四居人。深秋雨、落日風，登臨時景。中四皆承「今古同」，言今如此，古亦如此也。七八總承上，言六朝如夢，貴賤同盡，惟當從少伯五湖遠隱①耳。以「今古同」代登臨，以「惆悵」結「草連空」，以「范蠡」代遠隱，以「五湖」結「宛溪」，以「范蠡」結「六朝」。

　　閒適題，詩卻弔古，胸中、眼中別有緣故。

　　氣甚毫（豪）放，晚唐不易得也。

【校注】

①少伯五湖遠隱：范蠡（？-？），字少伯，春秋時楚國人。曾助越王勾踐打敗吳王夫差，功成名就後，乃變名易姓，泛一葉扁舟遊於五湖之中。後經商成巨富，天下稱陶朱公。事蹟詳見《史記‧貨殖列傳》。

杜牧〈八月十二日得替後移居霅溪館因題長句四韻〉

萬家相慶喜秋成，處處樓臺歌板聲。千歲鶴歸猶有恨，一年人住豈無情。
夜涼溪館留僧話，風定蘇潭看月生。景物登臨閒始見，願為閒客此閒行。

【詩評】

　　一八月，二官地。三開，四合，虛寫「得替」。五六實寫「移居溪館」。七景物，結五六，「閒始見」實寫「得替後」，八虛托一句。

　　此首次聯較前首高甚，說出人人心頭語。七句俱好，八句率。

杜牧〈九日齊安（山）登高〉

江涵秋影雁初飛，與客攜壺上翠微。塵世難逢開口笑，菊花須插滿頭歸。

但將酩酊酬佳節，不用登臨歎落暉。古往今來只如此，牛山何必淚沾衣。

【詩評】

　　「難逢」、「須插」、「但將」、「不用」、「只如此」、「何必」，相呼應。三四分承一二。五六合承三四。六就今說，八就古事說。雖似分別，終有複意。

　　「塵世」二句，時人多誦者，口吻亦太熟滑。

許渾〈咸陽城東樓〉

一上高樓萬里愁，蒹葭楊柳似汀洲。溪雲初起日沈閣，山雨欲來風滿樓。
鳥下綠蕪秦苑夕，蟬鳴黃葉漢宮秋。行人莫問當年事，故國東來渭水流。

【詩評】

　　一破全題，兼寫客愁。二景似故鄉，已自生愁，又逢落日風雨，愁更何如？是加一倍法。「秦苑」、「漢宮」是咸陽；「鳥下」、「夕蟬」、「鳴秋」，點時。「行人」結前四，「當年事」結五六，「渭水」結咸陽。

　　次聯名句。「閣」、「樓」相犯，又重「樓」字，唐人往往有之，終是一病。在今日則不可。

許渾〈臥病〉題下注：時在京都

寒窗燈燼月斜暉，珮馬朝天獨掩扉。青（清）露已凋秦塞柳，白雲空長越山薇。

病中送客難為別，夢裡還家不當歸。惟有寄書書未得，臥聞燕雁向南飛。

【詩評】

　　一永夜不寐，二心熱他人，愈增己病。三目前秦柳，四多時越薇，時、景、情合寫。五六單寫病中之情，真切。七開，八合。「惟有」二字從六來，言書亦難寄，何況於歸？八結「臥病」。

卷十一

李商隱〈錦瑟〉

錦瑟無端五十絃，一絃一柱思華年。莊生曉夢迷蝴蝶，望帝春心託杜鵑。

滄海月明珠有淚，藍田日暖玉生煙。此情可待成追憶，只是當時已惘然。

【詩評】

一興；二，一篇主句。中四皆承「思華年」。七八結前六。

此首即錦瑟以起興也。絃五十，柱亦五十，蓋言無端而忽已行年五十，因年五十而思華年之事。三四情之厚，莊生即蝴蝶，蝴蝶即莊生；望帝即杜鵑，杜鵑即望帝，猶夫與君雙棲共一身，猶司馬溫公云「我與景仁但異姓耳」①，其情之厚如此。五別離之淚，六可望而不可親，別離之情如此。七「此情」二字指中四，言當時已是惘然，今日追憶，其惘然更何如？

詩面與〈無題〉同，其意或在君臣朋友間，不可知。凡毛《詩》、漢魏古詩，男女慕悅之詞，皆寄託也。

以「無端」弔動「思華年」，中四緊承「此情」，緊收「可待」，「只是」遙應「無端」。後〈聽雨夢後作〉②有「雨打湘靈五十絃」之句，則非十五絃，一證也。

【校注】

①司馬溫公云「我與景仁但異姓耳」：司馬溫公，北宋政治家司馬光（1019-1086），字君實，死後追封溫國公，又稱為司馬溫公。景仁，即范鎮（1007-1088），與司馬光同朝。此句出自蘇軾〈范景仁墓誌銘〉：「熙寧、元豐間，士大夫論天下賢者，必曰君實、景仁。……君實常謂人曰：『吾與景仁兄弟也，但姓不同耳。』」指司馬光與范鎮私交甚篤，親如兄弟。

②〈聽雨夢後作〉：為李商隱七言古詩，全詩十六句。詩作原題為〈七月二十八日，夜與王、鄭二秀才聽雨後夢作〉，七、八兩句為「逡巡又過瀟湘雨，雨打湘靈五十絃」。

李商隱〈聖女祠〉

松篁臺殿蕙香幃，龍護瑤窗鳳掩扉。無質易迷三里霧，不寒長著五銖衣。

人間定有崔羅什，天上應無劉武威。寄問釵頭雙白燕，每朝珠館幾時歸。

【詩評】

　　一二，臺殿窗扉如此。三聖女之神，雲霧迷離；四聖女之像，長著銖衣。
五六，聖女應在天上，今在人間者，人間定有羅什①，而天上應無劉郎②，自喻
也。故寄問釵頭雙燕，何時可歸而一會也。後五言長律與此意同。

　　劉禹錫〈和樂天失婢詩〉：「不逐張京兆，定隨劉武威。」李本此。

【校注】

①羅什：即詩中之崔羅什。據《酉陽雜俎》所載，漢魏之際，清河人崔羅什曾遇一
　　青衣女鬼，崔與之相戀，並互贈禮品。

②劉郎：原名劉子南，為東漢明帝永平年間之武威太守，故又稱劉武威。據《太平
　　廣記》所載，劉子南曾從道士習得一仙藥，可辟盜賊諸毒物，此藥丸後亦於劉子
　　南遇困時助其解圍，世稱「武威丸」。崔羅什、劉武威，均指曾與鬼神往來的凡
　　人。

李商隱〈重過聖女祠〉

白石巖扉碧蘚滋，上清淪謫得歸遲。一春夢雨常飄瓦，盡日靈風不滿旗。

萼綠華來無定所，杜蘭香去未移時。玉郎會此通仙籍，憶向天階問紫芝。

【詩評】

　　前過此祠，松篁蕙香，今則碧蘚已滋者，淪謫未歸也。三四留此寂寥之甚。
五六雖有伴侶，來去無常，惟有玉郎可長會於此。曾問紫芝，言前已至此，玉郎與

崔、劉①意同，皆自喻也。

一春飄瓦者，乃神女夢中之雨。盡日不滿旗者，乃仙靈來往之微風。既寫寂寥景況，兼起五六。

起以「碧蘚滋」弔動「歸遲」，下「一春」、「盡日」正應「歸遲」。五六以「萼綠華」、「杜蘭香」逼出「玉郎」，以「無定所」、「未移時」逼出「會此通仙籍」，以「憶向」遙應首句。

此〈聖女祠〉與〈錦瑟〉、〈無題〉，皆是寄托，不必認真。

【校注】

①崔、劉：指前一首〈聖女祠〉之崔羅什，劉武威。

李商隱〈杜工部蜀中離席〉題下注：此擬杜工部體也

人生何處不離群，世路干戈惜暫分。雪嶺未歸天外使，松州猶駐殿前軍。
座中醉客延醒客，江上晴雲雜雨雲。美酒成都堪送老，當壚仍是卓文君。

【詩評】

「何處」暗提蜀中，「干戈」明點時事。三四承「干戈」。五承一「離席（群）」，六承二，喻干戈。時事如此，惟有文君之酒①，差堪送老而已。

雖無工部之深厚曲折，而聲調頗似之。

【校注】

①文君之酒：卓文君（B.C.175-B.C.121），為西漢巨賈卓王孫之女。十七歲新寡，孀居於娘家臨邛（今四川邛崍）。因心悅善撫琴的辭賦家司馬相如（B.C.179-B.C.117），遂與相如連夜私奔至成都。又因相如家徒四壁，無以維生，不得已返回臨邛，「買一酒舍酤酒，而令文君當壚。相如身自著犢鼻褌，與保庸雜作，滌器於市中。」事見《史記·司馬相如列傳》。

李商隱〈隋宮〉

紫泉宮殿鎖煙霞，欲取蕪城作帝家。玉璽不緣歸日角，錦帆應是到天涯。

於今腐草無螢火，終古垂楊有暮雅（鴉）。地下若逢陳後主，豈宜重問後庭花。

【詩評】

　　一今日隋宮，二當日煬帝荒淫之意。三四皆開筆。五六承一二，蕪城景物。七八言煬帝以暴易暴也。

李商隱〈野菊〉

苦竹園南椒塢邊，微香冉冉淚涓涓。已悲節物同寒雁，忍委芳心與暮蟬。

細路獨來當此夕，清樽相伴省他年。紫雲新苑移花處，不取霜栽（裁）近御筵。

【詩評】

　　一地，二香。三四時。五六深賞。七八慨歎不遇。

　　竹身多節，椒性芳烈，此中菊香，已非凡品。三四言花開何晚，此淚之所以涓涓也。五野菊，六不堪重省，七八深歎不遇，皆自喻也。

　　「紫微（雲）新苑」正應「野」字，二出題不明白。

李商隱〈重有感〉

玉帳牙旗得上遊，安危須共主君憂。竇融表已來關右，陶侃軍宜次石頭。

豈有蛟龍愁失水，更無鷹隼與高秋。晝號夜哭兼幽顯，早晚星關雪涕收。

【詩評】

　　前半時事，後半致慨。

　　此首即杜之〈諸將〉也，亦不能如杜之深厚曲折，而語氣頗壯，用意正大，晚唐一人而已。諸選皆不錄者，但採春花之艷麗，而忘秋實之正果也。

　　「須共」正承「得上遊」，「已」、「宜」正承「須共」，五六比，言必不至喪國，但無忠良耳。七承六，八承五。「更無鷹隼」，所以晝號夜哭；蛟龍不愁失水，故早晚星關可收。

李商隱〈安定城樓〉

迢遞高城百尺樓，綠楊枝外盡汀洲。賈生年少虛垂淚，王粲春來更遠遊。

永憶江湖歸白髮，欲迴天地入扁舟。不知腐鼠成滋味，猜意鴛（鵷）雛竟未休。

【詩評】

　　一二高樓所見。三四以「賈生」、「王粲」自比，賈有痛哭之策①，王有登樓賦②，承一。五六欲泛扁舟歸隱江湖，承二。己之本懷如此，幕府實非所願，而讒者猶有腐鼠之嚇③，蓋刺讒之作。

【校注】

①賈有痛哭之策：賈誼（B.C.200-B.C.168），西漢文帝時，曾任長沙王太傅。賈誼在上奏漢文帝的〈治安策〉中，以「臣竊惟事勢，可為痛哭者一，可為流涕者二，可為長太息者六」開頭，指出當時所存在的各種政治危機與社會問題。因策文中有「可為痛哭者一」之詞，屈復故而稱為「痛哭之策」。

②王有登樓賦：王粲（177-217），字仲宣，三國曹魏時的「建安七子」之一。〈登樓賦〉乃王粲登樓所賦，抒發其懷鄉之思與不遇之感。

③腐鼠之嚇：典故見《秋子·秋水篇》：「惠子相梁，莊子往見之。或謂惠子曰：『莊子來欲代子相。』惠子恐，搜於國中三日三夜。莊子往見之曰：『南方有鳥

名鵷雛，發於南海而飛於北海，非梧桐不止，非練實不食，非醴泉不飲。於是鴟得腐鼠，鵷雛過之，仰而視之曰：『嚇』！今子欲以梁國嚇我耶！』」莊子以「腐鼠」比喻其所鄙棄的名位。

李商隱〈無題〉

重幃深下莫愁堂，臥後秋（清）宵細細長。神女生涯原是夢，小姑居處本無郎。

風波不信菱枝弱，月露誰教桂葉香。直道相思了無益，未妨惆悵是清狂。

【詩評】

　　一地，二夜。三承二，四承一。五承四，六承三。七八總結。

　　「原是夢」，不能真合也；「本無郎」，命當獨處也。「菱枝」，自喻相思之苦；「桂葉」，喻所思之遺世獨立，猶言誰令汝遺世獨立，我安得不思乎？

　　「夢」字承秋宵，「居處」承莫愁堂，「風波」承自水居處，「月露」承神女夢，「相思」總結上六句，下「惆悵」、「清狂」申說上七句也。

李商隱〈籌筆驛〉

猿鳥猶疑畏簡書，風雲長為護儲胥。徒令上將揮神筆，終見降王走傳車。

管樂有才終不忝，關張無命欲何如？他年錦里經祠廟，梁父吟成恨有餘。

【詩評】

　　一二壯麗，稱地，意亦超脫。以下四句是武侯論，非籌筆驛詩。七八猶有餘意，律以初盛之法，背謬極矣。而范元實稱之①，甚矣！真知之難也。

　　杜牧詩：「永安宮受詔，籌筆驛沉思。畫地乾坤在，濡毫勝負知。」②小杜四語，猶能切題。

【校注】

①范元實稱之：范溫（？-？），字元實，北宋文學家，曾學詩黃庭堅。其《潛溪
　詩眼》評論李商隱〈籌筆驛〉云：「『管樂有才真不忝，關張無命欲何如』，屬
　對親切，又自有議論，他人不能及也。」

②杜牧詩：詩句出自杜牧五言排律〈和野人殷潛之題籌筆驛十四韻〉第三、第四
　聯。

李商隱〈馬嵬〉

海外徒聞更九州，他生未卜此生休。空聞虎旅傳宵柝，無復雞人報曉籌。

此日六軍同駐馬，當時七夕笑牽牛。如何四紀為天子，不及盧家有莫愁。

【詩評】

　　誰從海外徒聞乎？舊註「徒彷彿其神於海外」，如何講得通？「空聞」、「無
復」，熟套語。七八輕薄。前人論之極詳。

　　玉溪①諸七律，惟〈籌筆（驛）〉、〈馬嵬〉二首，詩法背謬，體格乖錯，句
亦淺近，意更荒疏。諸家偏選此二首，且極口稱之，甚矣！真知之難也。

【校注】

①玉溪：李商隱（813-858），字義山，號玉溪生，樊南生，鄭州滎陽（今河南滎
　陽）人。

紀唐夫〈送溫庭筠尉方城〉

何事明時泣玉頻，長安不見杏花（圖）春。鳳凰詔下雖沾命，鸚鵡才高卻累身。

且盡綠醽銷積恨，莫辭黃綬拂行塵。方城若比長沙路，猶隔千山與萬津。

【詩評】

一二補題所無。三四點題，以「雖」、「卻」應「頻」字。五六送「且盡」、「莫辭」應「雖」、「卻」二字。七八承五六。

飛卿①才高，天下嫉者蜂起。生無一第之榮，死有千古之名。唐夫真是知己。

【校注】

①飛卿：溫庭筠（812-866），原名岐，字飛卿，并州祁縣（今山西祁縣）人。

薛逢〈漢武宮辭〉

漢武清齋夜築壇，自斟明水醮仙官。殿前玉女移香案，雲際金人捧露盤。

絳節幾時還入夢，碧桃何處更驂鸞？茂陵煙雨埋弓劍，石馬無聲蔓草寒。

【詩評】

一二武帝求仙。三四順承。五六總承前四。七八總結前六。

通言求仙如此之切，究無所為仙者，惟「茂陵煙雨」、「石馬蔓草」長在耳。辭最華贍，刺武帝求仙之謬，論亦甚正。

金玉其相，已覺可觀，又刺武帝求仙之謬，意亦好。

薛逢〈潼關河亭〉

重岡如抱岳如蹲，屈曲秦川勢自尊。天地併功開帝宅，山河相湊束龍門。

檣聲嘔軋中流渡，柳色微茫遠岸村。滿眼波濤終古事，年來惆悵與誰論。

【詩評】

一二關勢。三四順承一二。五六景。七八情。

前四寫潼關，「併功」、「相湊」，贊美極切，亦是至理。五六河亭望中之

景。「滿眼波濤」結五六，「終古事」結前四。八虛托一筆，五六呆寫景，全無關會。

　　寫大山川，既要不浮，又須雄壯相稱，此首亦廣陵散①也。

【校注】

①廣陵散：古琴曲名。據《晉書·嵇康傳》記載，竹林七賢之嵇康（223-263）曾由幽靈傳授〈廣陵散〉一曲，後嵇康蒙冤處死，臨刑前曾彈奏此曲，並於曲終歎曰：「〈廣陵散〉於今絕矣！」屈復以〈廣陵散〉之絕響，稱許薛逢〈潼關河亭〉為晚唐書寫山川詩作中，既能「不浮」，又能「雄壯」的絕唱。

趙嘏〈早發剡中石城寺〉

暫息勞生樹色間，平明機慮又相關。吟辭宿處煙霞去，心負秋來水石閒。

竹戶半開鐘未絕，松枝靜霽鶴初還。明朝一倍堪惆悵，回首塵中見此山。

【詩評】

　　一石城寺，二早發。三承二，四承一。五六早景。七開，八結本題。

　　「暫息」已弔動「平明」，「勞生」已弔動「機慮」、「相關」。三，身雖辭去；四，心卻不願。「鐘未絕」，發猶可緩；「鶴初還」，與人相背。七八若悔不當暫息石城寺者，加一倍法。三四當接以五六，卻用虛筆一間，有無限情味。

趙嘏〈宿山寺〉

栗葉重重覆翠微，黃昏溪上語人稀。月明古寺客初到，風度閒門僧未歸。

山果經霜多自落，水螢穿竹不停飛。中宵能得幾時睡？又被鐘聲催著衣。

【詩評】

　　一山，二晚。三四宿寺。五六景。七八反結宿寺。

　　一只寫山，二只寫晚，三四方點寺。宿客初到，已自淒涼；僧未歸，淒涼更甚，加一倍法，五六從此脫下。「果自落」，耳中所聞；「螢亂飛」，目中所見；「僧未歸」，無人共語，故聞見如此。七八從此生出，反結「宿」字。

趙嘏〈長安晚秋〉

雲物淒清拂曙流，漢家宮闕動高秋。殘星幾點雁橫塞，長笛一聲人倚樓。
紫艷半開籬菊靜，紅衣落盡渚蓮愁。鱸魚正美不歸去，空戴南冠學楚囚。

【詩評】

　　一秋，二長安。三四秋夕。五六晚秋景。七八懷鄉。

　　「殘星幾點」，是曙；「雁橫塞」，是高秋；「長笛一聲」，是淒涼人倚淒涼情況。五六又寫晚秋。「鱸魚」結「秋」字，「不歸去」結「長安」。八虛托一筆，「漢家宮闕」欠發揮。

　　趙倚樓①以此得名，看來只三四好。可見小杜服善，能提攜後學。

【校注】

①趙倚樓：據《唐詩紀事》所載，杜牧曾盛讚趙嘏〈長安晚秋〉一詩，並因詩之「殘星幾點雁橫塞，長笛一聲人倚樓」，以「趙倚樓」稱趙嘏。

薛能〈獻僕射相公〉

清如冰雪重如山，百辟嚴趨禮絕攀。強虜外聞應喪膽，平人相見盡開顏。
朝廷有道青春好，門館無私白日閒。致卻垂衣更何事？幾多詩句詠關關。

【詩評】

　　一相公之品，二相公之尊。三威名，四謙和。五經濟，六公廉。七總結前六，八贊能文。五開一筆，便無傷直之累，「詠關關」三字，湊韻可笑。

劉威〈遊東湖黃處士園林〉

偶向東湖更向東，數聲雞犬翠微中。遙知楊柳是門處，似隔芙蓉無路通。

樵客出來山帶雨，漁舟過去水生風。物情多與閒相稱，所恨求安計不同。

【詩評】

　　一東湖，二園林。三四承二。五六承一。七八總結。

　　「遙知」、「似隔」承「數聲雞犬」；「楊柳」、「芙蓉」承「東湖」。前四未到景。「山雨」承「翠微」；「水風」承「東湖」，已到景。「物情」承五六，「閒相稱」謂己之遊此也。八太率。

韓琮〈牡丹〉

桃時杏日不爭濃，葉帳陰成始放紅。曉艷遠分金掌露，暮香深惹玉堂風。

名遺蘭杜千年後，貴擅笙歌百醉中。如夢如仙忽零落，暮霞何處綠屏空。

【詩評】

　　一二開晚。三四承一二。五六名貴賞眾。七八以零落結。

　　「名遺蘭杜」，在蘭杜之上也；「千年後」，牡丹五代前未有也。六時之所重，七八刺舉國若狂也。

韓琮〈春日即事〉

一百五日又欲來，梨花梅花參差開。行人自笑不歸去，瘦馬獨吟真可哀。

杏酪漸香鄰舍粥，榆煙將變舊爐灰。畫橋春暖清歌夜，肯信愁腸日九迴。

【詩評】

一二景中有情。三四承情。五六景中亦有情。七八又寫情，與三四不同。彼是自笑自哀，清歌是他人清歌，他人肯信也。

一，六仄字，又多入聲；二，七平字，又多無入之平聲，能不碍音節，一氣神行，不用斧鑿故也。

李群玉〈黃陵廟〉

小姑洲北浦雲邊，二女容華自儼然。野廟向江春寂寂，古碑無字草芊芊。

風迴日暮吹芳芷，日落(落日)落山深哭杜鵑。猶是含顰望巡狩，九疑愁斷隔湘川。

【詩評】

一只寫，二女神像，「廟」字自有矣。三四廟之荒涼。五餘香不泯，六餘痛猶存。七結二，八結一。

溫庭筠〈過陳琳墓〉

曾於青史見移文，今日飄零過此墳。詞客有靈應識我，霸才無主始憐君。

石麟埋沒藏春草，銅雀荒涼對暮雲。莫怪臨風倍惆悵，欲將書劍學從軍。

【詩評】

一陳琳，二墓。三四情。五六景。七八情。

首讀青史，見君移文，知為詞客。我亦今日之詞客，而過君之墓。世無識者，故飄零至此。君果有靈，九泉之下，自能識我。我昔見君移文時，嘗惜君以如此之才，不應事孟德之霸主；今日飄零，並霸主亦不可得，始憐君之事孟德，有不得不然者矣。「石麟」、「秋(春)草」，古墓堪悲；「銅雀」、「暮雲」，霸才已往，此所以臨風惆悵而欲從軍也。抑揚頓挫，沈痛悲涼，法亦甚合。「飄零」一篇之主，三四緊承二字，五承三，六承四，七結前五，八結一。《史記·南越傳》：尉陀移檄告橫浦、陽山、湟溪間，自立為南越武王。

又，《魏志·王粲傳》：陳琳作檄文呈太祖，太祖先苦頭風，臥讀琳所作，翕然而起曰：「此愈我疾」。移文正用愈頭風事，他本作「遺」，則應、劉之墓皆可用，必誤。

《後漢書·李固傳》：固奏南陽太守高賜等贓穢①，賜等重賂大將軍梁冀，冀為千里移檄。則移文即檄文也。

【校注】
①贓穢：指貪污一類的穢行。

溫庭筠〈題懷貞亭舊遊〉

皎鏡方塘菡萏秋，此來重見采蓮舟。誰能不逐當年樂？還恐添為異日愁。

紅艷花多風嫋嫋，碧空雲斷水悠悠。簷前依舊青山色，盡日無人獨上樓。

【詩評】

一懷貞亭，二舊遊。三當年，四異日，承二，情也。五承「菡萏」，六承「方塘」，景也。七八總承一二。

情景兼到，照應有法，而三四從已往、未來夾寫重來，生新有致。此畫家之最

忌正面也。

溫庭筠〈山中與諸道友夜坐聞邊防不寧因示同志〉

龍沙鐵馬犯煙塵，跡近群鷗意倍親。風捲蓬根屯戊巳（己），月移松影守庚申。

韜鈐豈足為經濟，巖壑何嘗是隱淪？心許故人知此意，古來知者竟誰人。

【詩評】

　　一聞邊防不寧，二諸道友夜坐。三承一，四承二。五承三，六承四。七八因示同志。

　　「韜鈐」①既非經濟，則「屯戊巳（己）」②者，無救煙塵。「巖壑」不是隱淪，則「守庚申」③者，實懷經濟。故「跡近」、「心許」、「此意」、「知者」，皆非泛下。結率。

【校注】

①韜鈐：古代兵書《六韜》、《玉鈐篇》的並稱，後以韜鈐泛指兵書。

②屯戊己：西漢元帝初元元年（B.C.48）設置戊己校尉，掌管屯田事務。屯戊己，
　　指掌管屯田事務的校尉官職。

③守庚申：道教傳說中，每人身上皆有三尸蟲，能記人過失。每逢庚申日，乘人熟
　　睡時，向上天稟告此人過失。道教遂有於庚申日徹夜不寐，以防三尸蟲告狀，稱
　　為「守庚申」。

溫庭筠〈南湖〉

湖上微風入檻涼，翻翻菱荇滿迴塘。野艇著岸偎春草，水鳥帶波飛夕陽。

蘆葉有聲疑霧雨，浪花無際似瀟湘。飄然蓬艇東歸客，盡日相看憶楚鄉。

【詩評】

　　一二南湖。中四景。七八思歸。

　　前六俱寫景，七八方寫情。句雖典雅，但少意味耳。

卷十二

劉滄〈長洲懷古〉

野燒空原（原空）盡荻灰，吳王此地有樓臺。千年事往人何在？半夜月明潮自來。

白鳥影從江樹沒，清猿聲入楚雲哀。停車日晚薦蘋藻，風靜寒塘花正開。

【詩評】

起，從今感昔。三四，從昔感今。五六眼前景，起下「晚」字。「薦蘋藻」，弔吳地、詣先賢也；「風靜」、「花開」，獨弔古人，何以為情也。

劉滄懷古，俱耐人讀，雖不甚切，而跳擲淒宛，較許渾之工切卻勝十倍。可見詩之好處，又不盡在工切也。

劉滄〈經煬帝行宮〉

此地曾經翠輦過，浮雲流水竟如何？香銷南國美人盡，怨入東風芳草多。

殘柳宮前空露葉，夕陽川上浩煙波。行人遙起廣陵思，古渡月明聞棹歌。

【詩評】

一行宮，二慨歎。三四承二。五六承一。七八經。

「竟如何」虛喝下文。三四言美人已盡而民怨猶未盡也。五六今日荒涼之景，行人經此，浮雲流水，良可歎也。

劉滄〈咸陽懷古〉

經過此地無窮事，一望淒然感廢興。渭水故都秦二世，咸陽（原）秋草漢諸陵。

天空絕塞聞邊雁，葉盡孤村見夜燈。風景蒼蒼多所（少）恨，寒山半出白雲層。

【詩評】

一二廢興之感。三四廢興實事。五六言秦漢之金戈鐵馬，玉殿龍樓，遺跡無存。七言自足抱恨，八惟有寒山白雲而已，承五六。結句含無窮事在內。

王漁洋云：二聯亦是俗調①。

【校注】

①王漁洋詩評內容，未見於《漁洋詩話》、王士禎《帶經堂詩話》，未明屈復援引所本。

李頻〈湘口送友人〉

中流欲暮見湘煙，葦岸無窮接楚天。去雁遠衝雲夢雪，離人獨上洞庭船。
風波盡日依山轉，星漢通宵向水連。零落梅花過殘臘，故園歸醉及新年。

【詩評】

一二湘口。三四送友，承二。五六景，承一。七八時地。

先寫湘水連天，為下離人獨往淒涼，一襯；又用「去雁」一陪，況涉洞庭之遠險，為新年始到。起以「去雁」承「楚天」，以「雲夢雪」點時，以「洞庭」承「葦岸」，以「盡日」承暮前，以「通宵」承暮後，以「風波」、「向水」承「中流」，以「梅花」、「殘臘」遙應「雪」字，以「及新年」傷己之未能歸，在言外。

李郢〈上裴晉公〉

四朝憂國鬢如絲，龍馬精神海鶴姿。天上玉書傳詔夜，陣前金甲受降時。
曾經庾亮三秋月，下盡羊曇兩路棋。惆悵舊堂烏綠野，夕陽無限鳥飛遲。

【詩評】

一忠貞元老，當用；二精神不衰，當用；三四往績如此，當用；五六堪比古人，當用。而乃堂局綠野，對夕陽而看飛鳥，罷相閒居，何也？

晉公功在社稷，詩原易切，此惜其不見用於世，意高。

連寫六句當用，兩句收轉，亦恐用筆太直，五六用古人影射過去，一掃板腐之跡，此要法也。

李郢〈友人適越路過桐廬寄題江驛〉

桐廬縣前洲渚平，桐廬江上晚潮生。莫言獨有山川秀，過日仍聞官長清。

麥隴虛涼當水店，鱸魚鮮美稱蓴羹。王孫客棹殘春去，相送河橋羨此行。

【詩評】

一桐廬，二江驛。三從來如此，四過日方聞。五留客之地，六款客之物。七送適越，八有賢東道在，故羨此行，所以寄題也。不呆頌功德，用筆空靈可法。

曹鄴〈碧潯宴上有懷知己〉

荻花蘆葉滿溪流，一簇笙歌在水樓。金管曲長人盡醉，玉簪恩重獨生愁。

女蘿力弱難逢地，桐樹心孤易感秋。莫怪當歡卻惆悵，全家欲上五湖舟。

【詩評】

一碧潯，二宴上。三收上，四起下。五六自比孤弱，知己難得。七八世無知己，故欲遠隱，寫「懷」字微妙。

笙歌鼎沸中，每吟此詩，淒然欲絕。

皮日休〈病後春思〉

連錢錦暗麝氛盒，荊思多才詠鄂君。孔雀鈿寒窺沼見，石榴紅重墮階聞。

牢愁有度應如月，春夢無心只似雲。應笑病來慚滿願，花箋好作斷腸文。

【詩評】

　　一病後，二春思。三四承一。五六承二。七八反結。

　　三比己之窺鏡而貌瘦也，四賦己之病後心驚，五病後之愁如月常滿；六病後之夢似雲，七八追寫病中，反結病後。

陸龜蒙〈病中秋懷寄襲美〉

病容愁思苦相兼，清鏡無形未我嫌。貪廣異蔬行徑窄，故求偏藥出錢添。

同人散後休賒酒，雙燕辭來始下簾。更有是非齊未得，重憑詹尹拂龜占。

【詩評】

　　一二病中秋懷。三四病中事。五六病中情。七八進一意結。

　　險韻押得自然，「雙燕」句閒情最遠，七八言卜，亦結得「病中」意。但「清鏡」句無著落，此詩法之模糊也。

　　中晚諸作不知有法，其起伏照應，皆在半明半暗，似有如無之間，若初盛森嚴，止萬分之一耳。明人止在氣象調度上較量，不知初盛中晚之是非，不盡在彼也。

司空圖〈書懷〉

病來猶強引雛行，力上東原欲試耕。幾處馬嘶春麥長，一川人喜雪峰晴。

閒知有味心難肯，道貴謀安跡易平。陶令若能兼不飲，無絃琴亦是沽名。

【詩評】

　　前四皆閒味「謀安」，故五六緊承此意。陶令既心肯跡平人，而又能飲酒，真是高隱，非沽名也。「兼」字指去官而言，陶令已去官，若能兼不飲酒，則無絃之琴①，亦是沽名，實無高致矣。

　　天下貪勢好利人，非不好閒，只是心不肯耳。說得飲酒最上乘事。

【校注】

①無絃之琴：《晉書·陶潛傳》謂陶潛「性不解音，而畜素琴一張，弦徽不具，每朋酒之會，則撫而和之，曰：『但識琴中趣，何勞絃上聲。』」

曹唐〈劉晨阮肇遊天台〉

樹入天台石路新，雲和草靜迥無塵。煙霞不省生前事，水木空疑夢後身。
往往雞鳴巖下月，時時犬吠洞中春。不知此地歸何處？須就桃源問主人。

【詩評】

　　「迥無塵」申說「新」字。「煙霞」、「水木」，平生未睹，故「疑夢後」；「雞鳴」、「犬吠」，又似人間。不知此地究是何處？故欲就問主人耳。

　　此類題，曹唐詩最多，皆不脫俗氣，此首稍雅。

李山甫〈公子家〉

柳底花陰壓露塵，醉煙輕罩一團春。鴛鴦占水能欺（嗔）客，鸚鵡嫌籠解罵人。
騕褭似龍隨日換，輕盈如燕逐年新。不知買盡長安笑，活得蒼生幾戶貧？

【詩評】

一二園林。中四皆承「一團春」。七八承六。

三四比小人倚勢凌人也，五多馬也，六貪色無已也，七就「逐年新」托下進一步，八以諷刺結，得體。

貴家嬌妒，從何處說得盡？只寫禽獸且如此，他可知矣。

方干〈旅次洋州寓居郝氏林亭〉

舉目縱然非我有，思量似在故山時。鶴盤遠勢投孤嶼，蟬曳殘聲過別枝。

涼月照窗攲枕倦，澄泉繞石泛觴遲。青雲未得平行去，夢到江南身旅羈。

【詩評】

一二旅次寓居。三四景中見時。五六林亭客況。七結首句，八結故山。三四寫景最妙，人多賞下句，然上句亦妙。

羅鄴〈落第書懷寄友人〉

清世誰能便陸沉，相逢休作憶山吟。若教仙桂在平地，更有何人肯苦心。

去國漢妃還似玉，亡家石氏豈無金？且安懷抱莫惆悵，瑤瑟調高樽酒深。

【詩評】

通首從落第後立志不折著筆，意便高一等。一二正說「便」字，甚醒豁。相逢休作，則友人亦落第者。三四雖自解，實至理。五落第而文章猶在，比也。六富貴未必是福。七從五六托下，八虛托一筆，餘音不盡，又點「寄友」。

羅隱〈牡丹花〉

似共東風別有因，絳羅高捲不勝春。若教解語應傾國，任是無情亦動人。

芍藥與君為近侍，芙蓉何處避芳塵？可憐韓令功成後，辜負穠華過此身。

【詩評】

　　起虛寫，二實寫。三四寫神韻，空靈高邁，無一毫渣滓。五六襯筆。七八題外寫。

　　評者為（謂）次聯是泥美人。若詠泥美人，雖切，卻是常語。若詠牡丹，似不切，卻妙。

羅隱〈魏城逢故人〉題下注：一作〈綿谷迴寄蔡氏昆仲〉

一年兩度錦江游，前值東風後值秋。芳草有情皆礙馬，好雲無處不遮樓。

山將別恨和心斷，水帶離聲入夢流。今日因君試回首，澹煙喬木隔綿州。

【詩評】

　　錦江佳景，春秋為最，一年兩度正值，二時。三四遊覽之景。五六情景合寫，承三四，言別錦城也。七逢故人，八總結前六。

秦韜玉〈貧女〉

蓬門未識綺羅香，擬托良媒益自傷。誰愛風流高格調？共憐時世儉梳妝。

敢將十指誇偏（針）巧，不把雙眉鬥畫長。苦恨年年壓金線，為他人作嫁衣裳。

【詩評】

格調既高，所以不遇良媒；梳妝之儉，以其生長蓬門，分承一二。五六自傷。
七結五，八結六。

六句皆平頭①，是一病。

有托而言，通首靈動。結好，遂成故事②。

【校注】

①平頭：一般指聲律八病之一。有指上下句第一字聲母相同者，如「溪岸陌阡旁，
香蔥草裡藏」，溪、香，聲母相同。另有一說，指上下句一、二字聲調相同，如
「芳時淑氣清，提壺臺上傾」，句中芳時、提壺，同為平聲字。但檢視秦韜玉
〈貧女〉詩，都未有上述聲病。可見屈復所謂「六句皆平頭」，應非聲病瑕疵，
而是遣詞造句之病。本詩除首句「蓬門」與末句「為他人」之外，第二至第七
句，皆為2-2-3句型，各句的前兩字，如「擬托」、「誰愛」、「共憐」、「敢
將」、「不把」、「苦恨」，第二字皆為動詞，有節奏重複、句式呆板之失。印
證屈復卷一評陳子昂〈春夜別友人〉，也有詩作前六句「句法皆同」之說，可用
以理解詩評之「平頭是一病」，應是指節奏、句式重複的詩病。

②遂成故事：指末句「為人作嫁」是人盡皆知的成語。

鄭谷〈鷓鴣〉

暖戲煙蕪錦翼齊，品流應得近山雞。雨昏青草湖邊過，花落黃陵廟裡啼。
遊子乍聞征袖濕，佳人才唱翠眉低。相呼相應湘江闊，苦竹叢深春日西。

【詩評】

一二形貌。三四性情中藏「見聞」二字，順承一二。五六借襯，「征袖濕」、
「翠眉低」，人自感傷也。七八猶不管人愁，只管啼意。

此題三首，惟此首句稱。

韓偓〈寄湖南從事〉

索莫（寞）襟懷酒半醒，無人一為解餘酲。岸頭柳色春將盡，船背雨聲天欲明。

去國正悲同旅雁，隔江何忍更啼鶯。蓮花幕下風流客，試與溫存遣逐情。

【詩評】

　　酒半醒，中有「愁」字。當岸柳春盡，船雨天明時，宿酒半醒，無人解愁，倒敘法，是景中情。五六情中景。七八寄從事，結無人一為解醒也。

韓偓〈安貧〉

手風慵展八行書，眼暗休尋九局圖。窗裡日光飛野馬，案頭筠管長蒲盧。

謀身拙為安蛇足，報國危曾捋虎鬚。舉世可能無默識，未知誰擬試齊竽？

【詩評】

　　「日光」、「野馬」，愈覺眼暗；「筠管」、「蒲盧」，正為手風，分承一二。五六已之往事如此，開一筆。七心跡可白於千載之下，結五六。八老病無依，結前四。

　　料生便覺出色。

　　「默識」字，不穩。

韓偓〈露〉

鶴非千歲飲猶難，鶯舌偷含豈自安？光濕最宜叢菊亞，蕩搖無奈綠荷乾。

名因霈澤隨天睠，分與濃霜保歲寒。五色呈祥須得處，戛雲仙掌有天（金）盤。

【詩評】

前四，露之品；後四，露之用。

通篇以「露」自喻，「鶴」比君子，「鶯」比小人。「豈自安」，露不自安；「叢菊亞」，隱居最宜；「綠荷乾」，朝廷喪亂。名為「霈澤」，必因天睠天子，用而後能施惠於天下也。「霜保歲寒」，世亂能守臣節也；「五色呈祥」，自己之才，能致太平。「仙掌金盤」，天下未亂時，得宰相之位，所謂得處也。

鶴非千歲，但能警而不能飲，言非大才大德，尚不能用，何況小人？「獨（最）宜叢菊」承首句。「無奈荷乾」，搖蕩不定，徒為鶯舌偷含，承次句。天睠而成霈澤，則得處矣；凝霜而保歲寒，則不得處矣。「須得處」承五六，結全篇也。

吳融〈閒望〉

三點五點映山雨，一枝兩枝臨水花。蛺蝶狂飛掠芳草，鴛鴦穩睡翹暖沙。

闕下新居非己業，江南舊隱是誰家？東遷西去俱無計，卻羨暝歸林上鴉。

【詩評】

前景後情。

「三點五點」，微雨也，故鴛鴦睡穩，若大雨則不穩矣。「一枝兩枝」，新花也，故蛺蝶狂飛，若花多則不狂矣。下字斟酌之極。新居非己之業，乃闕下借寓，舊隱是誰之家，恐已屬他人。「俱無計」結五六。蝴蝶尚有芳草可飛，鴛鴦尚有暖沙可睡，故羨歸鴉有林，以類從也。

拗體①濃利，晚唐不多見。

【校注】

①拗體：本詩前四句有對無黏，故稱拗體。

吳融〈新安道中玩流水〉

一渠春碧弄潺潺，密竹繁花掩映間。看處便須終日住，算來爭得此身閒。

縈紆似接迷春洞，清冷應連有雪山。上卻征車再迴首，了然塵土不相關。

【詩評】

　　一二，水流花竹之地。三四，道中玩賞之情。「似接」、「應連」，潺湲於花竹之間，不能遠望，承一二。「征車」、「回（迴）首」、「塵土」、「不關」，爭得身閒，未能久看，承三四也。

　　能於從題外著筆，有意味，雖淺亦佳。

吳融〈春歸次金陵〉

春陰漠漠覆江城，南國歸橈趁晚程。水上驛流初過雨，樹籠堤去不離鶯。

跡疏冠蓋兼無夢，地近鄉園自有情。更被東風動離思，楊花千里雪中行。

【詩評】

　　一金陵時景，二歸次情懷。三四承「春陰漠漠」。五承「晚程」，六承「歸棹（橈）」。七八總結前六。

　　不曰「鶯不離樹」，卻云「樹不離鶯」，於無情致處寫出情致。樹籠堤而云「去」者，遙望不盡也。「兼無夢」，固是晚程，亦見不徒跡疏，而心亦疏也。

　　三四練（鍊）句有法。

吳融〈紅樹〉

一聲南雁已先紅，神女霜飛葉葉同。自是孤根非暖地，莫驚他木耐秋風。

暖煙散去陰全薄，明月臨來影半空。長憶洞庭千萬樹，照山橫浦夕陽中。

【詩評】

　　一二先紅之故。三托根失所，四無生怨尤，統承一二。五六淒涼景況。陰已全薄，煙不扶持而散去；影方半空，月如凌轢而臨來。七八不止一樹而已，通篇言生長孤寒，遭時搖落。扶持者少，凌轢者多。忽念天下梁棟之才，老死於深山窮谷者，不可勝道，聊以自慰耳。

　　「自是」、「莫驚」應「已先」、「同」字；「千萬樹」結一二；「洞庭」結三四；「夕陽」結「暖煙」、「明月」。

韋莊〈憶昔〉

昔年曾向五陵遊，子夜歌清月滿樓。銀燭樹前長似晝，露桃花裡不知秋。

西園公子名無忌，南國佳人號莫愁。今日亂離俱是夢，夕陽惟見水東流。

【詩評】

　　前六皆憶昔，七八傷今。

　　黃巢亂後，長安荒殘，端己①避難於蜀，故有此作。昔遊五陵，月夜清歌，「長似晝」、「不知秋」，言樂已極也。「無忌」、「莫愁」，言貴遊之豪，美色之多，今皆如夢，惟見夕陽流水耳。驕奢亡國，自在言外。

【校注】

①端己：韋莊（836-910），字端己，京兆杜陵（今陝西西安）人。

韋莊〈陪金陵府相中堂夜宴〉

滿耳笙歌滿眼花，滿樓珠翠勝吳娃。因知海上神仙窟，只是人間富貴家。

繡戶夜攢紅燭市，舞衣晴曳碧天霞。卻愁宴罷青蛾散，楊(揚)子江頭月半斜。

【詩評】

一二夜宴。三四順承。五六景。七八宴散。

「笙歌」、「珠翠」，極寫夜宴之盛。三四再用實寫，便成贅語，此換虛筆，自然靈動。然不曰富貴家似神仙府，而曰神仙府只是富貴家，過一步法，不落套語，而相府中堂，移動不得。五六再寫夜宴，能不複一二。七八言外見己之客路無聊也，以「宴罷」結全篇，以「楊(揚)子」結金陵，周密之甚。

世人之所以喪身名而求富貴者以此，卻是實在語，然秦皇、漢武一流，亦宜猛醒。

曹松〈南海旅次〉

憶歸休上越王臺，歸思臨高不易裁。為客正當無雁處，故園誰道有書來？
城頭早角吹霜盡，郭裡殘潮蕩月回。心似百花開未得，年年爭發被春催。

【詩評】

「正當」、「誰道」承「不易裁」，最得神味。前四皆寫情。五六寫景，既切題，景中有情。七八寫歸心，結全篇。

句雅意遠，晚唐所少。

聲調高亮，結不衰颯，尤難得。

李洞〈斃驢〉

蹇驢秋斃瘞荒田，忍把敲吟舊竹鞭。三尺焦桐背殘月，一條藜杖卓寒煙。

通吳白浪寬圍國，倚蜀青山峭入天。如畫海門搘肘望，阿誰家賣釣魚船？

【詩評】

一破題，二情。三四事。五六景。七八陪襯。

「忍把」者，不忍把也。三四徒步而行。五六進一層，言徒步亦難行也。七八就「白浪」以「釣船」陪結。題是「蹇驢」，詩只就蹇驢後寫自己情況，而此蹇堪傷之意自見。

一起後全不著題，卻句句是題，出神入鬼，金鑄閬仙人①，方能如此。

【校注】

①金鑄閬仙人：閬仙指賈島。據晚唐五代王定保（870-940）《唐摭言》記載：李洞「慕賈閬仙為詩，鑄銅像其儀，事之如神。」屈復認為，李洞因苦學賈島詩，詩作遂能出神入鬼，變化莫測。

沈彬〈塞下〉

塞葉聲悲秋欲霜，寒山數點下牛羊。映霞旅雁隨疎雨，向磧行人帶夕陽。

邊騎不來沙路失，國恩深後海城荒。胡兒向化新成長，猶自千回問漢王。

【詩評】

前四寫塞外忽雨忽晴之景，如在目前。五六倒敘法。結從五六托來。

塞上詩多慷慨悲壯，此作氣味和平，另開生面，令讀者想見太平景象也。

沈彬〈秋日〉

秋含砧杵擣斜陽，笛引西風顥氣涼。薜荔惹煙籠蟋蟀，芰荷翻雨潑鴛鴦。

當年酒賤何妨醉，今日時難不易狂。腸斷舊遊從一別，潘安惆悵滿頭霜。

【詩評】

前景後情，少陵多此格。

一二悲秋。三四景物。五追懷太平，六傷時離亂，閱世既深，乃能作此語。七懷友，八自傷衰老。五六從前四生出，七八從五六生出。

陳陶〈上建溪〉

崆峒一派瀉蒼煙，長揖丹丘逐水仙。雲樹杳冥通上界，峰巒迴合下閩川。

侵星愁過蛟龍國，採碧時逢婺女艎。已判猿催鬢先白，幾重灘瀨在秋天。

【詩評】

「通上界」、「下閩川」承「瀉蒼煙」、「逐水仙」。「愁過」、「時逢」，上建溪途中情；「蛟龍國」、「婺女艎」，途中景；「已判」、「鬢白」結「愁過」、「時逢」；「幾重灘瀨」結前四。

秋天補時，通首勻稱，亦有氣力。

譚用之〈寄岐山林逢吉明府〉

岐山高與隴山連，製錦無私服晏眠。鸚鵡語中分百里，鳳凰聲裡過三年。

秦無舊俗雲煙媚，周有遺風父老賢。莫役生靈種楊柳，一枝枝折灞橋邊。

【詩評】

一岐山，二明府。三四承一。五六承二。七八寄之意。「鸚鵡」承「隴山」，「鳳凰」承「岐山」，而「語中」、「百里」、「聲裡」、「三年」，下字生動。五六承「無私」，景物既佳，風俗又好，便宜力行善政，莫役生靈，遂至別去也。結二句有規諷意，巧極，又平穩。

薛濤〈謁巫山廟〉

亂猿啼處訪高唐，路入煙霞草木香。山色未能忘宋玉，水聲猶是哭襄王。
朝朝暮暮陽臺下，為雨為雲楚國亡。惆悵廟前多少柳，春來空鬥畫眉長。

【詩評】

　　一二謁廟。三四景。五六往事。七八情。

　　「訪」破「謁」字；「高唐」破「巫山」；「煙霞草木」虛點「廟」字。「山色」、「水聲」，廟外之景；「陽臺」、「雲雨」①，巫山往事。「不忘」，宋玉以賦傳也；「猶哭」，襄王夢有情也。故「惆悵」、「空鬥」意，言己之不及神女，傷不遇也。

【校注】

①陽臺、雲雨：戰國時，楚國宋玉（約B.C.298-B.C.222）作〈高唐賦〉，賦文以宋玉和楚襄王同遊雲夢之臺，遠望高唐之觀寫起。序文有「昔者先王嘗遊高唐，怠而晝寢，夢見一婦人，曰：『妾巫山之女也，為高唐之客。聞君遊高唐，願薦枕席。』王因幸之。去而辭曰：『妾在巫山之陽，高丘之阻，旦為朝雲，暮為行雨。朝朝暮暮，陽臺之下。』旦朝視之如言。故為立廟，號曰『朝雲』。」後世遂以陽臺之會、巫山雲雨代指男女交歡。

本書經成大出版社出版委員會審查通過

屈復《唐詩成法》點校本

點　　校 | 陳美朱

發 行 人　蘇芳慶
發 行 所　財團法人成大研究發展基金會
出 版 者　成大出版社
總 編 輯　游素玲
執行編輯　吳儀君
地　　址　70101台南市東區大學路1號
電　　話　886-6-2082330
傳　　真　886-6-2089303
網　　址　http://ccmc.web2.ncku.edu.tw

出　　版　成大出版社
地　　址　70101台南市東區大學路1號
電　　話　886-6-2082330
傳　　真　886-6-2089303

封面設計　菩薩蠻數位文化有限公司
排　　版　菩薩蠻數位文化有限公司
印　　製　方振添印刷有限公司
初版一刷　2022年7月
定　　價　450元
I S B N　978-986-5635-66-4

國家圖書館出版品預行編目（CIP）資料

屈復《唐詩成法》點校本 / 陳美朱點校. -- 初版. --
　臺南市 : 成大出版社, 2022.07

　面；　公分

　ISBN　978-986-5635-66-4（平裝）

831.4　　　　　　　　　　　　　　111004538